쇼펜하우어 · 니체 · 프로이트

– 토마스 만, 현대 지성을 논하다

Arthur Schopenhauer
Friedrich Nietzsche
Sigmund Freud

토마스 만, 현대 지성을 논하다

쇼펜하우어 · 니체 · 프로이트

토마스 만 지음 | 원당희 옮김

세창미디어
MEDIA

쇼펜하우어 · 니체 · 프로이트
— 토마스 만, 현대 지성을 논하다

초판 2쇄 발행 2016년 5월 30일
초판 3쇄 발행 2021년 3월 2일

—

지은이 토마스 만
옮긴이 원당희
펴낸이 이방원
편 집 송원빈 · 김명희 · 안효희 · 정조연 · 정우경 · 최선희 · 조상희
디자인 박혜옥 · 손경화 · 양혜진   **영 업** 최성수

—

펴낸곳 세창미디어

신고번호 제312-2013-000002호 주소 03735 서울시 서대문구 경기대로 88 냉천빌딩 4층

전화 02-723-8660 팩스 02-720-4579 이메일 edit@sechangpub.co.kr 홈페이지 http://www.sechangpub.co.kr

블로그 blog.naver.com/scpc1992 페이스북 fb.me/Sechangofficial 인스타그램 @sechang_official

—

ISBN 978-89-5586-099-3   03850

옮긴이의 말

5

현대 서구 지성사에 있어서 쇼펜하우어, 니체, 프로이트가 차지하는 위상과 영향력은 어떤 말도 필요 없을 만큼 지대하고 혁명적이다. 무엇보다 이들은 합리적 주지주의主知主義에 반反하여 현상의 배후에 존재하는 것으로 여겨지는 본질세계, 물자체物自體와 상응하는 의지 및 무의식의 심층세계를 탐구하고 개척했다는 공통점을 지닌다. 쇼펜하우어의 의지철학이 그렇듯이 니체의 반이성주의는 삶에 있어서 오성이 의지와 맺고 있는 종속관계에 대한 통찰이자 합리적으로는 설명할 수 없는 충동에 대한 열정적 관심에 근거한다. 이런 면에서 프로이트 역시 무의식의 통찰자로서 이들과 같은 견해를 나누고 있다. 이러한 사상적 유대를 이어온 지성들에 대한 독일 대표 작가 중 한 명인 토마스 만의 시각과 표현은 현대 서구 지성의 사상적 흐름을 파악하는 데 도움을 준다.

이에 본서는 수천 쪽에 달하는 토마스 만의 에세이 가운데 이들과 직접적 관련이 있는 몇 편을 선정하여 모았다. 따라서 여기 수록된 쇼 펜하우어, 니체, 프로이트에 관한 에세이 및 논설문들은 그들의 핵심 사상과 논리체계가 토마스 만에게서 어떤 형태로 이어졌는지를 잘 보여준다고 해도 그리 지나친 말이 아니다. 특히 이 세 지성에게 사유의 빚을 지고 있는 토마스 만은 다음과 같이 말한다. "의지의 심리학자인 쇼펜하우어는 모든 현대 영혼학Seelenkunde의 아버지이다. 영혼학적 발전의 일직선은 그에게서 출발하여 니체의 심리학적 극단주의를 경유하여 프로이트와 그 밖의 심층심리학을 완성하여 정신과학에 적용한 사람들에게까지 이어진다."

보다 직접적으로 이들 대표 지성들의 사상이 토마스 만에게 미친 영향을 살펴보면, 우선 토마스 만의 노벨문학상 수상에 주요 작품이었던 ≪부덴브로크 일가≫는 '몰락Verfall'이라는 부제에서 이미 암시하였듯이 쇼펜하우어의 염세주의 세계관으로 채색되어 있다. 이 소설에서 쇼펜하우어의 저서 ≪의지와 표상으로서의 세계≫를 읽는 주인공 토마스 부덴브로크가 "내가 죽으면 나는 어디에 존재하게 되는 것일까"라고 자문하는 것도 결코 우연이 아니다. 이렇게 볼 때 본서 제일 앞에 들어간 에세이 〈쇼펜하우어의 예술철학〉은 쇼펜하우어의 사상은 물론 ≪부덴브로크 일가≫를 이해하는 데 필수불가결한 자료라 할 것이다.

그런가 하면 니체의 디오니소스 찬미를 형상화한 작품 ≪베니스에서의 죽음≫이나 니체의 유곽 체험을 패러디한 ≪파우스트 박사≫의 정신적 성향은 본서에 수록된 〈우리의 경험에 비추어 본 니체철학〉과 일맥상통하는 양상을 보여준다. 토마스 만은 "쇼펜하우어의 영향이

정신과 관능 사이의 긴장으로서 평생 잊지 못할 지고의 영적 체험"에
속한다면, 니체의 철학은 "강렬한 정신적, 예술적 체험"으로서 자신에
게 깃든 삶의 부정성을 삶의 긍정으로 되돌려 준 역동적 계기가 되었
노라고 고백한 바 있다.

　프로이트의 경우 토마스 만과의 관계는 물론 앞서 언급한 두 철학자
보다 한참 뒤늦게 이루어진다. 그러나 정신분석학을 "혁명적 현상형
식"으로 높게 평가하는 토마스 만이 본서에 수록된 〈프로이트와 미래〉,
〈현대 정신사에 있어서 프로이트의 위치〉에서 밝히고 있듯이 그의 신
화소설 ≪요셉과 그의 형제들≫은 바로 무의식이 지배하는 원초세계
를 다루고 있으며, ≪선택받은 자≫는 근친상간과 오이디푸스 콤플렉
스 문제를 제기함으로써 프로이트와의 분명한 영향관계를 각인하고
있다. 무엇보다 흥미로운 것은 본서의 에세이들에서 쇼펜하우어, 니
체, 프로이트가 현대 정신사에 있어 거의 동일한 영적 관찰자의 맥락
에서 고찰되고 있다는 사실이다. 토마스 만은 쇼펜하우어와 니체가 프
로이트 학설의 중요한 측면들을 선취先取하고 있다고 파악한다.

　끝으로 1945년 미국 국회의사당 강단에서 연설한 〈독일과 독일인〉
을 뒤에 첨부한 까닭은 이 글이 미국뿐만 아니라 독일에서 커다란 반
향을 일으켰다는 사실 외에도, 그것이 토마스 만 사상의 뿌리와 독일
정신사의 배경을 전반적으로 잘 드러내고 있기 때문이다. 또한 멀리
보면 거기에는 쇼펜하우어, 니체, 프로이트와의 사상적 연관성까지도
어느 정도 함축되어 있기 때문이다.

2009년 9월

원　당　희

차 례

Schopenhauer

쇼펜하우어의 예술철학

쇼 펜 하 우 어 · 니 체 · 프 로 이 트

1938년에 발표한 이 글에서 토마스 만은 쇼펜하우어 철학이 플라톤과 칸트 철학에 근거한
새로운 염세적 세계해석임을 밝히고 있다. 특히 플라톤의 이데아, 칸트의 물자체物自體: Ding
an sich 개념은 쇼펜하우어에게서는 의지Wille 개념으로 수용되고 있다. 한편 토마스 만은 쇼펜
하우어의 "영혼학은 우리가 정신분석학이라고 부르는 것의 예비과정"이라고 말하고 있는데,
1936년 〈프로이트와 미래〉라는 에세이에서 쇼펜하우어의 의지 개념을 프로이트의 무의식
개념과 상응하여 비교한 바 있다.

형이상학적 체계에 대한 환희, 세계의 정신적 통일성이 논리적으로 완결되고 조화롭게 안정된 사상구조 속에서 보장하는 만족감은 언제나 빼어난 미적美的 특징을 지닌다. 이런 환희는 지고의 쾌감, 궁극적 근원에 있어서 늘 명쾌한 만족감 같은 것으로부터 유래한다. 질서와 형식을 갖추게 하고, 삶의 혼란을 투시하여 내다볼 수 있게 하는 예술 활동이야말로 바로 우리에게 명쾌한 만족감을 선사하는 것이다.

진리와 미美는 서로 긴밀히 연관되어야 한다. 진리와 미는 각각 그 자체만으로는, 어느 하나가 다른 하나 속에서 발견되는 상호의존성 없이는 지극히 불안정한 가치들이다. 진리를 내포하지 못하거나 진리에 근거하지 않는 미, 진리로부터 그리고 진리를 통해 생명을 갖는 것이 아닌 미는 마치 머리는 사자요 몸은 산양, 꼬리는 뱀의 모양을 갖춘 괴물 키메라Chimära와 같은 것이리라.

그렇다면 진리란 과연 무엇인가? 인식비판 철학이 구별하여 인정하는 바에 따르면 어떤 순수 현상들로부터 길러내고 여러 측면에서 제약받고 있는 직관으로부터 창출된 개념들은 초월적超越的인 것이 아니라 내재적內在的 immanent 사용에 불과하다. 우리 사유의 이와 같은 소재와 이로부터 성립된 판단들은 사물 자체의 본질, 세계와 현존재現存在 사이의 진정한 결합관계를 이해하기에는 부적절한 수단이다. 현상의 근저에 존재하는 그 무엇에 대한 확신을 명백히 하는 내적 체험의 가장 납득할 만한 규정에 의해서도, 사물의 뿌리가 완전히 드러나는 것은 결코 아니다. 그러나 인간 정신이 이런 일을 열렬히 추구하도록 용기와 권리를 주는 그 무엇은 필연적으로 다음과 같은 사실을 가정케 한다. 즉, 우리 자신의 고유한 본질, 우리 내부에 있어 가장 심원한 것도 세계 근거에 귀속해 있고 거기에 뿌리를 내리고 있어야 한다는 것, 그리고 이로부터 현상세계와 사물의 진정한 본질과의 연관관계를 해명하기 위한 정말 몇 가지 자료들이 입수될 수도 있으리라는 가정이 가능한 것이다.

이는 상당히 겸허한 이야기처럼 들린다. 마치 파우스트가 "그리고 우리가 아무것도 알 수 없다는 사실을 보라!" 하고 외치는 태도와도 비슷하다. 이와는 달리 '지적 직관intellektuell Anschauung'이니 '절대적 사유 absolutes Denken'와 같은 말을 내세우는 철학의 으뜸패들은 오만과 자만심에 들뜬 우행愚行으로 작용한다. 격앙하기 쉽고 논쟁적인 기질이 사실상 인식비판 학파와 유래를 함께 하고 있듯이, 이런 오만과 절대적 사유로 철학자인 양하는 태도에 대해 "허풍"이라는 지독히 경멸적인 혹평이 내려지기도 한다. 물론 문제의 사유놀음에 대한 비난은 최초의 원작자에게 되돌려지는데, 이는 어느 정도 타당성을 지닌다. 왜냐하면 이 경우 모든 것이 단순히 외적 현상일 뿐이라고 규정해 버리고, 오성悟性이 일종의 접근 가능하고 어느 정도는 믿을 만한 인식수단일 수도 있다는 사실조차 의심하여, 오성과는 완전히 다르고 이보다 훨씬 선행하는 우리의 가장 고유한 자기성自己性이 세계근거와 저 뿌리에서부터 오는 결합관계를 가져야 한다는 이념을 통해서만 철학함이 인정될 수 있다고 봄으로써 모든 객관적 인식을 가치절하해 버리기 때문이다.

무엇보다 진리인식이라는 개념에는 주관적 요소가 나타난다. 그것은 직관적이며 감성적 요소를 말하는데, 그렇다고 결코 감정적이거나 열광적인 것을 의미하는 것은 아니다. 이에 대해 어떤 순수한 정신적, 지적 관점에 따라 허풍이라는 비난이 내려질 수 있는 요소가 족히 있기는 해도, 다른 한편으로는 이것이 '예술적 세계구상künstlerische Weltkonzeption'이기도 하다. 이 예술적 세계구상에는 마음과 감각, 육체와 영혼이 결합된 전체적 인간이 참여해 있으며, 이럴 때에만 그와 같은 엄밀한 명칭을 얻을 가치가 있다.

감성과 열정의 왕국이란 정말이지 미美의 왕국인 것이다. 느낌을 형식에 묶어 두고 느낌으로 하여금 항상 형식을 욕구하게 하며, 이미 느낌을 그 근원에 있어서 형식과 일치하게 하는 어떤 신비로운 법칙에 따라 열정을 통해 받아들여진 세계상, 즉 충만한 인간존재와 더불어 체험된 세계상은 그 표현에 있어서 미美의 인상을 깊숙이 각인하고 있다. 단순한 지성적 사변의 메마름이나 감각적 지루함 같은 것은 그것과 결부되어 있지 않은바, 거기서는 신비롭게 짜 맞추어진 정령精靈의 소설처럼 도처에 현재하는 사상의 정수로부터 이념의 교향곡이 전개되었던 것이다. 이는 한 마디로 예술의 온갖 마법을 통해 자기 존재를 드러내는 것으로 예술작품과 같은 것이다. 오랜 은총과 은혜 뒤에 오는 고통, 비애와 미 사이의 친화성에 따르는 고통이 형식을 통해 구원받듯이, 미 또한 마찬가지로 진리를 보장해 준다.

아르투르 쇼펜하우어Arthur Schopenhauer의 철학은 빼어나게 예술적인 것, 아주 탁월한 예술철학으로서 인정받아 왔다. 그 이유는 그의 철학이 대부분 예술철학이기 때문은 아니었다. 사실상 그의 철학에서 '미학Ästhetik'에 관한 부분은 전체 규모에서 4분의 1을 채우는 정도였다. 다른 한편으로 그의 철학 구성이 완벽한 명료함, 투철함, 단호함을 갖고 있기 때문인 것도 아니었고, 그의 철학적 논지가 힘차고 우아하거나 탁월하고 열정적인 재치가 번뜩이고, 고전적 순수함과 문체에 대단히 밝은 엄격성이 있기 때문도 아니었다. 물론 그의 문체가 보여주는 특성은 그 이전 독일의 어떤 철학에서도 찾아볼 수 없는 독특한 것들이기는 했지만, 그럼에도 이 모든 것은 '현상Erscheinung'에 불과할 따름이다. 필연적이고 천부적인 미의 표현은 오직 본질존재에 대한 것, 이런 사유방식의 가장 내적인 본성에 대한 것으로, 본능과 정신, 번뇌와 속죄라는 가장 격렬한 대립자들 사이에서 작용하고 있는, 단적으로 말해 역동적인 예술가적 본성에 대한 표현인 것이다. 이런 본성은 바로 미美의 형상形象들 속에서만 제시될 수 있고, 인간적인 것으로서 그의 체험과 고뇌의 힘을 통해 확신을 얻어가는 진리창조를 통해 발현될 수 있다.

이렇게 해서 쇼펜하우어의 철학은 예술가들이나 특히 예술전문가들 사이에서 그의 숭배자와 증인, 신봉자들을 만들게 된다. 톨스토이는 쇼펜하우어를 "모든 사람들 가운데 가장 천재적인 인물"이라고 칭한 바 있다. 그런가 하면 작곡가 바그너Richard Wagner는 시인 게오르크 헤르베크Georg Herwegh를 통해 쇼펜하우어를 처음 알게 되었는데, 그에게 있어 쇼펜하우어의 가르침이란 "참된 하늘의 선물"이었으며 또한 가장 깊은 은총이었고, 그의 전성기에는 가장 계몽적이며 생산적 자극을 주는 정신적 체험이었다. 그것은 바그너에게 더도 덜도 아닌 계시 그 자체와 같았다. 한편 예술과 인식, 과학과 열정을 서로 더욱 강하게 접근시키고 진리와 미를 더욱 비극적, 도취적으로 뒤얽히게 하는 것을 사명으로 삼았던 니체는 쇼펜하우어가 자신에 앞서 이를 실행했기에 쇼펜하우어에게서 자신의 위대한 스승의 모습을 보았다. 젊은 시절 니체는 쇼펜하우어에게 《반시대적 고찰Unzeitgemäße Betrachtungen》 가운데 한 편과 〈교육자로서의 쇼펜하우어Schopenhauer als Erzieher〉를 헌정한 바 있었다. 니체가 소위 바그너 찬미를 행하면서 《비극의 탄생Geburt der Tragödie》을 집필했을 때, 그는 완전히 쇼펜하우어적인 사상행로를 걷고 있었다. 그는 후일 당당한 자기극복으로서 쇼펜하우어와 바그너를 거부하게 되는데, 이는 위대하고도 결정적인 정신사적 사건이었다. 그럼에도 니체는 그들을 더 이상 칭송할 수는 없었을지언정 사랑하는 일까지 멈추지는 않았다. 더욱이 매우 쾌활한 내용이면서도 마지막 고독의 자극으로 빛을 발하는 후기 저작 《이 사람을 보라Ecce Homo》에서는 《트리스탄Tristan》에 대해 한 쪽을 할애하고 있는데, 여기서는 어떤 이질감이란 찾아볼 수 없고 더욱 더한 열정만을 느낄 수 있다. 요컨대 이렇게 고상하며 자기 자신과 타협할 줄 모르는 정신의 소유자인 니체도 그의 젊은 시절의 철학을 조성해 주었던 쇼펜하우어에게 끝까지 의미심장한 경애를 표했던 것이다. 우리는 니체가 쇼펜하우어를 극복한 이후에도 그의 철학적 사유와 이론이 쇼펜하우어적 세계상으로부터 결별을 선언했다기보다는 오히려 그것의 보완 내지 재해석을 의미하고 있었다고 말할 수 있을 것이다.

쇼펜하우어 사상의 역사는 바로 유럽의 과학감각과 예술정신이 하나로 합치되어 출발하는 서구적 인식생활의 원점으로 거슬러 올라간다. 즉 그의 사상은 그리스의 위대한 철학자 플라톤Platon에서 출발한다. 플라톤이 가르치는 바대로 현세의 사물들은 참된 존재를 지니지 않는다. 그것들은 생성되고 있는 중이며, 결코 존재한다고 할 수 없는 것들이다. 그것들은 인식의 대상이 되지 못하는데, 왜냐하면 참된 인식이란 그 자체로서 존재하며 항상 동일한 방식으로 존재하는 것들에 대한 것이기 때문이다. 현세의 사물들은 다多로서 존재하며, 단순히 상대적이고 은폐된 존재로서 우리가 비존재非存在라고까지 할 수도 있는 것들이며, 항상 감각을 통해 갖는 속견俗見들의 대상이 될 뿐이다. 항상 존재하며 변화되지 않는 참된 존재란 그림자들의 원상이자 영원한 이데아들Ideen이고, 모든 사물들의 근원형식들Urformen이다. 모든 근원형식은 그 본질에 있어서 하나이자 바로 원형인 데 반해, 이 원형의 모방 또는 그 그림자들이란 순전히 그와 동일한 이름을 갖고 있음과 아울러 개별적이며 무상한 것들이다. 이 그림자들과는 달리 이데아들은 결코 생성하거나 소멸하지 않는다. 이들은 시간을 초월해 있고 진정으로 존재하는 것들이며, 무너지기 쉬운 모방들처럼 결코 생성되었다가 붕괴되는 것이 아니다. 바로 이들에 대한 참된 인식이 존재한다. 참인식이란 항상 존재하며 어떤 관찰에 있어서도 존재하고 있는 것들에 대한 것이다.

구체적으로 말해 '사자der Löwe' 자체란 이데아이고, '어떤 사자ein Löwe'란 단순한 가상假象이어서 후자의 경우는 참인식의 대상이 될 수 없다. 물론 속된 이의를 제기하여 개별적이며 경험적 사자라는 가상의 모습만이 우리가 사자 자체에 관해, 즉 사자를 그 이데아에 있어서 인식할 수 있도록 보증해 준다고도 할 수 있다. 그러나 사자의 가상적 모습에서 만들어진 경험을 정신적으로 즉시 사자의 존재, 사자의 이데아, 사자에 대한 순수하고 보편적인 심상에 종속시킨 것은 플라톤이었다. 다시 말해 모든 특수한 시간적 지각을 보편적이며 정신적인 것 아래 포괄시키는 추상화작용, 그리고 모든 제약되고 무상한 현실을 직시하여 단순한 시각 활동을 무조건적이며 혼란되지 않은 항상적 진리의 '직관Anschauung'이라는 차원으로 심화시키고 순화하는 태도는 바로 플라톤이 자기 시대의 사람들에게 내세웠던 철학적 주장인 것이다. 이 경우 진리는 개별현상의 배후에 있고, 가상은 늘 진리의 뒤를 좇는다.

플라톤은 규정항der bestimmte Artikel과 비규정항der unbestimmte Artikel 사이의 차이로부터 어떤 중요한 의미를 추출해 낼 줄 알고 있었다. 그는 그런 것에서 '교육적 역설ein pädagogisches Paradox'을 만들어내곤 했다. 그도 그럴 것이 인식이 눈에 보이지 않는 것, 생각되어진 것, 정신 속에서 직관된 것에만 통용된다고 주장하는 것은 참으로 역설적이기 때문이다. 즉, 눈에 보이는 세계를 그 자체로는 아무것도 아니고 오직 그 속에서 스스로 드러내고 있는 것을 통해서만 의미와 은폐된 실재를 획득하게 되는 일종의 가상으로 설명한다는 것은 참으로 역설적이다. 현실적인 것의 실재성Realität, 그것은 다만 정신적인 것이 빌려준 개념이 아니겠는가! 그것은 아무것도 아닌 어떤 것이거나 건전한 인간의 두뇌를 매우 혼란시키는 그 무엇일 따름이었다. 하지만 이런 "부르주아의 태도"에는 항상 유희와 사명, 지상에 있어서 인식의 오만방자한 순교가 존재했다. 부르주아는 늘 보통 사람들의 건전한 두뇌를 골탕 먹이는 데에서, 이미 일반화된 진리를 전도시켜 지구가 태양 주위를 돌게 만드는 데에서 그들의 즐거움과 고뇌를 찾았다. 왜냐하면 이럴 경우 모든 정상적 생각에 대해 관계가 전도됨으로써, 사람들을 당혹감에 몰아넣거나 황홀경에 빠지게 하고, 때로는 격분시키곤 하기 때문이다. 이때 인식은 이제까지 인간이 가졌던 감각적 습관에 정반대되는 진리들을 부과하게 된다. 이런 일은 물론 교육적 목적에서 생겨난 것이며, 인간의 정신을 보다 높이 끌어 올려 새로운 일을 성취하는 데 도움이 되게 만들려는 목적에서 나온다. 이는 앞서 플라톤이 언급한 규정항과 비규정항을 구별하는 포괄적 해석방식으로 서구세계에 도입했던 것으로, 다름 아닌 과학정신을 일컫는 것이었다.

이는 분명히 과학정신이며 과학을 위한 교육이다. 가상의 다多를 이데아의 종속물로 분류하고, 진리와 참된 현실을 오직 이데아에만 결합시켜 직관하는 추상화抽象化, 즉 인식의 정신화精神化에 고착시키는 방식인 것이다. 플라톤은 가상과 이데아, 경험과 정신, 가상세계와 진리세계, 일시성과 영원성 사이에 가치구분을 함으로써 우리 인류 정신사에 말할 수 없이 큰 사건을 만들게 된다. 우선적으로 이 사건은 과학적 내지 학문적이면서 동시에 도덕적 의미를 지닌다. 이데아적인 것을 유일하게 현실적인 것으로 받아들여 덧없이 소멸하는 것의 다多보다 상위에 둔 것은 바로 도덕적인 그 무엇에 집착하고 있었기 때문이며, 따라서 정신적인 것을 위해 감각적인 것, 영원한 것 또는 후세에 기독교적인 것을 위해 일시적 가상을 평가절하한 것이었다. 이렇게 해서 일시적 가상, 이 가상에의 감각적 애착을 죄악의 상태로 전락시켰다. 오로지 영원한 것을 향해 자신을 전향시키는 자만이 진리를 발견할 수 있다는 것이다. 이런 측면에서 고찰한다면, 플라톤의 철학은 과학(학문)과 금욕적 도덕이 서로 인척관계이자 상호 공속해 있다는 것을 극명하게 보여주고 있는 셈이다.

그러나 그의 철학은 다른 어떤 것, 예술철학의 귀중한 토대가 되기도 한다. 그의 논지에 따르면 시간은 단지 분할되고 분절된 모습일 따름으로, 자체를 넘어서서 영원한 것으로 실재하는 이데아들의 개별존재일 뿐이다. 플라톤이 사용한 아름다운 표현에 의하면, "시간은 영원성의 운동하는 상像이다." 그런데 이렇게 해서 기독교 이전에 이미 기독교적인 가르침이 그의 금욕적 지혜 속에서 또 다시 진귀하게도 감각적, 예술적 매력과 마법을 제공하게 된다. 왜냐하면 이것이 바로 이데아적인 것, 정신적인 것을 대신해 내비치고 있는 형상들의 뒤섞여지고 변모된 환영들이라는 세계이해로, 곧 뛰어난 예술적 면모를 보여주며, 동시에 마치 세계 자체에 예술가들을 선사해 보내주는 것과도 같기 때문이다. 예술가들이란 비록 육체적 욕망으로 가득 차 죄악을 저지르듯 가상의 세계 내지 모사模寫의 세계에 집착해 있는 것처럼 느껴지지만, 바로 그렇기 때문에 동시에 스스로가 이데아의 세계, 정신의 세계에 속해 있음을 알고 이데아를 위해 가상들을 관통해 들여다볼 줄 아는 마법사와 같은 존재들이다. 여기에 예술가의 사명, 즉 지상과 지하세계, 이데아와 현상, 정신과 감각을 '중재하는 자'로서의 전령傳令의 신 헤르메스Hermes의 역할, 마법사적 역할이 나타난다. 그것이 실은 이른바 예술의 위치인 것이다.

예술의 이와 같은 희한한 처지, 자신 내에 들어 있는 충동으로 인하여 타락한 예술의 품위는 어떻게 달리 규정되거나 설명될 수 없다. 모든 중재역할에 대한 이 희극적 우화寓話인 '달'의 상징은 바로 예술의 고유한 성격이다. 달의 성좌는 고대인들에게 진기한 것이었으며, 그것의 이중성에 따라 태양세계와 지상세계, 정신세계와 물질세계 사이에서 중재 및 매개역할을 하기 때문에 신성한 것이었다. 태양에 비해 수용적受容的이어서 여성적이며, 지구에 비해 생산적이어서 남성적인 달은 고대인들에게는 천상의 물체들 중에서는 가장 순수하지 못한 것이지만, 지상의 물체들 중에서는 가장 순수한 것으로 여겨졌다. 달은 아직 물질세계에 속해 있지만 이 질료세계 속에서 최상의 위치와 최고의 정신적 위치, 태양을 향해 올라가는 위치를 점유한다. 그것은 경계선에 자리하여 두 왕국을 얽어매고 있어서 바로 두 왕국을 갈라놓으면서도 결합시켜 주며, 모든 것들의 통일을 보장해 주면서 가시적可視的인 것과 불가시적不可視的인 것들 사이에서 통역의 역할을 수행했던 것이다. 정확히 말해 이것이 정신과 삶, 이데아와 가상 사이에 자리 잡고 있는 예술의 위치이다. 예술은 달처럼 양성적兩性的이고 정신에 비해선 여성적이며, 또한 삶에 견주어 보면 남성적, 생산적이다. 물질관계에서 보면 천상의 가장 불순한 표명이지만, 지상에서는 가장 순수하고 영원하며 정신적인 것으로 나타나는 예술은 그 본질로서 두 영역 사이에 놓인 달처럼 마술사적인 매개역할을 부여받는다. 이 매개역할이 바로 아이러니Ironie의 원천이다.

예술가로서의 플라톤…. 우리는 하나의 철학이 적어도 이따금은 세계해석이나 세계체험과 결부된 윤리와 지혜론Weisheitslehre을 통해서만 영향을 미치는 것이 아니라 특히 철학에 자리 잡고 있는 본질적-원초적-인적人的 요소인 세계체험 자체를 통해서 작용한다는 것을 고집하

고자 한다. 이는 결코 구원론 내지 진리론의 이지적理智的, 윤리적 부가
물 정도로만 간주될 수는 없다. 어느 철학자에게서 그의 철학을 끌어
내보면 여전히 많은 것이 남아 있는데, 만일 아무것도 남아 있지 않다
면 그것은 곤란한 일이 아닐 수 없으리라. 쇼펜하우어의 정신적으로
불충한 제자인 니체는 그의 스승을 생각하며 다음과 같이 시를 쓴 적
이 있다.

> 그가 가르쳤던 것은 사라졌어도,
> 그가 살았던 것은 아직도 여전하네,—
> 자, 그를 보기만 하라!
> 어느 누구에게도 그는 굴복하지 않았네.

그러나 아직도 이야기되는 쇼펜하우어의 가르침이, 그리고 완전히
'낡아 사라진 것'으로 되어 버릴 수 없을 진리의 역동성이, 금욕적 · 과
학적이면서도 예술적으로 형상 가능했던 플라톤의 철학적 계시처럼,
다시 말해 그것이 후세의 위대한 천재예술가 리하르트 바그너의 무분
별한 남용을 통하여 '오용될 수 있는 것'으로 판명되었다 할지라도, 그
책임은 쇼펜하우어의 사유체계를 세우는 데 도움을 주었던 그의 스승
과 창시자에게 전가되어서는 안 될 것이다. 임마누엘 칸트Immanuel Kant
처럼 아주 뛰어나고 독보적인 총명함을 지녔던 사람도 예술을 멀리하
면 할수록 비판은 더욱 가까이에서 울려 나왔으니 말이다.

칸트는 인식비판가로서 철학을 사변으로부터 구제해 내어 인간정신
자체에로 되불러 왔고, 이 정신을 철학의 대상으로 삼았으며, 또한 이

성의 한계를 정립함으로써 18세기 후반 프로이센의 도시 쾨니히스베르크에서 2,000년 전 그리스 사상가가 세워놓은 약정約定들과 비슷한 그 무엇을 가르쳐주었다. 그의 설명으로는 우리의 전반적 세계경험은 세 가지 법칙과 제약 아래 놓여 있는데, 이것들은 결코 붕괴되지 않는 형식들이며, 그 속에서 우리의 모든 인식이 성립된다는 것이다. 시간, 공간, 인과율Kausalität이 바로 그것이다. 이들은 우리의 통각統覺 Apperzeption과 상관없이 그 자체로서 존재할지도 모르는 세계의 규정들이거나 물자체物自體 Aing an sich의 규정들이 아니라 다만 그 현상들에 속한 것들로서, 말하자면 우리 인식의 형식들인 것이다. 모든 다양성과 생성 및 소멸은 오직 이 세 가지 형식들을 통해서만 가능하다. 그들은 따라서 현상Erscheinung에만 관여하고, 그럼으로 해서 우리는 그것을 결코 적용시킬 수 없는 '물자체'에 관해서는 아는 바가 전혀 없는 것이다. 이 물자체라는 것은 우리 자신의 자아까지도 포함하고 있다. 즉 우리는 자아를 현상으로서만 인식할 뿐이지 그 자체가 무엇인지에 관해서는 전혀 알지 못한다. 다시 말해 시간, 공간, 인과율은 우리들 오성의 설비들이고, 따라서 형상으로서 우리들에게 주어진 사물들에 대한 이해란 시간, 공간, 인과율로 제약된 내재적內在的 immanent인 것이다. 초월적transzendent 이해란 이성이 이성 자신에 눈을 돌려 이성비판을 행하고 상술한 세 가지 형식이 그저 인식의 형식일 뿐이라는 것을 통찰함으로써 얻게 될지 모르는 그런 이해를 말한다.

  이것이 칸트 철학의 기본구상이며, 우리는 그의 생각이 플라톤의 기본구상과 아주 근접해 있음을 알게 된다. 두 사람 모두 가시적 세계를 현상으로 간주하면서 그것이 허무적 가상nichtiger Schein이라고 주장한다. 가상이란 그 내부에서 계속 내비치면서 스스로를 표출하는 그 무 엇을 통해서만 의미와 고유의 현실성을 얻을 수 있다. 이처럼 칸트와 플라톤에게 진정한 현실존재란 현상을 넘어서서 그 배후에, 간단히 말 하자면 현상의 '저편jenseits'에 놓여 있는 것으로, 그것이 '이데아'라고 불리든 '물자체'라고 불리든 거의 동일한 의미를 지닌다.

쇼펜하우어 사상은 이 두 개념을 자신의 것 내부로 깊숙이 받아들였 다. 그는 플라톤과 칸트를 아주 개인적인 편애를 가지고 일찍부터(괴 팅겐에서 1809~1811년) 공부했으며, 시간적으로나 공간적으로 그토록 멀리 떨어진 두 사람을 다른 어떤 사상가들보다 한층 좋아했다. 그들 이 도달했던 거의 동일한 성과들은 쇼펜하우어 자신이 간직하고 있던 세계상을 구축하고 정당성을 입증하여 완성하는 데 가장 큰 도움이 되 는 것 같았다. 그러므로 그가 이 두 사람을 "서구 양대 최고봉의 철학 자"라고 칭했던 것은 전혀 놀라운 일이 아니다. 그는 필요한 것을 그들 로부터 얻어 냈는데, 이것이 그의 전통에 대한 욕구를 크게 만족시켰 다. 설령 그가 자신의 완전히 다른 본성 ―훨씬 더 '현대적'이고 치열 하며 고통을 겪는 듯한 본성― 에 따라 전혀 다른 무엇을 만들어 냈다 해도, 그것은 실로 그의 사유를 위한 훌륭한 원천이었다.

쇼펜하우어가 받아들였던 것은 이미 언급한 '이데아'와 '물자체'였 다. 후자를 가지고 그는 아주 모험적인 것을 시도했던바, 깊이 납득할 만한 설득력에 이르기는 하였어도 거의 허용될 수 없는 어떤 것을 시 도하였다. 그는 물자체를 정의하면서 이에 명칭을 부여했다. 우리는 칸트로부터 물자체에 관해 아무것도 알아낼 수 없는 데 반해, 쇼펜하 우어는 그것이 곧 '의지der Wille'라고 주장했다. 의지는 궁극적이며 더 이상 환원될 수 없는 근원적 존재원存在原이었고, 모든 현상의 원천이자 각 개별현상들 안에 현재하고 작용하는 창조적 요인이요, 전체의 가시적 세계와 그 모든 삶(생명)을 부추기는 요인이었다. —의지는 곧 삶에의 의지였기 때문이다. 의지는 철저히 그러했는데, 누가 의지를 언급할 경우 그는 곧 삶에의 의지를 말한 셈이고, 누가 훨씬 더 상세한 공식을 사용했을 때 그 누군가는 단지 말의 중복을 저질렀을 따름이었다. 도대체가 의지는 늘 삶이라는 것 한 가지만 욕구하였다. 그런데 왜 의지는 그것을 욕구하는가? 그것이 값지기 때문인가? 의지가 삶의 가치에 대해 어떤 객관적 인식의 결과를 나타내기 때문인가? 결코 그렇지 않다! 의지의 측면에서 보면 어떤 인식도 전적으로 생소할 뿐이다. 의지는 인식 같은 것과는 전혀 무관하며, 아주 본원적이고 무제약적無制約的이다. 맹목적 충동, 철저히 이유 없고 절대적으로 동기 없는 욕구이다. 그것은 삶의 가치에 관한 어떤 판단과도 관계가 없으며, 오히려 반대로 그와 같은 모든 판단들은 생의지生意志 Lebenswille의 강도에 철저히 의존해 있다.

그러므로 의지는 시간, 공간, 인과율이라는 내재적 원리를 넘어서 있는 물자체와 같으며, 맹목적이고 이유 없이, 그렇지만 야수와 같이 억제하기 어려운 욕망을 가지고 존재와 삶과 '대상화Objektivierung'를 욕구한다. 이때의 대상화란 의지의 근원적 통일로부터 다多Vielheit가 생성되었다는 방식으로 수행되는데, 그것은 정확히 표현하여 '개별화 원리pricipium individuationis'라고 지칭할 수 있다. 삶(생명)을 열망하는 의지는 자신의 쾌락을 만족시키기 위해 이 원리에 따라 스스로를 객관화하며, 시간과 공간 내에 존재하는 현상세계의 수많은 부분들로 흩어지지만, 이 의지는 가장 작은 개별적 부분 속에 다시금 온전하고 충만한 강도를 가지고 존재한다. 결국 세계는 전적으로 의지의 산물이자 표현이고, 시간과 공간 속에서 의지의 객관화인 것이다.

하지만 세계는 그 밖에도 다른 그 무엇, 의지와 관련된 또 다른 어떤 것, 한 마디로 말해 표상表象 Vorstellung이다. 세계는 나와 너의 표상, 모든 사람의 표상이자 세계 자신의 자신에 대한 표상이다. 이는 '더 높은 단계die höhere Stufen'의 객관화에 있어서 의지가 자신에게 밝혀주는 인식적 오성悟性 Intellekt을 통해 가능하다. 여기서 더 높은 단계라는 말은 올바르게 인식되어야 한다. 다시 말해 쇼펜하우어는 신비적이면서도 가장 현대적이고, 자연과학의 자양분을 섭취한 사람으로서 그의 의지 및 우주진화론, 의지표출의 끝없는 다양多樣에 '진화Entwicklung'라는 개념을 도입하였다. 그는 이 개념을 철학의 근본요소인 플라톤으로부터 넘겨받은 '이데아'에 대한 사랑으로부터 진척시켰다. 그는 의지의 다양한 객관화에 서열이 있다고 가정하거나 확신함으로써 이데아를 얻었거나 구제했다. 그도 그럴 것이 이데아들은 바로 의지의 객관화들의 순수 직관단계들이기 때문이었다. 개별적 사물들이란 의지의 아주 적절한 객관성이 되지는 못하고 우리의 인식형식들에 의해 흐려진 객관성 또는 객체일 뿐이다. 참으로 우리는 어떤 '견본들Exemplare'이나 '사례들Begebenheiten', 대체물을 인식하게 될 것이 아니라 오직 존재 중인 것, 의지의 직접적이고 순수한 객관성만을 그 여러 단계에 있어서 인식하게 될 것이다. 스콜라 철학자들의 말을 빌리면 우리의 세계는 하나의 '정지된 현재nunc stans', 흐려지지 않은 영원한 이데아들의 '정지된 현재ein stehendes Jetzt'이다.

결국 더 높은 단계의 개별화에 있어서, 이미 동물이나 무엇보다 최고 높이의 가장 복잡한 단계에 있는 인간에게 있어서, 의지는 의지 자체를 돕고 확실히 하고 조명하기 위해 세계를 표상으로 하는 오성의 빛을 점화시킨다. 유의해야 할 것은 의지를 산출해 낸 것이 오성이 아니라 오히려 역으로 의지가 오성을 산출해 내었다는 점이다. 가장 원초적이고 지배적인 것은 오성, 정신, 인식이 아니라 의지이며, 오성은 이 의지에 시중을 들고 있을 뿐이다. 하지만 인식 자체가 비교적 높은 단계의 의지객관화에 속하고 또한 이 의지가 없으면 어떤 일도 수행될 수 없는 것이기 때문에, 의지는 지배적이고 원초적인 것으로서밖에 달리 어떤 태도를 취할 수 있었겠는가?

그렇다, 모든 것은 전적으로 의지의 작용결과인 것이다. 모든 것이 절대적이고 동기도 없으며, 이유도 없고 가치부여도 없는 오로지 삶의 충동 결과였던 어떤 세계에서는 오성이라는 것은 단지 두 번째 자리를 차지하고 있을 뿐이다. 감수성, 신경조직, 두뇌 등은 유기체의 다른 부분들과 마찬가지로 인식하는 지성의 정반대 부분, 반대극인 셈이다. 의지의 객관화라는 특정 기점에서 의지의 표현인 생식기관, 그리고 의지의 객관화를 통해 생성된 표상은 바로 의지를 위해 규정되었지 유기조직들의 목적은 아닌 것이며, 의지의 목적을 성취시키기 위한 수단인 것이다. 오성과 의지의 관계에 있어서 전자는 단지 후자를 위한 도구일 뿐이라는 쇼펜하우어의 규약規約은 수많은 희극과 굴욕적 비애를 내포하고 있으며, 스스로 뭔가를 착각하여 인간의지가 오성으로부터 지시와 전달사항을 받아들인다고 잘못 생각하는 인간 전체의 성벽과 능력의 문제를 포함하고 있다. 그러나 문제는, 우리의 철학자에 따르면 바로 그 역逆이 주장되고 있다는 사실이다. 즉 오성은 —그것이 의지의 가장 가까운 주변세계를 조금 밝혀주고, 의지가 더 높은 단계의 생존경쟁을 벌일 때 도움을 줄 수 있어야 한다는 과제를 제외하고는— 단지 의지를 사람들의 입에 오르게 하거나 정당화하고, 의지에 대해 '도덕적' 동기를 갖추게 한다. 간단히 말해 오성은 우리의 충동을 합리화할 따름이다. 이는 마치 중세의 기독교 철학자들이 이성理性 Vernunft은 오직 신앙을 변호하기 위해 존재할 뿐이라는 기본교리에서 벗어났을 때, 악마가 그들을 불러들였다고 하던 경우와 같은 상황인 것이다. 이를 우리는 당연히 칸트에게 말했어야 했다! 그런데도 쇼펜하우어는 칸트로부터 '물자체'를, 플라톤으로부터는 '이데아'를 받아들였기 때문에 이성을 그런 식으로 평가하면서도 스스로가 칸트주의자나 플라톤주의자임을 확신하고 있었다.

이는 명백히 '비관주의적pessimistisch' 평가였다. 실로 모든 안내서에서는 쇼펜하우어가 첫째는 의지의 철학자요, 둘째는 페시미즘(염세주의)의 철학자라고 가르친다. 그러나 여기서 첫째, 둘째란 없고, 양자가 모두 동일하다. 그는 전자前者였고, 전자였던 가운데 후자後者이기도 했다. 그는 의지의 철학자이자 심리학자였기 때문에 필연적으로 페시미즘의 철학자였다. 의지란 고요한 만족감의 반대되는 것으로서 그 자체에 있어 근본적으로 불운한 무엇이다. 그것은 동요-열망-궁핍-갈망-탐욕-욕구-고뇌인 것이다. 의지의 세계란 다름 아닌 고뇌의 세계라 할 수 있다. 모든 존재하는 것 가운데에서 자신을 실현시키고 있는 의지는 물리적인 것 속에서 자기의 형이상학적 욕망을 글자 그대로 다음과 같은 표현으로 만족시키고 있다. 즉 의지는 그것이 창조한 세계, 욕망과 궁핍의 산물로서 몸서리치도록 확증된 세계 안에서 그리고 이 세계를 통해 형이상학적 욕망을 소름 끼치도록 무섭게 '속죄하고' 있는 것이다. 요컨대 '의지의 세계화'는 '개별화 원리'에 따라 다多로 분산되면서 자기실현을 이행하는 과정에서 자신의 근원적 통일성을 망각하게 된다. 마디마디 잘려 나가는 중에서도 하나의 의지는 자기 자신과 불화를 일으키고, 자기 자신과 천만 번을 싸우는 가운데에서 자신의 행복만을, 어떤 다른 현상, 아니 모든 다른 현상들을 희생시키면서도 자신의 "햇볕 드는 자리"를 찾아가면서 자기 육신을 탐욕스럽게 먹어 치우는 타르타로스 동굴인처럼 끝없이 자신의 살점 속으로 이빨을 쑤셔 박고 있는 것이다.

이를 우리는 글자 그대로 이해하여야 한다. 플라톤의 이데아는 쇼펜하우어에게서 무도하게 탐욕적인 것으로 나타나는데, 이는 의지실현의 각 단계로서의 이데아들이 질료, 공간, 시간을 가지고 서로 적대시하며 싸우는 것으로 보아도 알 수 있다. 동물세계를 위해 식물세계는 그 영양소로서, 모든 동물들은 다시금 다른 동물들에게 먹이와 영양소로서의 역할을 수행한다. 이렇게 의지는 생존을 위해 자기 자신을 먹어치우거나 소모시키고 있다. 결론적으로 인간은 그 모든 전체를 자기를 위해 창조된 것으로 여기지만, 한편으론 모두가 모두에게 대항하여 싸우는 잔인함을 초래하고 있으며, 소름 끼치도록 의지의 자기불화를 가져와 "인간은 인간에 대해 늑대와 같다"라는 격언을 남기고 있는 것이다.

쇼펜하우어가 고뇌세계, 수많은 '의지체현Willensinkarnation'이라는 고난과 생의 분노에 대해 말하게 될 때면 언제나(그는 종종 이에 관해 아주 상세히 말하고 있는데), 그의 저술가로서의 천재성은 가장 휘황찬란하면서도 다른 한편 소스라치게 전율을 일으키는 미묘한 완성의 최고봉 最高峰에 도달한다. 그는 이에 대해 칼로 자르듯이 날카롭고 통렬하게 경험과 포괄적 통찰을 강조하여 말한다. 그 강조의 힘은 엄청난 놀라움을 자아내고, 그 철두철미한 진리성으로 인하여 경악까지도 불러일으킨다. 그것은 어떤 면에서는 삶에 대한 번뜩이는 눈초리로서, 거칠고 신랄하게 조소하면서 입을 삐쭉이며 희랍어와 라틴어의 인용구들을 뿌려 넣고 있다. 세계의 불행에 대해 자비심으로 가득 차 있으면서도 동시에 무자비한 탄핵과 확인, 계산, 그에 대한 확증과 같은 일을 해나간다. 그러나 더 나아가 그것은 지나친 정확성이나 애매모호한 어법에서 흔히 느끼게 되는 답답함 같은 것은 없다. 그보다는 오히려 기이하게도 정신적 항거, 떨리는 음성에서 감지되는 인간 분노에 의해 충만해진 것 같은 깊은 만족감을 드러낸다. 이와 같은 만족감은 어느 누구나 느낄 수 있는데, 왜냐하면 무엇을 바로 잡아 세우려는 정신적 인물이나 위대한 저작자는 흔히 세계의 고뇌에 대해 말하면서도 동시에 나와 너의 고뇌를 말하고 있기 때문이다. 이에 따라 가슴 벅찬 환희를 느낄 정도로까지 우리들 모두는 훌륭한 말에 복수를 당했다는 느낌을 갖게 된다.

빈곤, 궁핍, 생의 보전을 위한 근심, 바로 이런 것들이 먼저 나타난다. 그리고는 이런 것들이 가까스로 추방되고 나면 성적 욕구, 사랑의 번뇌, 질투, 시기, 증오, 명예욕, 질병 등등이 끊임없이 진행된다. 의지의 내부 갈등으로 빚어지는 모든 재앙의 원천은 판도라Pandora의 상자에서 빠져나온 것이다. 무엇이 아직도 그 바닥에 남아 있는가? 희망

Hoffnung이? 아니, 그렇지 않다. 권태Langweile만이 남아 있다. 그도 그럴 것이 인간의 삶이 고난과 권태 사이에서 이리저리 내던져진 것으로 미루어 보아도 알 수 있기 때문이다. 고통이란 긍정적인 것이고, 쾌락은 고통이 단순히 멈춰 지양된 상태, 즉 부정적인 것이다. 그렇다, 쾌락은 곧 권태로 넘어가게 되어 있다. ─잘못 울려 퍼진 선율이 결국은 기본음으로 되돌아오고, 불협화음이 종래에는 조화로운 화음에 도달하는 것처럼, 질질 늘어진 음조는 언젠가는 권태를 일으키게 된다.

성취? 그런 것도 있다. 그러나 우리 욕망의 긴 고통, 우리의 무한한 소망Wunsch과 비교해 보면, 성취란 아주 짧고 사소할 뿐이다. 성취되는 한 가지 욕구에 비해, 적어도 열 가지의 욕구는 충족되지 않은 채로 남아 있게 마련이다. 게다가 만족은 단지 겉보기일 따름이며, 충족된 소망은 곧 새로운 자리를 만든다. 충족된 소망은 인지된 것이지만, 새로운 자리는 아직 인지되지 못한 미혹迷惑이다. 도달된 어떤 욕구의 대상도 지속적 만족을 보장해 주지는 못한다. 그것은 걸인에게 던져진 동전과도 같은 것으로, 그의 비참함은 오늘에서 내일로 연장될 뿐이다. 행운이라는 것? 그것은 아마 평온한 상태가 아닐까. 그러나 평온은 욕구의 주체에게는 불가능하다. 추적, 도주, 재앙에의 두려움, 쾌락에의 갈망, 이 모든 것이 한결같다. 끊임없이 무엇인가를 요구하는 의지에 대한 근심은 의식을 채워 주고 계속해서 자극한다. 욕구의 주체는 그렇게 해서 언제나 익시온Ixion의 영원히 불타는 수레바퀴 아래 누워 있고, 다나이덴Danaiden의 체로 물을 긷는 것과 같으며, 영원히 고갈증에 허덕이는 탄탈로스Tantalus와 같다.

쌓여 있는 고통의 상像, 탄탈로스의 이미지들, 이미 이것들은 모두 분노의 굶주림으로 말미암아 자기 자신을 먹어치우는 티에스트^{Thyest}의 상과 같다. 그렇다면 삶이라는 것이 지옥이란 말인가? 꼭 그런 것은 아니지만 그에 접근해 가고 있고, 지옥에 대한 일종의 예감 같은 것도 보인다. 분명한 것은 지옥과 유사하다는 점이다. 삶에의 의지, 그것은 형이상학적 어리석음이요 경악스런 오류이며, 하나의 죄악, 아니 죄악 그 자체이다. 그런 의지의 특성이 지옥과 상통하는 그 무엇이라는 것은 예전부터 잘 알려진 사실이다. 우리는 플라톤주의와 기독교 정신을 명심하고 있는가? 플라톤의 소리 없이 행한 금욕적이고 비관적인 평가 절하, 즉 구제와 진리가 깃들어 있다고 하는 정신적인 것을 통해 감각적인 것^{das sinnliche}을 평가절하한 일은 초기의 서양 국가들에서는 요원했지만 2,000년 동안이나 고뇌와 탄핵을 강조하게 만들었던 것이다.

실제의 세계란 원죄를 범한, 근원적으로 어리석기 짝이 없고 결코 일어나서는 안 될 의지작용의 산물이다. 세계가 정말로 완벽한 지옥이 되지 못했다면, 그것은 오로지 삶에 대한 맹렬한 의지가 아직도 완전히 거기에 이르지 못한 까닭일 뿐이다. 의지가 조금만 더 강했더라면, 조금 더 큰 삶의 의지였더라면, 지옥은 완벽하게 이루어졌을 것이다. 이는 염세주의의 한계처럼 들릴지 모르지만, 실은 삶과 저주받은 의지에 대한 살을 뜨는 아픔의 비난일 따름이다. 이는 언젠가 쇼펜하우어가 농담으로 삶이란 "바로 – 아직도 – 존재 – 할 수 있음^{das Eben-noch-sein-Können}이라는 칼날 위에 서서 아주 간신히 균형을 이루고 있는 것과 같다"고 한 말과 유사하다. 쇼펜하우어에 따르면 "이 세계는 상상할 수 있는 것 중에서 가장 사악한데", 그도 그럴 것이 우리의 세계가 조금만 더 나쁘다면 이미 존재할 수 없기 때문이다. 이와 관련하여 쇼펜하우어가 볼테르를 기억한다는 것이 좀처럼 보기 드문 일은 아니다.

그는 때때로 명쾌한 문장형식과 뛰어난 재치에 있어서 볼테르와 비견된다. 그러나 암흑에 깔린 그의 존재, 그의 영적인 삶의 깊이와 마력은 볼테르를 능가하고 있다. 이에 관해서는 그의 의지철학 속에 갖추어진 구원론, 그로부터 치솟아 올라선 구원에 대한 열망이 좋은 증거가 된다. 그렇다! 비참, 방황, 실패, 이런 삶에 대한 참회로부터 구원이라는 것이 존재한다. 구원은 인간의 손 안에 놓여 있다. 최고도로 발전된, 따라서 가장 고통스럽게 고뇌를 감내하는 의지 객관화로서의 인간 손아귀에 놓여 있는 것이다.

우리는 구원이 죽음일 것이라고 생각하는가? 결코 그렇지 않다. 죽음은 전적으로 현상, 경험, 이 세계 내의 다*와 변화의 영역에 속한다. 죽음은 원초적이고도 참된 실재를 건드리지 못한다. 우리에게 있어서 죽는 것이란 그저 개별화個別化에 불과할 따름이다. 우리 본성의 핵심인 삶의 의지는, 그것이 자신을 스스로 긍정하고 삶에의 접근방식을 언제나 찾아 깨닫고 있는 한, 죽음으로부터 전혀 괴로움을 당하지 않는다. 덧붙여 말하자면 이로부터 자살의 어리석음이라든가 부도덕성이 결론 내려진다. 자살을 통해서는 아무것도 개선되지 않는다. 그 이유는 개인이란 단지 자기 개별화만을 부정하고 이를 전멸시킬 뿐이지, 원죄처럼 모두에게 주어진 삶에의 의지는 어쩔 도리가 없기 때문이다. 자살하는 중에도 삶에의 의지, 원죄는 훨씬 더 구체화되고 있는지 모른다. 다시 말해 구원이란 전혀 다른 의미이고, 전혀 다른 조건과 결부되어 있다. 경우에 따라 이 축복을 가능하게 하는 매개자를 추측할 필요는 없다. 그렇다면 그것은 오성과 관련된 일이다.

하지만 오성悟性이라는 것이 의지의 산물, 도구, 어둠 속을 비추는 의지의 등불일 따름이고, 또한 오직 의지를 위해서만 존재할 뿐인가? 정말 그렇고, 그런 역할을 담당한다. 그럼에도 오성이 언제나 모든 경우에 그렇게 머물러 있는 것은 아니다. 특별히 운이 좋게 축복받은 경우, 지극히 예외적인 경우에는 노예나 막일꾼도 자신을 주인과 창조주보다 더 지배적인 위치로 만들 수 있고, 또는 그들을 거부하고 자신을 해방시켜 스스로 독립적, 자립적이게 할 수 있으며, 적어도 잠시나마 명백히 세계에 축복을 내리는 단독군림을 주장할 수도 있는 것이다. 이럴 경우 의지는 힘을 잃고 축출된 상태로 온순하고 지극히 행복하게 그 아래로 침착沈着하게 된다. 인식이 의지로부터 자신을 떼어내고, 주관이 단순히 개별주관이기를 멈추어 순수하고도 무의지無意志의 인식주관으로 변모하는 경이로운 일이 일어나는 상태가 존재한다. 우리는 그것을 '심미적 상태der ästhetische Zustand'라 칭한다.

이것이 바로 쇼펜하우어의 가장 위대하고 심원한 경험인 것으로, 그는 의지지배의 고통을 묘사하기 위해 그토록 소름 끼치는 강조어들을 사용했던 것이다. 그가 다양한 방식으로 줄기차게 '예술'의 축복에 대해 말하면, 그의 문장은 스랍Seraph 천사의 현악기처럼 아주 청정한 소리를 내었고, 그의 감사의 표시는 철철 넘쳐흘렀다. 아마도 자신의 가장 개인적일 이 체험에 대한 정신적 구상과 해석을 그는 플라톤과 칸트의 제자로서 실현시켰다. 칸트는 "아름답다는 것은 이해관계 없이 마음에 드는 것이다"라고 규정한 바 있었다. 칸트의 '이해관계 없이 ohne Interesse'란 물론 쇼펜하우어에게 '의지와 관계없이'를 의미한다.

심미적 흥취란 순수하고 이해관계에서 자유롭고 무의지적無意志的이라는 뜻이다. 그것은 가장 강렬하고 동시에 해맑은 의미에서의 '표상 Vorstellung'이며, 청명하고 깊이 감동된 직관이다. 왜 그런가? 이에 대해 플라톤은 그의 이데아론이 갖는 잠재적 심미주의審美主義로서 도움을 주고 있다. 이데아들! 심미적 상태에서의 현상들, 영원한 것의 모사들이 바로 이것을 위해 맑게 비추고 있다. 이데아들을 보는 맑게 열려진 심미안, 그것은 청명하고 위대하고 찬연한, 이른바 '객관적 직관 objektive Anschauung'인 것이다. 저 천재는 바로 그의 천재적인 찰나의 순간에 그런 직관의 자격, 곧 심미적 작업성과를 향유할 자격을 부여받고 있다.

오성(지성)이 그런 직관에 통찰의 눈빛을 보내다니 어떻게 그럴 수 있으며, 과연 그럴 수 있는 것인가? 그런 오성이란 의지로부터 떨어져 나간 오성이며, 순수하고도 천진난만한 인식된 오성이다. 예술에 있어서는 좁은 의미에서 오성적으로 어떤 일이 일어나지 않았다는 것, 사고나 추상, 이지理智 등이 축복의 상태를 가져다주지 않았다는 것은 말할 필요조차 없다. 오성은 세계를 표상하게 만드는 일에 있어서만 어떤 역할을 해냈다. 예술에 참여하기 위해 우리는 결코 현상과 이데아, 칸트와 플라톤을 알고 있을 필요가 없었다. '심미적 상태'를 그 진정한 본질에 따라 설명해내는 일, 추상적 사고로 그것을 이해할 수 있도록 하는 일은 철학의 문제였다. 그것은 예술에 대해 보다 많이 이해하고, 그 이전 혹은 동시대의 어떤 철학보다 예술에 대해 보다 많은 '체험'을 겪은 그런 철학의 과제였다. 이와 같은 철학은 예술적 통찰이 '천재적 객관성'의 통찰이어야 한다고 알고 있으며 또한 그렇게 가르친다.

우리는 '아이러니'의 원천으로서 예술의 매개역할에 대해 앞서 언급한 바를 기억하고 있다. 이로부터 우리는 아이러니와 객관성이 상호 공속共屬해 있고, 서로 합쳐져서 하나가 된다는 사실을 인지하게 된다. 아폴로, 먼 과녁을 향해 화살을 맞히는 자, 문예의 신이기도 한 그는 멀음과 거리의 신이다. 그는 얽힘, 감정, 병리病理, 고뇌의 신이 아니라 자유의 신, 객관적 신, 아이러니의 신이다. 이 아이러니라는 것에서 쇼펜하우어가 그렇게 보았듯이, 저 천재적 객관성에 있어서도 인식은 의지의 상태에서 벗어나게 되며, 그 주의력은 이미 갈망의 어떤 동기로부터 조금도 흐려져 있지 않았다. 우리는 사물들이 더 이상 동기들로 있었던 것이 아닌 이상, 그것들은 단순히 표상일 뿐이라는 체념상태에 있다. 우리가 알고 있는 어떤 휴식도 갑자기 선사받은 것이 아니었다. 쇼펜하우어는 이에 관해 다음과 같이 언급한다. "우리는 완전히 쾌적하다. 그것은 에피쿠로스Epikuros가 최고의 선善, 신들의 상태라고 칭송했던 고통 없는 상태이다. 저 순간에 우리는 경멸적 의지의 충동으로부터 해방되어 있고, 욕망이라는 감옥의 안식일을 즐기고 있으며, 익시온Ixion의 수레바퀴가 정지해 있는 것이다."

유명한 말들이 자주 인용되었다. 아름다운 것, 미美의 지극히 위안적인 모습 덕분에 쓰라리게 고통을 앓는 영혼으로부터 그런 말들이 이끌려나올 수 있었다. 그러나 그런 말들은 진실한가? 무엇이 진리인가? 그런 말들을 찾아낸 체험이 참되며, 그것은 느낌의 힘을 통해 정당성을 얻는다. 한데 우리는 이처럼 완전하고 무한한 감사의 말들이 상대적이며 아직도 그저 부정적인 행복을 지칭한다고 믿어야 당연한 것인가? 왜냐하면 행복이란 도대체가 부정적인 것이고, 단지 고뇌의 지양일 뿐이기 때문이다. 심미적 이데아 직관의 행복, 의지를 진정시키는 객관성의 행복한 상태란 다름 아닌 쇼펜하우어의 영감이 거기에로 이끌려 들어가 인식하게 된 상像들과 동일한 평정의 상태인 것이다. 그러나 이 또한 일시적이며 영원한 것이 아닌 덧없는 일이다. 쇼펜하우어가 발견한 바로는 예술정신이나 이념적으로 투명하게 비치는 형상에의 안주는 여전히 궁극적 구원이 아니었다. 언급한 심미적 상태 역시보다 완결된 상태의 이전단계에 불과하다. 거기에서는 심미적 상태에서 일시적으로나마 만족을 얻은 의지가 영원히 인식의 빛에 억눌려 무색하게 되며, 격퇴되어 제거된다. 쇼펜하우어에 의하면 예술가의 완성은 성자聖者인 것이다.

쇼펜하우어는 그의 미학과 나란히 하여 윤리학Ethik을 내세운다. 그는 미학 위에 윤리학이라는 왕관을 씌웠다. 그 이유인즉 윤리학은 인간론이며, 의지의 최고단계인 객관화에 있어서 의지의 전도顚倒에 관한 학문이기 때문이다. 그것은 그의 작품이자 거울이요, 객관적 실재였던 고뇌세계의 통찰을 통한 의지의 자기부정론, 자기지양론自己止揚論이었던 까닭이다. 결국 자기부정은 생의지生意志를 절대적, 종국적으로 부정해야 한다는 자기인식에 의해 가능하다. 이런 자기인식이 어떻게 가능했던가? 철저히 의지였던 삶으로부터 의지의 부정이 나오게 된단 말인가? 이는 바로 세계가 어떤 의지작용의 산물이고, 그런 의지작용은 어떤 부정적 반反의지작용을 통해 폐기되거나 지양될 수 있다는 사실로 인해 가능했다. 그것은 일종의 우주적 노예반란에서 의지로부터 자신을 쫓아내고, 의지에의 예속에서 벗어날 것을 고지하면서 해방된 인식행위이다. 이 행위는 가장 내적인 내용이었으며, 이 행위로 넘어

들어간 윤리학의 궁극적 기능이었다.

윤리학이란 도대체 무엇인가? 그것은 인간 행위에 관한 학문, 즉 선악에 관한 학문이다. 그렇다면 맹목적이고 근거 없으며 의미도 없는 의지를 윤리학은 가르칠 수 있단 말인가? 물론 아니다. 덕목 같은 것을 가르칠 수 없다는 것은 자명한 일이다. 그것은 예술에서도 마찬가지이다. 우리가 누군가에게 심미적 상태의 본질에 관해 설명해 준다고 해서 그가 예술가가 되는 것도 아니며, 우리가 그에게 선악의 의미와 뜻을 해명해 준다고 해서 그가 선해지고 악을 피하는 것도 아니다. ―물론 쇼펜하우어는 이런 일을 기꺼이 행했다. 여하튼 그의 추상화작업 Abstraktion은 부수적으로 어느 정도 도움이 될 수 있었는데, 이는 '밀교적密敎的 esoterisch' 지식에 현세의 옷을 입힌 여러 종교들의 교리에서도 많은 형태로 행해진 바 있다. 그런데 어떤 선한 행위가 있었다 해도, 그 선행의 합리적 동기들이 중요한 것이 아니다. 하지만 그 선행은 감정으로부터, 나아가 심미적 상태와 마찬가지로 통찰에 근거한 직관적 진리인식으로부터 발생한 것이다.

쇼펜하우어가 이 직관적 진리인식에 관해 보다 상세히 설명해 줄 것이다. 그는 윤리학이 의지에 대한 규정으로 가득 찬 법전과 같은 도덕론일 수 없다는 것을 이해시키려 했다. 의지에는 어떤 규정집도 만들어질 수 없다는 것이다. 의지는 자유롭고 절대적이며 전능하다. 자유는 바로 의지에만 자리 잡고, 초월Transzendenz 속에서만 존재한다. 자유는 결코 경험 속에, 시간－공간－인과율에 근거를 둔 의지의 객관화에, 한 마디로 세계 내에 존재하는 것이 아니다. 세계 내에서는 모든 것이 엄격히 인과율적으로, 원인－결과에 따라 제한되고 결정된다. 자유는 의지와도 같이 현상계의 저편에 놓여 있다. 그렇지만 저편에 자유가 현전하면서 절대권을 행사하지만, 이 현상계에서는 '의지의 자유 Willensfreiheit'가 존재하고 있다. 흔히 있는 일이지만 자유는 건전한 인간 이성이 받아들이고자 하는 것과 반대의 태도를 취한다. 자유는 '행위 Handeln'에 있지 않고 '존재das Sein'에 있다. 행위에는 결국 떼어 낼 수 없는 필연과 결정이 지배적이지만, 그러나 존재는 근원적이며 형이상 학적으로 자유롭다. 벌 받을 짓을 저지른 인간은 경험적 성격의 소유 자로서 특정한 동기의 영향 아래 필연적으로 그렇게 '행위'를 한 것이 지만, 그러나 그는 달리 '존재'할 수도 있다. 양심의 가책, 양심의 불안 도 존재를 지향하며 행위를 목표로 하지 않는다.

대담하고, 깊이 느끼고, 그러면서도 강경한 사상! 이와 같은 쇼펜하 우어의 사상은 진리창조에 있어서 가장 기이하면서, 또한 모든 것을 엄밀히 검토하는 가장 믿을 만한 직관들에 속한다. 이를 통해 구제되 는 것, 감각적 경험으로부터 초월과 무시간성無時間性으로 구제되는 것, 그리고 거기서 비밀에 가득 찬 확실성으로 인도되는 것, 그것은 바로 윤리적이면서도 귀족적인 한 쌍의 개념이었다. 쇼펜하우어는 이 개념 에 의심할 바 없이 의존해 있었고, 이를 절대적 결정에 종속시키기를 결코 바라지 않았다. 여기서 한 쌍의 개념이란 다름 아닌 '죄'와 '공적 Verdienst'이었다. 죄와 공적의 성립은 의지의 자유에 의존한다. 의지의 자유에 관해 얼마나 자주 논란이 있었던가!

그러나 우리는 늘 이를 통해 시간적 의지의 자유에 대해 말했었고, 현상 내에서 인간의 경험적 성격과 관련된 의지의 자유를 말해왔다. 그것은 예컨대 자기 자신을 그의 운명 속에서 어떻게 경험하는가, 그리고 다른 사람을 유쾌하거나 경악스런 표상으로서 어떻게 눈앞에 보여주는가를 의미해 왔다. 의지가 스스로를 객관화하자마자, 그리하여 그것이 현상이 되고 개별화가 발생하자마자, 자유의 흔적은 사라지고 또한 죄나 공적이라는 것은 문제시되지 않게 된다. 인간은 과거의 자신으로서 어떤 동기들의 영향에 따라 행동해야 했듯이 행동한다. 하지만 그의 행위, 형편, 인생이력, 운명이란 그와는 다른 사람들이 그의 '존재Sein'로부터, 현상 외부와 배후에 있는 '예지적 성격der intelligible Charakter'으로부터 만들어낸 경험일 따름이다. 이 예지적 성격이란 전체세계와 마찬가지로 자유로운 의지작용의 산물이다. 의지는 의지를 그 자체로서 그리고 시간을 초월해 있는 것으로서 규정했듯이, 모든 사물에 있어서도 그런 식으로 현상해 왔다. 세계는 단지 의지의 거울이었던 것이며, 세계 내에 있는 모든 것은 의지가 원하는 것의 표현이었던 것으로, 이는 의지가 원했기 때문에 그러했다. 아주 당연하게도 모든 본질Wesen은 현존재Dasein 일반만을 포함하고 있는 것이 아니라 그에 고유한 현존재, 즉 개성을 포함하고 있으며, 따라서 본질과 부딪친 그리고 부딪칠 수 있었던 어떤 문제에서도 본질은 늘 정당한 것으로 나타났다.

잔인하고 가혹한 사상, 이 얼마나 모욕적이고 무자비하며 거만스러운가! 이를 용납하는 것은 우리의 감정에 거슬리지만, 우리의 감정은 그런데도 이 사상에 깃든 신비를 부르고 있는 것이다. 이 사상의 근저에서는 죄와 공적이라는 개념의 쌍이 결코 침해를 당하는 것이 아니라, 오히려 소름 끼치는 심화를 경험토록 하는 신비스런 진리가 깔려 있다. 좁은 의미의 '도덕' 영역에서는 물론 이 두 개념이 제외되곤 한다. '정의正義'를 그리 중시하지 않는 귀족정신의 소유자들은 항상 도덕성의 공과功過를 벗어나려는 경향을 갖고 있다. 괴테는 편애를 가지고 '천부의 공적angeborene Verdienst'에 대해 말하는데, 이는 논리적 · 도덕적 관점에서 볼 때 정말 불합리한 낱말의 결합이다. '공적'이란 철저히 본성적으로 도덕개념이며, 천부적으로 타고난 것이란 이를테면 아름다움, 현명함, 고귀성, 재능 등이 그러하며, 그것은 숙명적인 것이다. 반면 '행운'이란 논리적으로 공적일 수 없다. 여기서 공적에 관해 말할 수 있으려면 자유로운 선택의 결과라든가 현상의 앞에 놓여 있는 의지의 표현이 그와 같은 것에 속해 있어야 한다. 그리고 쇼펜하우어가 행복한 자나 불행한 자 누구에게든 일은 공평하게 발생한다고 완강하면서도 품위 있게 설명했을 때, 그것이야말로 바로 그가 주장하고자하는 요체였다.

그러나 아주 신속하게 불의와 인간의 상이한 운명에 대해 귀족적 긍정이 가장 단호하고 민주적 평등의 문제로 풀려나가는데, 바로 이때 인간의 불평등과 차이, 심지어는 '차별Unterschiedenheit'이 '환영幻影'으로 증명되기도 한다. 쇼펜하우어는 이 환영에 대해 인도의 지혜론에서 유래한 명칭, '마야의 면사포Schleier der Maja'라는 용어를 사용한다. 그는 이 지혜론이 자기 고유의 세계관과 염세주의라는 점에서 일치하고 있기 때문에 경탄해 마지않는다. 하지만 그는 훨씬 이전에 이를 서양적 학식에 준거하여 라틴어로 천명한 바 있었다. 즉 운명의 불평등과 부당성, 성격, 상황, 숙명의 거대한 환영은 전술한 바 있는 '개별화 원리 principium individuationis'에 의거한다는 것이다. 차별과 부당함은 시간과 공간에 현존하는 다多의 부속물일 따름이다. 이 다多는 그러나 단순한 현상일 뿐이고, 개별자들인 우리가 우리 오성의 제도를 통해 세계에 대해 갖고 있는 표상인 것이다. 이때의 세계란 진정한 실재에 있어서는 전체와 개별자 안에, 그리고 나와 너 안에 존재하는 유일한 생의지의 객체이다.

그렇지만 스스로 세상으로부터 유별나게 격리되어 있는 것처럼 느끼는 사람은 이런 것을 인식하지 못한다. 그야 당연하지 않겠는가? 이는 그의 인식의 조건, 즉 그의 시선과 세계를 드리우고 있는 '마야의 면사포'가 그의 진리 직관을 방해하고 있기 때문이다. 이와 같은 개별 인간은 '하나'인 사물의 본질을 보지 못하고 단지 그 현상들이 분리되고 상이하며 상호대립되어 있는 측면들만을 볼 뿐이다. 쾌락과 고통, 고문을 가하는 자와 감수자, 일자一者의 즐거운 삶과 타자他者의 비참한 삶, 말하자면 당신은 자신을 위하여 한편을 긍정한다면 다른 편을, 무엇보다 당신 자신과 관련지어 부정한다. 당신의 근원과 본질인 의지는 행복과 삶의 기쁨과 향락을 열렬히 갈망하게 한다. 이들에게 당신은 손을 뻗쳐 당신 곁에 단단히 잡아 두려 한다. 그러나 이와 같은 의지의 긍정과 더불어 당신은 세계의 고통을 함께 긍정하거나 당신 곁에 밀착시켜 둘 수는 없다. 이때 당신이 행하고 가하는 악惡, 다른 한편으로 삶의 불공정성에 대한 당신의 분노, 시기, 열망, 욕구, 당신의 세계희구, 이 모든 것들은 다多의 환영으로부터 나오는 것이며, 당신이 세계가 아니고 세계가 당신이 아니라고 생각하는 오류에서 유래된 것이다. 정말로 '나'와 '너' 사이의 구별로부터, 즉 환영을 만들어내는 '마야의 면사포'로부터 이 모든 것은 비롯되는 것이다.

당신의 죽음에 대한 공포 역시 이런 식으로 생겨난다. 죽음은 미혹迷

惑의 중단과 다름없다. 모든 개별화가 길을 잃고 헤매는 것이기 때문에, 죽음은 방황의 중지일 뿐이다. 죽음이란 당신이 속해 있는 자아를 그 외의 다른 세계로부터 차단하는 환상의 칸막이벽이 사라지는 것 외에 다름 아니다. 당신이 죽는다 해도 다른 사람들의 세계는 존재하지만, 당신은 경악스럽게도 그렇지 않다고 믿는다. 그렇다면 나는 당신에게 다음과 같이 말할 것이다. 당신의 표상인 이 세계는 존재하지 않게 될 테지만, 그러나 당신, 그리고 바로 당신의 내부에서 죽음을 두려워하고 원치 않는 것, 그것은 삶에의 의지라고. 당신은 자신의 존재 원천으로서의 의지가 삶으로 가는 문을 늘 찾아낼 줄 알고 있기에 여전히 남아 있고 생존하게 될 것이라고. 정말이지 의지에는 완전한 영원성이 깃들어 있으며, 시간이란 본래 영속적永續的 현재인데도 영원성을 시간이라고 인식하는 삶과 더불어 시간은 또 다시 당신에게 지금 떨어지고 있다고. 의지가 삶을 욕구할 뿐이라면, 당신의 의지에는 틀림없이 모든 쾌락과 고통에 찬 삶이 확실하게 주어진다고. 그런 것이 당신의 마음에 더 든다면, 의지는 삶을 욕구하지 않게 되는지….

그러는 사이에도 당신은 당신 자신으로서 생존하고 있다. 당신은 뭔가 눈으로 보고 사랑한다. 당신은 자신을 관찰하고 뭔가 갈망하고, 자신과는 구별되는 생소한 어떤 것을 욕구함으로써 고통을 받는다. 당신은 자신과는 낯선 것을 당신 가까이 끌어오고 또한 그것이고 싶어 한다. 그러나 어떤 사물 '이고자' 하는 것은 그것을 '본다'는 것과는 완전히 다르며, 비교할 수 없이 불쾌하고 가련한 일이다. 동경이란 일종의 희롱이며, 표상을 통해 야기된다. 당신 자신과 당신의 육신은 당신에게 주어졌고, 마치 당신 외의 전체 세계와 마찬가지로 한편으로는 표상으로 주어졌고, 다른 한편으로는 의지로서 주어졌다. 의지는 이 세계에 존재하는 유일한 것, 당신에게도 동시에 의지로서 주어진 바로 그것이다. 나머지 모든 것은 당신의 측면에서는 단지 표상에 불과하다.

당신이 볼 때 전체 세계는 일종의 발레, 무대극일 따름이다. 당신의 근원적이고 자연스런 생각으로 이런 무대극이라는 것도 멀리 보면 관객으로 있는 당신만큼 그리 진실성이 들어 있는 것이 아니다. 그럴 것이 이 무대극은 결코 정도와 의미에 있어서 당신의 존재만큼 진지하게 받아들여질 수 없기 때문이다. '개별화의 원리'에 사로잡혀 있고 '마야의 면사포'에 휩싸여 있는 자아에게는 다른 모든 본질존재란 무서운 요괴나 유령인 것처럼 나타난다. 이런 것들에게 점점 자아가 마치 자기 자신에게처럼 그렇게도 큰 존재의 중요성과 심각성을 부여한다는 것은 결코 불가능한 일이다. 당신의 측면에서는 당신이라는 유일한 존재자에게 모든 것이 달려 있는 것이다. 그리하여 당신이야말로 세계의 중심점(당신 세계의 중심점)이다. 삶의 고뇌가 가능한 한 당신에게서 멀리 떨어져 있고, 삶의 희열은 가능한 한 풍성하게 당신에게 속하게 되는 당신의 행복만이 중요한 일이다. 다른 이들에게 일어나는 일은 비교할 수 없을 정도로 작게 드러나며, 그것은 당신의 마음에 아프게도 기쁘게도 느껴지지 않는다.

이는 자연스럽고 확고하게 고착된, 전혀 자각되어 있지 않은 이기주의Egoismus이자, 개별화의 원리에 전적으로 사로잡힌 태도이다. 이 원리를 철저히 꿰뚫어보면, 현혹적이면서도 진리를 드리워 감추고 있는 성격의 직관적 인식, 나와 너의 무차별성에 대한 희미한 예감, 의지란 모든 것과 모든 사람들에 있어서 동일한 것이라는 감정통찰이 가능해진다. 이것이 모든 '윤리학'의 시작이자 본질인 것으로, 말하자면 이는 곧 윤리학이 이런 인식과 감정통찰을 다루고 있으며, 이들의 풍성한 결과를 기술한다는 의미이기도 하다. 그럼에도 윤리학은 이를 가르치는 것이 아니고, 또한 가르칠 수도 없다. 왜냐하면 추상적 미학이 예술가를 만드는 것이 아니듯이, 당신은 덕을 가르칠 수도 배울 수도 없기 때문이다.

인간은 이런 것을 인도의 수업자 쇼펜하우어가 경험했듯이 경험한다. 그의 심안心眼에는 위대한 정신이 생물이든 무생물이든 세계의 모든 본질존재들을 간파하면서 우리들 각자에게 다음과 같이 말한다. "이것이 당신이오." 그의 이런 말과 통찰, 직관의 선물 속에 모든 덕행과 정의, 선, 고결함 등이 내포되어 있다. —다른 한편 망상에 사로잡힌 그의 무지無知에는 이 모든 것과 반대되는 악惡이 존재한다. 자신을 제약하던 어떤 외부의 힘에서 자유러워지자 곧 부정행위를 저지르는 사람은 '악하다böse'. 그런 사람은 그의 육신에 나타난 대로 생의지生意志를 긍정하는 것으로는 만족하지 못하고, 다른 사람들에 나타나는 의지를 부정한다. 그는 마치 다른 사람들이 그 자신의 의지를 획득하는 데 방해가 된다는 듯이 다른 사람들의 현존재現存在를 제거하려 한다. 자기 육신의 긍정을 넘어서 있는 조야한 의지는 타자의 본질존재가 자신의 본질존재에 완전히 이질적인 것처럼 생각하고, 또한 넓은 협곡을 통해 자신의 존재와 멀리 떨어져 있는 것처럼 여긴다. 나아가 다른 사람들에게서는 단지 공허한 허깨비만을 보는 반면, 자신의 가장 깊은 생각에 비추어서는 실재實在가 오로지 자기에게만 속하는 것으로 생각한다.

이에 따라 '선한gut' 사람에 대한 규정은 저절로 판명된다. 더구나 우리가 선한 인간과 악한 인간 사이의 중간형으로 '공정한gerecht' 인간을 넣어 유념해 보면 이는 한층 더 명백해진다. 공정성이란 이미 개별화 원리의 간파를 의미하지만, 긍정보다는 부정이 약간 많을 정도의 불공정에 대한 부정이다. 공정한 인간(정의로운 인간)은 자기 자신의 의지를 긍정하면서 다른 개별자들의 의지를 부정하는 데까지는 이르지 않는다. 이런 인간형은 자신의 복지증진을 위해 자신의 고통을 다른 사람들에게 전가하지 않는다. 악한 자들의 경우와는 달리 공정한 인간에게는 개별화의 원리가 절대적 칸막이벽이 되는 것은 아니다. 공정한 인간은 자신의 일거일동을 통해 자기의 고유본질, 물자체物自體로서의 생의지生意志를 낯설면서도 그에게는 단지 표상으로서 주어진 현상들 속에서 재인식하고 있음을 표명한다. 적어도 다른 현상들, 타인의 현존을 손상시키지 않도록 조심하는 정도로 그들 내에서 자기 자신을 재발견하는 것이다. 이는 충분한 일이지만, 그럼에도 그것은 그 이상의 의미를 지닌다. 그도 그럴 것이 진정한 선善이란 언제나 그런 것 속에 결합되어 있기 때문이다.

우리는 선을 절대 연약한 것으로 생각하지 않는다. 선한 인간은, 그가 단순히 착하기만 하여 행위에 있어서 별로 많은 것을 드러내지 못하는 경우가 아니라면, 악한 인간에 비해 조금도 본원적으로 연약한 의지현상이 아니다. 그렇다, 그런 경우의 인식은 오히려 자신 안에서 의지를 극복하는 인식인 것이다. 구체적으로 어떤 인식을 말하는가? 명백하지 않은가? 그것은 자기와 타자他者의 구별이 악으로 유혹하는 환상에 근거해 있다는 인식이자, 이 구별은 착각을 일으키는 현상일 뿐이라는 사실에 대한 인식이다. 그것은 자기 고유현상의 즉자即自 An

Sich가 타자他者의 즉자이기도 하다는 인식, 그리고 '모든 것' 속에 육화되어 있는 생의지는 동물들에게나 자연 전체 내에도 존재한다는 인식, 따라서 선한 인간은 결코 동물을 괴롭히지 않을 것이라는 것에 대한 인식을 말한다.

그럼에도 우리는 여기서 부정에만 머물러 있거나 선은 긍정적이라는 식의 말에 묶여 있어서는 안 된다. 선은 사랑의 활동을 행한다. 선은 그것을 깊이 느낀 동기로부터 행한다. 만일 선이 사랑의 활동을 행하지 않는다면, 그것은 마치 내일 좀 더 많은 것을 갖고 즐기기 위해 오늘은 굶는 사람의 행위처럼 비쳐질지도 모른다. 선한 인간에게는 그와 같은 선이 자신의 행복을 영위케 하면서도 다른 이들은 굶겨 죽이는 것과 똑같게 생각될 것이다. 이처럼 선한 인간 앞에서는 '마야의 면사포'가 투명하게 되었고, 거대한 환영은 그를 떠나버렸다. 현상으로 흩뿌려진 의지가 여기서는 즐겨 지내고 저기서는 고통스럽게 굶주리는 것처럼 비쳐졌던 이유는 바로 이 거대한 환영 때문이었다. 실로 의지는 선인에게 언제나 동일한 것이며, 의지에 의해 드리워지고 감내하는 고통 또한 항상 같은 것이다. 사랑과 선이란 '동정심Mitleid'이며, 마야의 면사포를 벗겨냄으로써 얻어지는 것이다. 스피노자Spinoza가 이미 말했듯이 "선은 다름 아닌 동정심에서 탄생한 사랑이다."

하지만 이로부터 정의正義가 어떻게 하여 선으로 상승하고, 이 선은 또 다시 어떻게 상승적인 힘을 갖게 되는가 하는 것이 밝혀진다. 정의는 비이기적非利己的 사랑이나 아량 넓은 자기희생으로까지 상승할 뿐만 아니라, 바로 신성함으로까지 고양된다. 왜냐하면 이와 같은 사랑의 인식을 가진 인간은 모든 생존자의 고뇌를 자신의 고뇌로 여기고,

온 세상의 고뇌를 자기의 고뇌인 것처럼 여길 것이기 때문이다. 그는 전체적인 것, 삶을 의지와 끝없는 고뇌의 내적 갈등, 고뇌하는 인간성 내지 고뇌하는 동물성으로 보며, 물자체의 본질에 대한 인식은 그에게 는 갈망의 진정제가 된다. 이때 의지는 그의 삶에서 진정 등을 돌리게 되는데, 이는 그가 동정심의 인식으로부터 이 삶을 부정하도록 강요받 기 때문이다. 그런데 어찌 이런 인간이 그것의 산물, 표현, 거울이 곧 삶으로 현전하는 의지를 자기 자신의 깊은 속에서까지 아직도 긍정할 수 있겠는가? 이렇게 삶을 부정하는 인식자의 결단은 체념, 포기, 방임 이다. 그의 내부에서는 덕성德性으로부터 고행苦行의 높은 패러독스로 의 이행, 정말 위대한 패러독스로의 이행이 일어난다. 그도 그럴 것이 의지의 개별화는 이때 그 개별화 속에서 현상하고 그 개별자의 육신을 통해 표현되는 본질을 부정하게 될 뿐만 아니라, 그의 행위는 그의 현 상인 허위를 질책하여 개별자 자신과는 공공연히 모순되는 일이 발생 하기 때문이다.

'심미적 상태'의 행복이 근거를 두고 있는 일시적 구원의 의지진정意 志鎭靜은 체념하는 자, 고행자, 성자聖者에게서 완성된다. 영원토록 인식 은 그런 인간들에게서 의지의 주인이 되며, 의지를 빛으로 완전히 뒤 덮어 그것을 지양한다. 의지는 세계에 죄악을 가져오고 속죄시키는 것 이다. 이렇게 보면 의지는 성직자이자 동시에 속죄물인 셈이다. 육신 이 의지 일반을 나타내듯이 생식기관은 개별적 삶을 넘어서는 의지의 긍정을 표현한다. 고행자는 성性의 만족을 거부한다. 그의 순결함은 이 육신을 가진 삶과의 관계를 절연하는 그의 의지(자신은 곧 의지의 현상 이다)를 표시한다.

무엇으로 성자가 정의되는가? 자신이 원하는 것은 행하지 않고, 자신이 원하지 않는 것은 모두 행함으로써 정의된다. 우리는 비애를 자아내는 이런 태도의 정신적 실례를 알고 있다. 우리는 타고난 고행자나 승려들 가운데 자기희생자들이 이런 태도를 실행에 옮겨 왔음을 잘 알고 있다. 그들은 힘에 도취한 의지를 열광적 송가頌歌를 불러 찬미하면서 그들 삶의 격정적 고난에 대한 제식을 거행하는 한편, 그들 마음에 드는 것은 행하지 않고, 그들에게 고통을 선사하는 모든 것을 행하였다. 이렇게 볼 때 그들은 철학자 쇼펜하우어학파에 가까운 사람들이다. 그들이 더 이상 존재하고 싶지 않다고 할 때, 비로소 그들은 정당하다. 이런 금욕적 순결이 일반 준칙이 되어 버린다면, 인류는 곧 종말을 맞이하게 될 것이다. 그러나 모든 의지현상들의 연관관계로 인하여 그 최고현상인 인간과 함께 그의 좀 더 연약한 반영反影인 동물성 또한 사라지게 될 것이다. 여기서 모든 인식이 중단되기에, 또한 주관 없는 객관도 존재할 수 없기에, 그 밖의 모든 세계는 당연히 무無로 사라지게 되리라. 인간은 잠재력 있는 자연의 구원자이다. 그러므로 신비주의자 안겔루스 질레지우스Angelus Silesius는 이렇게 말한다.

> 인간이여! 모든 것이 너를 사랑할진대, 네 주변에
> 그렇게 한껏 모여들어, 신에게까지 이르도록
> 모든 것이 네게로 쇄도하누나.

이제까지 대략적으로 언급한 것이 아르투르 쇼펜하우어가 쓴 주요 저서의 내용으로, 그는 여기에 《의지와 표상으로서의 세계Die Welt als

Wille und Vorstellung》라는 제목을 달았다. 지극히 주제적인 것을 드러내는 이 제목은 의지, 표상, 세계라는 세 낱말 속에 책의 내용만을 압축 표현하고 있는 것이 아니라, 그의 힘차고도 강렬한 명암, 심원한 감성과 엄밀하고 순수한 정신성, 열정과 구원의 충동에 넘치는 창작자 자신의 인간성향을 완벽하게 표출해 내고 있다. 이것이 바로 한 권의 책에 드러나 있는 현상인바, 제목 속에 가장 짧은 형태로 요약된 이 책의 사상은 본문의 매 구절마다 현현하는 그것과 조금도 다른 것이 아니다. 그것은 네 단원으로 되어 있는데, 더 적절하게 표현하면 교향곡의 악장처럼 구성되어 가장 완벽하고 가장 다면적인 전개과정에 도달한다. 말하자면 이 책은 자체 내에 쉬고 있는 성격을 띠고 있을 뿐만 아니라, 스스로를 입증하면서 자신이 말하고 가르친 대로 존재하고 행위한다. 우리가 책을 펼치면 펼치는 대로 그것은 바로 거기에 현전한다. 하지만 시간과 공간 속에서 자기 의미를 실현하기 위하여 어느 지면에서든 이 책 자체의 현상을 완전히 개진할 필요가 있었다. 이에 따라 1,300쪽이 넘는 인쇄면과 2만 5,000줄 이상으로까지 발전되는 현상 또한 나타난다. 한편 이 책의 성격은 진실로 일종의 '정지된 현재nunc stans', 즉 이 책이 지닌 사상의 현재화를 시도하고 있어서 괴테Goethe의 《서동시집西東詩集》에 나오는 구절과 정확히 맞아떨어진다.

당신의 노래는 별들의 천궁天穹처럼 회전하고,
시작과 종말은 계속 동일하며,
그리하여 중심을 이루게 하는 것은 정녕
종말의 현재와 시작의 과거 그것이라네.

이렇게 우주적 완결성과 포괄적 사상을 드러내는 작품이야말로 영원성에 대한 우리의 특수한 경험을 형성해 준다. 우리가 이런 것에 오랜 시간을 몰두했을 때, 우리는 그 사이에 또는 그 이후에 읽은 모든 다른 저작이 낯설고 조야하며, 옳지 못하고 너무 자의적인 것처럼 느낀다. 다시 말해 진리에 입각하지 못한 것으로 생각한다. 그런데 진리에 입각한다는 것은 무슨 말인가? 그렇다면 쇼펜하우어의 작품은 그토록 진리에 입각하여 참되단 말인가? 실제로 그의 작품은 가장 대담하고 진리를 강요할 정도의 솔직성을 지닌다. 하지만 그가 사용하는 형용사는 모종의 회피를 의미한다. 그것 역시 진리를 가져오고, 진리를 내포하고 있을까?

쇼펜하우어는 그다지 뚜렷할 만큼 동시대의 철학자 헤겔Hegel처럼 거의 혐오스런 요구를 내세워 진리를 주장하지는 않았다. 헤겔은 그의 학생들에게 이렇게 설명한다. "여러분, 저는 정말이지 제가 진리를 말하고 있을 뿐만 아니라, 제 자신이 진리로 '존재'한다고 말할 수 있습니다." 이에 상응하는 쇼펜하우어의 약술略述은 다음과 같다. "사람들은 저에게 몇 가지를 배웠고, 그들은 결코 그것을 다시는 잊지 않을 것입니다." 나는 이를 친절하고 겸손하며, 호감이 가는 말이라고 생각한다. 문제는 우리가 진리에 관해 이야기할 때, 그것을 과연 호감으로 받아들일 수 있겠는가 하는 점이다. 내 생각에 진리는 말에 구속되어 있지 않고, 어떤 특정 표현과 꼭 일치하는 것도 아니다. ―아마도 이는 진리의 중요한 기준이 될 수 있을 것이다. 쇼펜하우어가 말한 것을 우리가 다시는 잊지 않을 것이라는 것은 그것이 말의 표현에 구속되어 있지 않기에 가능하다. 물론 쇼펜하우어가 언급한 말이 그때그때 다의적으로 받아들여질 수도 있지만, 그럼에도 거기 나타나는 감정의 핵심이나 진리체험은 이제까지 내가 어떤 철학자에게서도 볼 수 없었을 만큼 대단히 유효하고, 때리고 찌를 듯이 확고하며, 동시에 정당성을 갖추고 있었다.

우리는 그런 것으로 인해 살고 죽을 수 있다. 특히 죽는다는 것에 대해 나는 감히 쇼펜하우어의 진리, 진리의 타당성이 최후의 순간을 맞이하여 그 힘을 계속 발휘할 수 있으며, 그것도 힘들이지 않고, 사유의 노고 없이, 말도 필요 없이 굳건히 견지될 수 있노라고 주장하는 바이다. 쇼펜하우어의 다음과 같은 말은 결코 헛된 일이 아니다. "죽음은 본원적으로 영감을 불어넣는 천재이자 철학의 무자게트Musaget(문예, 미술의 보호자로서의 아폴로 – 옮긴이)와 같은 것이다. […] 죽음 없이 철학이 되기란 몹시 힘들 것이다." 그는 죽음의 위대한 지자知者요 포고자이다. 그가 쓴 것 가운데 가장 깊이 있고(물론 그의 작품 어떤 것이든 다 깊이가 있지만) 가장 아름다운 것은 《의지와 표상으로서의 세계》 제2권에 들어 있는 위대한 장章 〈죽음에 관해 그리고 죽음과 우리 본질존재의 불멸성에 관해〉이다. 이 글의 전문성은 그의 윤리적 염세주의와 연관되어 있다. 이는 하나의 교훈을 능가하여 성격, 예술가적 심성, 삶의 분위기와 같은 것으로, 젊은 시절 니체는 쇼펜하우어에 대한 애정을 이렇게 고백하고 있다. "바그너가 내 마음에 들듯이 쇼펜하우어가 내 마음에 든다. 윤리적 분위기, 파우스트적 향기, 십자가, 죽음, 납골당이."

이런 것이 19세기 후반의 정신적 삶의 분위기이다. 그것은 오늘날 예순을 넘긴 우리들에 있어서 청춘의 분위기이자 고향의 분위기이다. 우리는 여러모로 이런 삶의 분위기를 지나왔는지 모른다. 그러나 우리가 이에 감사드리며 애착을 갖는 사실에 대해서는 이 짧은 쇼펜하우어 에세이가 하나의 증거가 된다. 음악 역시 이 윤리적, 염세주의적 삶의 분위기에 속해 있다. 쇼펜하우어는 매우 음악적이다. 그는 되풀이하여 그의 작품이 네 악장으로 구성된 교향곡이라고 칭했다. 그는 '예술의 대상'에 바쳐진 그의 세 번째 장章에서 다른 어떤 사상가 이상으로 음악에 찬사를 보낸 바 있다. 그는 음악에 대해 다른 예술의 옆자리가 아니라 완전히 특별석을 마련해 주는데, 그것은 음악이 다른 예술처럼 현상의 모사模寫가 아니라 바로 의지 자체의 모사이기 때문이며, 또한 세계의 모든 물리적인 것에 대해 음악은 형이상학적이자 모든 현상에 대한 물자체物自體를 표현하고 있기 때문이다. 그의 철학은 여기서도 오성은 의지에 봉사한다고 밝히고 있으며, 그가 음악을 사랑한 것은 자신이 음악에 그와 같은 형이상학적 의미를 부여했기 때문이 아니라, 진정으로 음악을 사랑했기 때문이라고 밝히고 있다. 그러나 확실하게도 음악에 대한 이런 사랑은 죽음이라는 문제에 대한 그의 전문가적 태도와 직접적, 영적 관계를 맺고 있다. 그는 어쩌면 "죽음 없이도 음악이 된다는 것은 몹시 어려울 것"이라고 말했을 수도 있다.

"삶에 관심을 갖는 자는 특히 죽음에 관해서도 관심을 갖는다"라고 나는 장편소설《마법의 산Der Zauberberg》에서 말한 바 있다. 이는 깊이 있게 각인된, 전 생애를 통해 영향력을 미쳐온 쇼펜하우어의 흔적이다. 설령 내가 "죽음에 관심 있는 자는 이 죽음에서 삶을 찾고 있다"고 덧붙여 말했다 할지라도 이 또한 쇼펜하우어와 관계가 있었을 것이다. 나는 이에 대해 명백한 견해를 피력하지는 않았지만, 이미 작품을 통해 시사했다. 당시에 나는 아주 젊은 작가로서 내 소설의 주인공 토마스 부덴브로크Thomas Buddenbrook를 죽음에 이르게 했다. 내가 그에게 쇼펜하우어의 저서 《의지와 표상으로서의 세계》 가운데 〈죽음에 관해서〉라는 장章을 읽게 했을 때, 나 스스로도 스물 서넛의 작가로서 그것의 신선한 충격 아래 있었다. 그것은 대단한 행복이었다.

나는 때때로 기억을 더듬어 이런 체험을 나 자신 안에 가두어 둘 필요가 없었다고, 이를 입증하고 이에 감사드릴 멋진 가능성이 즉시 제공되어 직접적으로 문학적 피난처가 될 수 있었다고 설명했었다. 나는 내 시민소설Bürger-Roman의 주인공, 내 젊은 나이의 짐이자 가치였고 고향이자 은총이었던 내 작품 《부덴브로크 일가Die Buddenbrook》의 주인공에게 저 값비싼 체험, 지고의 모험을 선사하였다. 그리고 마지막에 이르러 그의 삶에 그것을 짜 넣었고, 그의 지친 개별존재의 쇠사슬로부터 구원을, 상징적으로 받아들인 그리고 용감함과 영리함으로 대변되는 삶의 역할로부터 해방을 서사적 양식으로 짜 넣었다. 그러나 주인공의 삶의 역할은 정신과 그의 세계욕구를 조금도 만족시켜주지 못했고, 다른 어떤 것, 보다 나은 어떤 것이 되기에는 그에게 장애가 되었기 때문에 해방과 구원을 필요로 했다.

쇼펜하우어는 젊은이들에게 어울리는 그 무엇이었는데, 그럴 수밖에 없는 것이 그의 철학은 젊은이의 착상이었기 때문이다. 체계적으로 이루어진 《의지와 표상으로서의 세계》 제1권이 1818년에 발간되었을 때, 그는 서른 살이었다. 물론 이 작업은 4년간 지속되었는데, 그 핵심을 이루는 사상체험은 분명히 훨씬 그 이전이었다. 그의 책의 핵심이 이루어졌을 때, 그는 내가 그 책을 처음 읽었을 때의 젊은 나이에 불과했다. 그는 청춘기의 체험들을 짜 맞추고 주석을 모으고, 끈질기고 지칠 줄 모르게 확인해 보고 단련시키면서 노년에 이르렀다. 그리하여 그는 마지막 순간까지 놀랍도록 충실하게 청춘기의 작품을 위해 노력하는 백발노인의 연기를 보여주었다.

하지만 이와 같은 모든 것은 그의 가장 깊은 내면에 머물러 있었다. 니체가 인간은 자신의 전성기 철학을 갖게 되는바, 쇼펜하우어의 세계시世界詩는 그 연륜의 특별한 인상을 각인하는 가운데 성애적性愛的인 것이 지배적이라고 말한 바 있었다. 이렇게 니체가 쇼펜하우어의 조숙함을 지적했던 것도 결코 허튼소리가 아니었다. 죽음에 대한 감각, 이를 부연하자면 젊은이들이란 사랑에 대해 보다 많이 알고 있기 때문에 노인들보다 죽음에 대해 더욱 친숙해 있고, 죽음에 대해서도 더욱 많이 알고 있는 것이다. 죽음의 에로티시즘은 음악적, 논리적 사상체계이며, 정신과 감관感官의 거대한 긴장으로부터 발생한다. 즉 이 긴장의 결과와 거기에서 튀어 오르는 불꽃이 바로 에로스인 것이다. 이는 감수성이 강한 젊은이와 이런 철학과의 친족관계에서 비롯되는 체험이다. 이런 철학은 긴장을 도덕적으로 이해하는 것이 아니라 생명력의 관계에서, 개인의 관계에서 이해한다. 가르침과 설교에 따르는 것이 아니라, 그것의 본질에 따르는 것이다. 그럼으로써 철학은 긴장을 올바르게 이해한다.

"내가 죽으면 나는 어디에 존재하게 되는 걸까?" 토마스 부덴브로크는 자문한다. 그리고는 이렇게 대답한다. "하지만 그것은 훤히 밝혀진 일이며, 너무나 압도적인 사실이 아닌가! 내가 매 순간 말해 왔고, 말하고 있으며, 말하게 될 그 모든 것 속에 존재하게 될 것이다. 그러나 특히 보다 충만하고, 보다 강력하고, 보다 즐겁게 말하는 것들 속에… 세계의 어딘가에 한 소년이 잘 준비되고, 성공을 거두고, 자기 능력을 발전시킬 소질을 갖고 자라나고 있다. 그는 곧게 성장하고, 우울함도 없이 순수하게, 때로는 잔인하면서도 쾌활하게, 하여 그들의 시선을 통하여 행복한 사람들의 행복을 더욱 높이고, 불행한 사람들을 절망으로 빠트리는 사람들 가운데 하나로 성장하고 있는 것이다. 그것이 나의 아들이다. 죽음이 내가 그도 나도 아니라는 가련한 망상으로부터 불현듯 나를 해방시키는 어느 한 순간, 나는 참으로 존재하는 것이다. 나는 과연 삶을, 순수하고도 잔혹하며 강인한 삶을 미워하였던가? 그것은 실로 어리석은 오해이다! 나는 그저 나 자신만을 증오했을 뿐(그 까닭은 내가 그것을 참아낼 수 없었기 때문이다), 나는 너희들을 사랑한다… 너희들 모두, 너희들 행복한 자들을 사랑한다. 때로는 내게 하나의 밀폐된 감옥을 두어 너희들에게서 배척되지 않을 것이요, 때로는 너희들을 사랑하는 나의 마음, 너희들에 대한 나의 사랑이 너희들에게서 자유로워질 것이다. 나의 사랑은 너희들 곁에, 너희들 마음속에 있게 될 것이다… 정말로 너희들 곁에, 너희들 모두의 마음속에!'

형이상학적 마법의 수액을 섭취함으로써 스무 살의 젊은이가 빠져들었던 영감의 산물인 이 청춘의 서정시를 다시 인용한 데 대해 부디 용서를 바란다. 도취가 의미했던 유기체적 전율은 오직 첫사랑과 최초의 성경험이 젊은 영혼에 가져왔던 전율과 비교할 수 있노라고 확신한다. 이런 비교는 우연한 일이 아니다. 그러나 상기 인용문은 우리가 한 철학자의 의미를 깊이 있게 사유하지 않고서도 얼마든지 그와 같은 사유에 접근할 수 있다는 것을 보여주기 위함이었다. 요컨대 우리는 철학자의 사상을 이용할 수 있으며, 동시에 그가 사유했던 방식과는 전혀 달리 사유할 수도 있다. 물론 여기서 말하고자 하는 사유의 당사자란 쇼펜하우어 이외에 니체를 읽고, 한편의 체험을 다른 한편의 체험으로 이입시켜 가장 독특한 혼합을 시도한 바그너라는 사람이다. 하지만 내가 생각할 때 문제시되는 것은 바로 예술가들이 흔히 '범하는' 철학의 소박한 '남용'이다. 이에 대해 나는 어떤 철학이 그 생명력의 지적 만개滿開라 할 수 있는 도덕과 지혜론을 통해서라기보다는 그 생명력 자체, 그것의 본질적이고 개인적인 것, 즉 지혜보다는 열정을 통해 작동하고 있는 것이라고 말함으로써 이미 지적한 바 있었다.

   예술가란 이런 방식으로 종종 철학의 '배반자'가 되곤 한다. 바그너가 그의 에로틱한 신비극 〈트리스탄과 이졸데Teistan und Isolde〉를 쇼펜하우어의 형이상학을 내세워 방어하는 것처럼 보였을 때에도, 쇼펜하우어는 바그너에게 남용의 방식으로 '이해되었다'. 쇼펜하우어가 바그너에게 미친 영향과 바그너 스스로가 재인식하게 된 것은 '의지' 내지 어두운 충동으로부터 세계를 설명하는 것, 즉 에로티시즘적 세계구상이었다. 이로부터 트리스탄 음악과 그것이 지닌 동경의 우주창조론이 규정되고 있다. 하지만 〈트리스탄과 이졸데〉가 쇼펜하우어 철학의 영향을 받았다는 것은 논박된 바 있었다. 그런 만큼 '의지의 부정 Verneinung des Willens'이 문제시되는 것은 당연한 일이었다. 이 작품에서는 연시戀詩가 가장 중요한 부분이며, 성性에 있어서 의지와 충동이 가장 강렬하게 긍정되고 있는 것이다. 그럼에도 이 작품은 사랑의 미혹으로서는 끝까지 쇼펜하우어의 방식으로 채색되었다. 여기서는 바로 에로티시즘의 감미로움, 도취적 향기가 쇼펜하우어 철학으로부터 홀러나와 있지만, 지혜는 뒷전에 밀려나 있다.

이렇게 예술가들은 어떤 철학과 교류하면서 자기 방식대로, 감성적 방식으로 철학을 '이해한다'. 그도 그럴 것이 예술이란 감성적 열정의 결과에 도달할 필요가 있는 것이지, 학교에 근무하는 여교사처럼 철학이 의존해 있다고 느껴왔던 도덕적 결과에 도달하려는 것이 아니기 때문이다. 설령 철학이 국가에 고용된 '강단철학'이기를 원치 않을뿐더러 '어느 누구에게 종속되기를' 원치 않을지라도, 도덕적 결과가 가능하면 지배의 윤리(서양에 있어서는 기독교적 윤리)와 일치되는 것이 바람직한 방향이었다. 철학은 지혜의 소산으로서 종교적 소산과 상응하고, 이를 입증하기를 소망해 왔다. 반면에 사람들은 스스로 무신론자無神論者이고자 하기도 하는데, 쇼펜하우어가 바로 그러했다. 누군가가 오로지 형이상학자일지라도, 다른 측면에서 종교윤리의 요구사항을 가장 바람직한 방향으로 보완해 줄 수 있는 가능성의 여지는 항상 남아 있게 마련이다. 바로 쇼펜하우어가 이런 행운의 사나이였다. 그는 최상의 감각적–열정적 체험의 전제가 최고의 도덕적 교훈의 성과에 도달할 수 있는 가능성을 발견했던 것이다. 그 하나가 기독교 정신과 일치하는 동정론 내지 구원론인데, 이는 생의 환영적幻影的 성격, '개별화원리'의 현혹으로부터 도출된 것이다. 동정심, 기독교적 사랑, 이기주의의 단념은 나와 너의 착각, '마야의 면사포'를 꿰뚫어 보는 인식의 결과이다.

쇼펜하우어가 실제로 그랬듯이 철학자가 종교와 철학 사이에 평행적 관계를 구축하고 그것을 '민족을 위한 형이상학' 속에서 고찰하고 있다 해도, 이런 양자 사이의 일치는 놀라운 일이 아니다. 민족을 위한 형이상학은 인류라는 대다수를 겨냥하고 있으므로 진리를 단지 비유적 형상으로만 전달할 수 있는 데 반해, 철학은 진리를 순수한 형태로 제시하고 있는 것이다. 쇼펜하우어 자신은 이렇게 말한다. "사람들은 기독교 정신의 도덕적 결과와 극단적 금욕에 이르기까지의 모든 것이 내게는 합리적으로, 그리고 사물의 연관관계 속에서 정초되어 있음을 알고 있다. 반면에 기독교의 도덕적 결과는 순전히 허구에 의해 이루어져 있다. 이 허구에 대한 신앙은 나날이 사라져 간다. 따라서 사람들은 나의 철학으로 방향을 전환해야 한다."

그러나 종교와 철학에 있어서 중심적인 문제가 되고 있는 것은 현세의 진리와 밀교적密敎的 진리이고, 둘 가운데 하나는 받아들일 수 없게 됨으로써, 이제 하나가 다른 하나를 대신해야 한다는 견해가 우세하게 되었다. 이런 견해로 말미암아 철학을 통해 증명을 필요로 했던 것은 철학자의 양심에 비추어 볼 때 종교적 도덕이 아니라 스스럼없이 정반대의 것이라고 주장하게 되었다. 나로서는 어떤 철학자가 그의 세계설명의 도덕적 결과와 종교교리의 일치를 통해 그의 철학적 진리에 대해 아주 평온한 마음을 갖게 되리라는 사실을 의심하지 않는다. 쇼펜하우어도 한 사람의 철학자로서 이런 점 때문에 자신이 정당하다고 느꼈다. "그는 누구에게도 종속되지 않았다." 그렇지만 그가 사유를 통해, 예컨대 자살에 대해 윤리적 유죄판결을 내렸던 일은 자살에 있어 삶의 의지가 부정되는 것이 아니라 긍정된다는 이유에서였고, 이에 대해 그는 자신의 사유에 정말 감사함을 가졌다. 왜냐하면 "성직자도 대략 이런 것을 말하고 있으나, 단지 약간 다른 표현을 사용할 뿐이기" 때문이다.

쇼펜하우어는 근본적으로 운이 좋았다. 그는 종교뿐만 아니라 국가와도 별로 갈등이 없었다. 이는 그가 국가라는 것을 과소평가한 덕분이었으며, 헤겔의 국가 우상화偶像化를 가장 비속한 태도로 보았기 때문이다. 그는 국가를 필요악必要惡으로 판단하였으며, 국가에 대해 무비판적이고 호인답게 무관심한 사람들을 신임했다. 쇼펜하우어는 이런 사람들을 다음과 같이 표현했다. "이들은 그 수로 볼 때 수백만의 인간들, 이를테면 한없이 이기적이고 부당하며, 용납할 수 없고 비천하며, 시기심 많고 악의적이며, 동시에 소심하고 심술궂은 종자들 중에서도 법률, 질서, 평온 및 평화를 올바로 지키려는 사람들을 지도해야 할 과중한 사명을 지니고 있다. 이들은 재산을 분배받은 소수를 육체적 힘 외에는 아무것도 없는 수많은 다수로부터 보호해야 할 막중한 임무를 지닌 사람들이다." 쇼펜하우어의 논조는 격앙되어 있으면서도 흥겨운 것처럼 들리며, 우리의 마음에 공감을 불러일으킨다. 그러나 국가를 재산보호 기관쯤으로 보는 태도는 다른 측면에서 보면 헤겔만큼이나 '비속한 태도'가 아닐까?

헤겔은 정치를 신격화했으며 모든 인간 추구의 정점으로서의 국가, "절대 완성된 윤리적 조직체"로서의 국가에 대해 이른바 '꿀벌통이론Bienenstock-Lehre'을 내세웠다. 우리는 국가에 몸을 바치는 것이 인간의 사명이라고 보는 신조의 비인간적 경악을 알고 있고, 더욱이 그 결과가 어땠는가를 통해 많은 것을 깨닫고 있다. 왜냐하면 공산주의뿐만 아니라 파시즘이 모두 헤겔에서 나온 것이기 때문이다. 쇼펜하우어 역시 헤겔의 국가절대화가 사상적으로 공산주의로 발전하게 되리라는 것을 주시한 바 있었다. 우리는 쇼펜하우어가 보였던 헤겔의 '국가총체성

Staatstotalität'에 대한 분노에 전적으로 공감한다. 쇼펜하우어에 따르면 국가총체성을 통해 "우리들 현존재의 높은 목표는 완전히 뒷전으로 밀려난다." 다시 말해 사회–정치적인 것을 포괄하고 있는 인간총체성의 목표가 밀려난다는 것이다. 그럼에도 우리 생각에 아이러니한 것은 철학적 소자본가인 그가 이 영역에의 참여를 완전히 포기한다는 것, 모든 정치적 열정을 정신적으로 포기한다는 것이 인간총체성의 회복에 별로 도움이 되지 못할 것이라는 사실이다. 다음과 같은 그의 아이러니한 표어는 점입가경이다. "나는 매일 아침 내가 신성로마제국을 걱정하지 않아도 된다는 데 대해 신께 감사드린다." 그는 하나의 표어를 내걸어 이에 따라 국가에 영합하고, 하나의 속물인간이자 현실도피자로서 순응하고 있는 것이다. 우리는 쇼펜하우어 같은 정신적 투쟁가가 자기 처신을 위해 내걸었던 이런 표어를 좀처럼 이해할 수가 없다.

완전히 정치적 보수주의에 필적할 만한 쇼펜하우어의 '무관심한 국가관'을 설명하기 위해서는 그의 재산에 대한 깊은 배려와 관심, 비록 많지는 않지만 철학하는 독신자에게는 넉넉한, 단치히Danzig의 상인인 아버지에게서 물려받은 재산의 보존에 대한 관심이 물론 충분한 근거가 될 수는 없을 것이다. 그의 재산보존에 대한 관심은 적당한 것이며 근본적으로 매우 정신적인 이해관계에 속한다. 그는 이 시민적 소유물을 지키는 충실한 간수가 되기 위해 순진무구하게도 국가의 품위를 떨어뜨렸으나, 그것이 그가 가진 모든 것이자 이 비천한 세계에서의 버팀돌, 지팡이였던 것이다. 이 재산이 그에게 저작활동에 필요한 사회적 자유 및 독립의 기틀과 아울러 고독을 가져다주었다. 그가 자신의 직무를 수행함에 있어서 무능하다고 느끼면 느낄수록 평생 동안 작고

하신 부친 하인리히 플로리스 쇼펜하우어Heinrich Floris Schopenhauer의 귀중한 유산에 더더욱 감사를 드렸다.

하지만 그럴수록 그의 비정치적, 반정치적, 보수적 심성이 한층 깊이 뿌리를 내리며, 이런 면은 그의 철학에서도 나타나게 된다. 말하자면 그의 보수적 심성이 굳어져 감에 따라 그 자체로 사악하고 죄 많은 원칙의 지양, 즉 의지의 현상으로서 나타나는 세계개선 및 세계의 고양高揚은 그의 철학을 위해 배제된다. 그의 철학은 '해방Befreiung'을 지향하는 것이 아니라 '구원Erlösung'을 지향하는 것이다. 자유는 구원을 위해 현상의 저편에 등장하는데, 어떻게 사상이 정치적 자유이념과 많은 것을 함께 나눌 수 있겠는가? 그러나 무엇보다 그의 철학의 정치적 무관심은 그의 '객관주의'로부터, 철저히 객관적 직관에만 돌리는 영혼치유의 가치로부터 설명된다. 쇼펜하우어에게 진정한 천재성이란 객관성, 즉 인식주관으로서 또는 '투명한 세계를 보는 눈'으로서만 순수 직관적 태도를 취할 수 있는 능력을 뜻할 따름이다. 여기서 쇼펜하우어는 그가 무한히 경탄해 마지않았던 위대한 문호 괴테와 접촉한다. 독일 교양문화의 정치적 이질성은 근본적으로 괴테의 뚜렷한 영향에서 출발하기 때문이다. 쇼펜하우어의 설명에 의하면 철학은 세계가 어디에서 어디로 무엇 때문에 존재하는가를 묻지 않고, 오직 세계가 무엇인가만을 물을 뿐이다. 철학은 모든 관계 속에서 현상하면서도 이 관계들에 존속해 있지 않는 늘 동일한 세계본질, 세계이념을 대상으로 삼는다. 예술이 그렇듯이 철학 또한 이런 인식에서 출발하며, 결국은 이로부터 성스러움과 세계구원으로 이끄는 정조情調 Gemütsverfassung가 시작된다. 쇼펜하우어에 따르면 예술과 철학은 따라서 '정관적靜觀的 신비주의'인 것이다(순수 객관주의는 곧 정관적 신비주의이기 때문이다). 이들은 결코 무엇을 변화시키려 하지 않고 단지 직관하고자 할 뿐이다.

쇼펜하우어는 '진보Fortschritt'라는 것에 대해 아주 나쁘게 이야기하며, 민중의 정치행위나 혁명에 관해서는 더욱 나쁘게 이야기한다. 1848년에 보인 그의 태도는 지독히 인색하고 우스꽝스러웠다. ─이렇게밖에는 달리 표현할 수가 없다. 그의 마음은 당시의 독일 대중생활에 하나의 방향성을 제기하고자 희망했던 사람들 편에 조금도 있지 않았다. 그런데 이 사람들의 움직임이 오늘날에 이르기까지 전 유럽의 역사를 더욱 행복한 사태로 결정지어준 새로운 방향, 대다수 정신적 인간의 내부에 움터 있던 바로 민주주의적 방향이었다. 쇼펜하우어는 민중을 "무지막지한 무뢰한"이라고 잘라 말했고, 그의 집에서 바리케이드를 친 시위 군중들을 확인하고 총을 쏘기 위해 밖을 내다보는 장교에게 "오페라용 쌍안경"을 빌려주어 그들을 더욱 잘 쏘아 맞추도록 도왔을 정도였다. 정말 그랬다! 그는 자신의 유언장 속에 "베를린에 있는 은행 적립금을 1848년과 1849년 사이의 격동과 흥분의 싸움 중에 독일의 법질서를 유지하고 재건하기 위해 싸우다 상이군인이 된 프로이센의 병사들과 그 당시 전사한 병사들의 유족에게" 그의 재산의 일반상속인이 되도록 조취를 취한 바 있었다.

거듭 말해 그의 반反혁명주의는 그의 세계상에 근거를 두고 있다. 그는 이를 논리적, 사상적으로 행하기만 한 것이 아니라, 이미 정서적으로 느끼고 있었다. 반혁명주의는 단적으로 말해 그의 기본심성Grundgesinnung인 것이다. 이는 그의 도덕주의, 윤리적 염세주의, '십자가, 죽음, 납골당'과 같이 수사학의 심리적 필연성을 앞세워 자유의 열정과 인간숭배를 싫어하는 정서에 속해 있다. 쇼펜하우어는 염세주의적 윤리에 근거한 보수적 사상가이자, 현재의 시간과 발전을 선동 선전하는 고상하지 못한 낙관주의의 증오로부터 생겨난 반혁명주의자이다. 그의 주변에는 무엇보다도 너무나 익숙한, 말하자면 향토색 짙은 독일적 시민정신의 분위기만 맴돌 뿐이다. 독일적이란 그것이 우선 정신적이기 때문에 그러하다. 나아가 독일 시민에 깃들어 있는 내면성과 보수적 극단주의, 모든 민주적 실용성을 거부하는 절대적 이질성, '순수한 천재성', 지독한 부자유, 뿌리 깊은 정치성의 부재 등이 특수한 독일의 가능성이자 합법칙성이 되고 있기 때문이다. 이와 같은 세계에 천재라는 상흔傷痕과 낙인을 지닌 독일시민 아르투르 쇼펜하우어가 속해 있었다. 그의 천재성은 그의 인물을 기괴하게 만들었으나, 그가 가장 정신적이고 가장 인격적 시민이었다는 점에 대해서는 누구도 항변할 수 없다.

우리는 그의 일상적 삶만을 바라볼 필요가 있다. 상인가문으로서의 출신내력, 구식의 고상한 옷차림을 하고 있는 중년신사로서 프랑크푸르트에 줄곧 거주한 사실, 일과에 있어 칸트처럼 꼼꼼한 항상성恒常性과 시간엄수, "이성적인 인간은 만족을 좇지 않고 고통 없는 상태를 좇는다"는 훌륭한 심리학적 지식에 근거한 조심스런 건강관리, 자본가로서의 정확성, 이것이 쇼펜하우어의 시민적 면모이다. 그는 동전 한 닢까지도 장부에 적어두었고, 살아생전에 영민한 회계 관리를 통해 그의 작은 규모의 자산을 두 배로 불릴 정도였다. 그에겐 안전성과 끈기, 절약하는 태도, 작업방식의 적절한 시간분배 등이 나타난다. 그는 아침 두 시간 동안은 예외 없이 출판을 위한 저작에 몰두했고, 괴테에게 보낸 편지를 보면 '성실과 정직'이 그가 실천적인 것에서 이론적, 지성적인 것으로 전위시킨 특성인바, 이것이 그의 능력과 성과의 본질을 결정했노라고 쓰고 있다. 이 모든 것이 그의 인간 됨됨이의 부분인 시민성(이것이 시민의 정신적 성격이듯이)을 강력히 입증하고 있는 것이다. 따라서 그는 낭만적 중세, 성직자의 기만, 기사제도 등을 단호히 배척하는 한편, 고전적 인문주의를 전적으로 지지해야 한다고 주장했다. 그럼에도….

여기에는 쇼펜하우어의 인문주의 및 고전주의를 의문스럽게 하고 오히려 그를 낭만주의자로 칭할 수 있도록 하는 수많은 '그럼에도'가 들어 있다. 아무튼 이것이 그의 복합적 본질의 요소들을 구분케 하는 근거가 되고 있다. 학자적이라는 좁은 의미에서 고전어古典語와 고전문학의 전문가, 그것에 정통한 사람으로서 쇼펜하우어는 한때는 정말 뛰어난 인문주의자였다. 과거에 부친으로부터 상인이 되기로 결정된 젊은이는 학문에 대한 뜨거운 열망에 불타올라 전 유럽에 걸친 수업여행의 허가를 애써 얻어냈고, 그 이후 부친이 작고한 뒤에는 정식으로 대학의 정규과정으로 전향했다. 당시에 그는 괴테와 친한 사이였던 어머니, 다시 말해 추밀원 고문이자 여성 소설가 요한나 쇼펜하우어Johanna Schopenhauer가 살고 있던 도시 바이마르에서 김나지움Gymnasium 교사의 지도 아래 희랍어와 라틴어를 아주 열심히 배웠던 것으로, 그의 급속한 발전은 그의 지도교사를 깜짝 놀라게 한 바 있었다.

쇼펜하우어는 거침없이 라틴어를 쓸 수 있었다. 그의 저술에 나오는 수많은 작가의 인용이 그의 고전에 대한 다독多讀과 해박한 지식을 증명한다. 희랍어 인용에 있어서 그는 말끔한 라틴어 번역을 규칙적으로 첨가한다. 하지만 그의 문학적 교양은 결코 인문주의적인 것만은 아니다. 그는 모든 세기에 걸친 유럽문학으로까지 교양의 폭을 넓혔는데, 이는 그가 현대어를 유창하게 사용한 것이 고대어를 사용한 것보다 먼저라는 사실로 미루어 알 수 있다. 그의 저서들은 고전의 인용보다 영국, 프랑스, 이탈리아, 스페인의 작가들과 독일시, 특히 괴테와 그 밖에 신비문학에서 유래한 인용들이 풍성하다. 이런 면은 그의 저서에 세속적이고 전문성이 없는, 현학적이면서 세속문학적인 어떤 성격을 부여하고 있다. 이에 상응하여 그의 문헌학적, 인문주의적 도구는 고도의 실증적 자연과학의 지식을 통해 보충되었다. 그는 이런 지식들을 이미 괴팅겐Göttingen에서 젊은 대학생 시절에 그 기초를 다졌으며, 이후 그것의 보완작업에 전 생애를 바쳤다. 이렇게 한 근본적인 이유는 이 지식들이 그의 형이상학을 지원하고 경험적으로 확립시켜주는 데 필요했기 때문이다.

쇼펜하우어는 무엇보다 미학자로서, 미美에 대한 이론에 있어서 고전적 인문주의자의 면모를 확실히 드러낸다. 천재를 가장 순수한 객관성이라고 규정하는 그의 미학적 견해는 전적으로 아폴로적이고 괴테적이다. 그는 고전주의 작가 괴테를 끌어들여 괴테의 편이라고 생각하고, 자신을 당연히 '고전주의자'라고 느낀다. 그런데 그의 사상과 판단, 요컨대 독일시민의 휴머니즘적 의미에서 보자면, 그가 생각하는 고전주의는 매우 광범위하다. 나는 이에 대해 이미 말한 바 있는데, 그는 시민정신이라는 이름으로 봉건적 명예놀음, 위선적 복고주의의 성향, 당시의 신新가톨릭주의 등을 경멸한다. 그는 염세적 구원종교인 기독교의 비유를 존중한다. 그러면서도 그는 철학적 초월성을 내세우는 여러 '지방종교들'에 대해 언급한다. 그의 종교적 재능이란 그토록 강렬한 형이상학적 재능에도 불구하고 전체적으로 미약하다고 말할 수 있다. 우리는 때때로 그가 여기저기에 신앙이나 우상숭배, 예배에 관해 표명한 것을 읽을 뿐이다. 그것은 프로이트Freud가 종교적 '환상 Illusion'에 관해 언급한 것보다 좀 더 합리적일 뿐이다.

이 모든 연관관계에서 볼 때 쇼펜하우어는 완전히 고전주의적-합리적 방향의 인문주의자이다. 그러나 나는 한 걸음 더 나아가 가장 중요한 점을 말하고자 한다. 매우 역설적인 말로 들릴지도 모르지만, 그의 모든 염세주의적 태도에도 불구하고, 또한 그가 생生 일반의 부패 상태나 인류의 기괴한 점에 대해 특별한 어조로 말한다거나 불평을 늘어놓는다고 해도, 그리고 우리가 어떤 비참한 사회로 전락하고 있는데 대한 모든 절망감에도 불구하고 그는 자신의 이념에 따라 인간을 존중하는 사람이며, '창조의 왕관' 앞에서 자존심 넘치는 인간적 경외심으로 충만해 있던 사람이었다. 태초의 창조주와 인간존재의 관계가 그렇듯이, 이 창조의 왕관이란 그에게 최상의, 그리고 가장 발전된 '의지의 객관화'를 의미한다. 그의 인문주의가 지닌 가장 중요한 형식은 전적으로 그의 정치에 대한 회의, 그의 반反혁명주의와 뜻을 같이 할 뿐만 아니라, 무언중에 의지의 객관화와 결합되어 있다.

인간이란 쇼펜하우어에게 존경스러운 존재인데, 왜냐하면 인간은 인식하는 존재이기 때문이다. 그렇지만 모든 인식은 근본적으로 의지에 종속되어 있다. 머리가 몸통에서 솟아나와 있는 것처럼 인식은 원천적으로 의지로부터 싹터 나왔기 때문이다. 동물에 있어서도 의지에 대한 오성悟性의 예속작용은 결코 지양될 수 없다. 그럼에도 우리는 몸통과 머리의 관계에서 인간과 동물에 있어서의 차이점만을 보는 것만으로도 정말 충분하다! 하등동물에 있어서는 머리와 몸통은 아주 기형적으로 붙어 있고, 모든 동물에서는 머리가 욕구의지의 대상물이 있는 대지를 향하고 있다. 설령 고등동물이라 할지라도 머리와 몸통은 인간에 있어서보다 훨씬 더 하나로 일체를 이루고 있다. 반면에 인간의 두부頭部는 ―쇼펜하우어는 이에 대해 머리Kopf 대신 두부Haupt라는 용어를 사용하고 있는데― 신체로부터 자유롭게 내놓아진 것처럼 보이며, 신체로부터 떠받쳐지고 있는 것이지 "신체에 봉사하고 있는 것은 아니다." 이어서 쇼펜하우어는 다음과 같이 말한다. "이런 인간의 우위를 전망대의 아폴로는 지극히 잘 표현하고 있다. 저 '문예의 신'의 사방을 둘러보는 머리 부분은 어깨 위로 자유로이 솟아 있으며, 그렇기에 그것은 신체를 뿌리치고 완전히 벗어나 신체의 근심에 더 이상 예속되어 있지 않은 것처럼 보인다."

우리는 보다 인문주의적으로 연상해 볼 수 없을까? 그가 문예의 신 아폴로를 조각한 상像에서 인간의 존엄성을 내다본 것은 결코 헛된 일이 아니었다. 그가 본 것은 깊고 독특한 차원에서 예술, 인식, '인간 고뇌의 가치'가 하나라는 사실이었다. 그것은 이 상 속에 나타나 있는 일종의 '염세적 인문주의'이고, 인문주의가 본질적으로 낙관주의적, 수사학적으로 채색되어 현상하기 때문에 아주 새로운 어떤 것, 감히 주장할 수 있다면 심성心性의 영역에 있어서 아주 미래적인 것을 표현하고 있는 것이다. 의지가 최고도로 객관화된 인간의 경우에 이 의지는 가장 명료한 인식에 의해 조명된다. 하지만 인식이 아주 명료해지고 의식이 상승하게 되는 정도에 따라 고뇌는 인간의 최절정에 도달한다.

그런데 인식이라는 것도 다시 개인의 차이에 따라 그 정도가 서로 다르게 마련이다. 천재에게서는 인식이 그것의 최고조에 이른다.

니체는 "이런 것에 따라 누가 얼마나 고뇌를 깊이 감내할 수 있는가에 대한 위계질서가 결정된다"고 말한다. 니체는 끝까지 쇼펜하우어가 내세운 고뇌능력의 귀족주의, 인간과 인간의 최고 표현인 천재의 고통에 대한 '귀족적 특권'에 전적으로 의존한다. 이와 같은 귀족적 인간특권으로부터 쇼펜하우어의 인문주의가 인간에게 부여한 두 가지 위대한 가능성이 나타난다. 바로 '예술Kunst'과 '신격화Heiligung'가 그것이다. 쇼펜하우어에 의하면 오로지 인간적인 것만이 욕구와 충동에서 해방된 이념직관, 즉 심미적 상태의 가능성이다. 인간적이고 오직 인간적임은 예술가가 금욕적인 성자聖者로 상승하면서 생의지生意志를 궁극적 내지 구원의 의미에서 스스로 부정할 수 있는 순간을 말한다. 인간에게는 그의 존재의 커다란 오류와 실수를 청산하는 개심改心의 가능성이 허락되어 있다. 인간에게 주어진 최고의 통찰력은 인간 스스로가 세계의 온갖 고뇌를 자기의 아픔처럼 받아들이면서도 인간을 체념과 의지의 전도로 이끌어 나아갈 수 있는 힘이다. 이런 식으로 인간은 세계와 모든 피조물의 '비밀스러운 희망'이 된다. 온갖 존재들은 신뢰감에 가득 차 인간을 향해 질주할 것이며, 자신의 가능적 구원자나 구세주를 바라보듯 인간을 주시할 것이다.

이것이 위대하고 신비스런 미美에 관해 쇼펜하우어가 사유하고 있는 철학적 구상으로, 여기에는 인간의 사명에 대한 경외심이 강렬하게 표출되어 있다. 이런 인간의 사명의식이야말로 그가 가지고 있는 모든 인간기피, 모든 인간혐오를 압도하고 수정해 준다. 이런 면이 바로 내가 중시하고 있는 문제의 핵심, 즉 그의 염세주의와 휴머니즘의 결합이라든가 정신적 경험이다. 그것은 쇼펜하우어에게 일자一者가 타자他者를 배척하지 말 것과, 인문주의자이기 위해 우리는 능변가이거나 인간에 대한 아첨꾼이어서는 안 될 것이라는 점을 알려주고 있는 것이다. 이렇게 보면 쇼펜하우어 해석의 '진리성'에 관한 물음, 특히 미나 심미적 상태, 칸트의 유산인 '이해관계 없음Interesselosigkeit'에 대한 쇼펜하우어 해석의 진리성에 관한 물음은 조금도 나를 미혹에 빠트리지 않는다.

한편 심리학적 세련성에 있어서 한층 진일보한 니체는 자기 나름대로 칸트의 '이해관계 없음'을 비웃은 바 있다. 바쿠스 신의 숭배자 니체는 예술가 정신의 상승과 완성이 성자聖者와 같아야만 한다는 예술 및 예술성의 도덕화에 완전히 등을 돌렸다. 다시 말해 의지의 고문으로부터 벗어남을 말하는 생산적produktiv, 수용적rezeptiv 미학의 욕구를 부정한다는 것에 대해, 나아가 욕구 일반을 부정한다는 것에 대해 반대한다는 것이다. 결국 니체는 염세주의 자체에 등을 돌리고 있다. 이미 염세주의는 '진리의 세계'와 '현상세계' 사이의 치열한 대결 속에 존재하고 있었던바, 그는 이런 염세주의가 칸트에게서 이미 징후가 나타나 있었음을 발견하고 이를 증명하였다.

니체는 주석을 달지 않고 ―주석은 쓸모없는 것이기에― 칸트가 다음과 같이 설명했노라고 적고 있다. "나는 네리 백작이 기술한 이 문장에 완전한 확신을 가지고 동의한다. 쾌락은 능동적 본질이 아니다." (네리Nerri 백작은 18세기의 이탈리아 철학자이다.) 이 말은 과연 우리가 '쾌락은 고통의 한 형식'이라고 해석할 수 있는 것과 그렇게도 의미의 차이가 있을까? 아무튼 칸트의 태도는 지상과 지상적 삶을 위해서는 어떤 '진실의 세계'도 철저히 인정하지 않으려 했던 니체의 반反기독교적 의지와 전면으로 대립되고 있었다. 그렇지만 이런 사실로 말미암아 니체가 미학에 있어서만은, 아무리 종교적 배교背教가 지배적인 시대라 할지라도, 쇼펜하우어에게서 유래한다는 것은 부인될 수 없다. 왜냐하면《의지와 표상으로서의 세계》에 나타나는 심미적 성격이 "삶 자체, 의지, 현존재 자신, 영원한 고뇌로서 때로는 서글프고 때로는 경악스럽게 표현되고 있다면, 그와는 똑같은 것이 반대의 측면에서 순수 직관화되거나 또는 예술을 통해 되풀이된 표상으로서, 따라서 고통에서 해방되고 '의미심장한 유희'의 가능성을 보장하는 순수한 표상으로서 나타나기" 때문이다.

이렇게 니체는 삶의 정당성을 하나의 '심미적 유희'와 미의 현상으로 파악하고 있는데, 이는 쇼펜하우어가 내세우고 있는 '이해관계 없음'과 다를 바 없다. 이를테면 니체는 쇼펜하우어의 사상을 반도덕적이고 도취적인 긍정, 디오니소스적 삶의 정당성으로 전환시키고 있다. 디오니소스주의Dionysismus에는 도덕적이고 삶을 부정하는 염세주의란 물론 다시 인지될 수 없다. 그럼에도 쇼펜하우어적 염세주의의 요소는 거기서 달리 채색되고, 다른 특징과 변모된 얼굴로 계속 존속하고 있는 것이다. 우리는 어떤 사상의 적대자가 될 수는 있지만, 그런 경우에도 정신적으로는 완전히 그 사상을 이어받은 제자로 남아 있을 수 있다는 것을 확실히 하자. 예를 들어 어떤 마르크스의 제자가 마르크스 이론을 전도顚倒시켜 이념적이고 종교적인 것으로부터 어떤 경제적 관점을 도출해냈다고 하여 그를 반反마르크스주의자라고 말할 수 있겠는가? 니체와 쇼펜하우어가 바로 이런 관계를 보여준다. 디오니소스주의에 속해 있고 또한 염세주의에서 유래한 영웅성의 개념은 니체를 '낙관주의Optimismus'라는 위험스런 칭호로부터 보호해준다. 디오니소스적 염세주의가 문제시된다든가, 초보적이고 순진한 삶의 긍정이 아니라 극복과 저항의 전제로서 고통과의 치열한 싸움에서 쟁취된 삶의 긍정이 문제시될 때에는, 니체에 대해 낙관주의 운운하는 것을 주저하게 될 것이다. 하지만 쇼펜하우어가 다음과 같이 말할 때, 그에게도 영웅적인 것이 나타난다. "행복이란 불가능하다. 최상의 것에 도달 가능한 것은 영웅적 삶의 행로뿐이다."

그러나 이제 쇼펜하우어의 인문주의적 성향이나 그의 고전적–아폴로적 의지표명을 글자 그대로 모두 다 받아들여서는 안 된다고 경고하는 이유, 그리고 쇼펜하우어의 경우에는 특히 견해와 본질의 차이를 명백히 구분함으로써 인간 자체와 그의 판단을 혼동하지 말아야 한다고 촉구하는 이유는 그에게서 나타나는 극단적인 면, 그의 본성에서 우러나오는 그로테스크하고도 이원적인 대립성 때문이었다. 우리는 그것을 그림처럼 아름답다는 의미에서 '낭만적romantisch'이라고 칭해야 옳다. 그리고 이런 것이 그의 의식 속에서 매번 꿈꾸어졌을 때, 그는 괴테의 세계에서 점점 더 멀어져 갔다. 쇼펜하우어가 '심미적 상태'의 인식을 의지와의 완전한 분리로 규정하면서 주관은 단순히 개별 주관이기를 멈추고 순수 무의지적無意志的 인식주관이 될 것이라고 말했을 때, 나는 그가 철저히 칸트 철학적인 것에 깊숙이 들어가 있다고 말한 바 있었다.

그러나 칸트는 그의 이성적인 본성에 비추어볼 때 '물자체'를 아마

의지나 충동, 어두운 열정이라고 규정하는 데 빠져드는 일은 결코 없었을 것이다. 심미적 상태의 예술적 상황은 다만 어두운 열정으로부터 일시적인 구원만을 제시할 따름이다. 더구나 칸트의 '이해관계 없음'의 미학개념은 의지와 표상이라는 낭만적, 감성적 이원론의 도덕적 결과가 아니다. 그것은 한편으로는 온갖 경악과 처절한 고통을 짊어지면서 다른 한편으로는 온갖 만족의 축복을 누리고 있는 감각과 고행의 대립이라는 세계구상의 윤리적 결과 또한 아닌 것이다. 칸트의 미학은 오히려 차분하고 냉철한 유심론唯心論이다. 금욕이란 감각적인 것을 근절하는 고행을 말한다. 그러나 칸트에 있어서는 근절할 것도 많지 않을 뿐만 아니라, 심미적 상태를 기술하기 위해 쇼펜하우어가 쏟았던 것 같은 지나친 감동의 열광적 표식도 찾아볼 수 없다. 고행은 고전적인 것과는 대립된 낭만적 세계의 한 부분인 것으로, 의지와 충동, 열정의 풍부한 체험을 안고 있는 바로 거기에 깊은 고뇌를 전제로 하고 있다. 충동의 철학자이자 감성주의자인 쇼펜하우어는 성자聖者를 예술가의 완성으로서 발견했지만, 아주 엄격하면서도 훨씬 절도 있는 기질의 칸트정신을 찾은 것은 전혀 아니었다. 칸트의 정신세계에 '두뇌와 생식기의 양극성' 사이에서 발생하는 쇼펜하우어적 대립의 재기 넘치는 긴장들은 완전히 낯선 것들이었다.

쇼펜하우어의 주요 저서, 아니 근본적으로 유일한 저작인 이 책의 제목보다 더 의미심장하고 충분히 논구적論究的인 제목은 좀처럼 보기 힘들다. 이 책은 그의 고유한 사상을 발전시켰고, 72년이라는 생애 동안 집필된 모든 것을 불굴의 의지로 모아 엮어 총결산한 유일한 전거典據이자 고집스런 버팀돌이다. 《의지와 표상으로서의 세계》, 그것은 쇼펜하우어의 사상을 대변할 뿐만 아니라 남성, 인간, 인격, 삶, 고뇌 등을 압축하여 표현하고 있다. 이런 인간의 의지충동, 특히 그의 성욕은 대단히 강렬하고 위험스러웠음에 틀림없다. 이는 그가 의지의 고역苦役이라고 기술한 신화적 형상들처럼 고문당하는 아픔이기도 하다. 이런 의지충동들은 분명히 그의 인식충동의 힘, 그의 명석하고도 강력한 정신에 아주 모순적으로 상응하는 것들이다. 그러므로 아주 극단적인 경험적 분열과 분산, 가장 심원한 구원에의 갈망, 삶 자체에 대한 정신적 부정, 자신의 즉자卽者 An Sich를 사악하고 그릇된 죄의식으로 문죄하는 태도 등은 어떤 고양된 의미에서는 그로테스크한 성과인 것이다.

쇼펜하우어에게 성性은 '의지의 발화점'이며, 그것은 인식의 대표자인 두뇌의 반대편 극極으로서 육체의 객관화에 속한다. 이 두 영역이 분명히 그에게 보통을 훨씬 능가하는 강력한 영향력을 지니고 있었다는 사실은 그의 본성 전체가 드러내는 충만함과 힘을 통해 충분히 입증된다. 쇼펜하우어를 '염세주의자'와 세계의 부정자로 만든 것은 바로 완전히 적대적이고 모순적이며 배타적인 고뇌를 가져다주는 오로지 두 영역의 상호 대항적인 관계이다. 나아가 이 관계가 그의 염세주의를 충만함과 힘의 오해에서 발생한 정신적 산물이라고 칭하기에 충분한 근거이기도 하다. 그는 모순과 갈등 속에서 고통스럽게 살아가면서 세계를 충동과 정신, 열정과 인식, '의지Wille'와 '표상Vorstellung'으로서 체험한다. 만일 그가 양자의 통일성을 그의 예술정신이나 천재성 속에서 발견했더라면, 그리고 천재가 전혀 정지된 감각성이거나 표상화된 의지가 아님으로 해서 예술도 영적인 객관성을 의미하는 것이 아니라 저 두 영역을 생산적이고도 삶을 고양하는 통일성 내지 상호침투성을 의미하는 것이라고 이해했더라면, 성性이든 정신이든 모든 것이 개별적으로 제각기 존재하는 것보다 그것이 얼마나 훨씬 더 매혹적이었겠는가? 예술성이나 창조성은 다름 아닌 정신화된 감각성이고 성으로부터 천재화된 정신일진대, 이런 면은 쇼펜하우어에게 있어서도 같은 원리가 아니겠는가?

물론 괴테는 이 모든 것을 염세주의자 쇼펜하우어와는 완전히 다른 시각에서 보았고, 다른 방식으로 체험했다. 그는 어느 누구보다도 행복하고 건강했으며, 쾌활하고 '고전적'이요, 어느 누구보다도 '병적 pathologisch'인 면이 없었다. ─ 여기서 내가 말하고자 하는 병적이라는 말은 임상학적인 의미가 아니라, 정신적인 의미로 이해해야 하는데, 바로 고전적이라는 어휘와는 대립되는 '낭만적romantisch'을 뜻한다. 그에게는 성性과 정신, 이념과 사랑이 무엇보다 가장 강렬한 삶의 자극이었다. 괴테는 그의 시에서 "삶은 사랑이요, 삶의 삶은 정신이기 때문이라네"라고 노래한 바 있다. 이에 반해 쇼펜하우어에게서는 삶과 정신이라는 두 영역의 천재적 강화가 금욕적인 것으로 돌변한다. 성이란 쇼펜하우어에게 순수 정관적 태도의 악마와 같은 저해물이며, 인식은 성의 부정을 의미한다. 이런 부정적인 그의 태도는 "너의 눈이 너를 괴롭히거든 그것을 도려내버려라" 하고 극단화된다. '영혼의 평화'로서의 인식, 열병을 식혀주는 진정제 또는 순수 직관을 통해 무의지無意志에 도달한 구원상태로서의 예술, 의지를 넘어서서 삶 일반에로 나아가는 '성자'의 이전단계로서의 예술가, 이렇게 주장하는 것이 쇼펜하우어인 것이다.

다시 한 번 반복하건대 만일 정신과 예술에 대한 이해가 아폴로적─

객관적 성격을 띠고 있다면, 이는 괴테의 이해와 일맥상통하거나 고전주의적일 것이다. 하지만 쇼펜하우어의 예술개념에 들어 있는 극단주의와 금욕주의는 이 말 자체의 의미대로 낭만적 성격을 띠고 있고, 우리가 클라이스트Heinrich von Kleist에 대한 괴테의 태도에서 가장 잘 알고 있듯이 괴테의 취향을 완전히 벗어나 있다. 괴테는 어쩌면 일체감을 느끼며 《의지와 표상으로서의 세계》를 읽었을지 모르며, 몇몇 논조들에 대해서는 동의했을 수도 있다. 그러나 그는 본질적으로는 부정적이고 '우울한 기분'에 사로잡혀서는, 고개를 좌우로 흔들며 그 책을 제쳐놓았을 것이다. 실제로 괴테는 호기심 어린 관심을 보이며 그 책을 읽기 시작하다가 중도에 그만두었다고 알려져 있다.

어떤 위대한 인물이 다른 사람들에게 냉담한 태도를 취하는 것은 누구에게나 있을 수 있는 필연적인 이기심에 기인하며, 이에 대해 우리는 그리 당혹스러워 할 필요가 없다. 괴테 역시 자기 편한 방식대로 고전적인 것과 낭만적인 것을 자기 내부에서 통일시켰다. 더구나 이런 면이 우리가 그의 위대성에 갖다 붙이기도 하는 형식적인 틀 중에 하나인 것이다. 쇼펜하우어의 경우에도 다를 바가 없다. 두 정신적 방향의 통일은 그의 위대함에 손해를 가져오기보다는 도움이 된다. 위대함이란 통일적이고 결합적이며, 오랜 시간의 노력을 요약하는 것이기 때문이다. 쇼펜하우어 역시 수많은 요소들을 포괄하고 있다. 그의 철학적 논지에는 이상주의적 요소, 자연철학적 요소, 범신론적汎神論的 요소까지도 들어 있다. 그의 개성은 강렬하여 바로 고전주의적, 낭만주의적 요소에 이르는 수많은 요소들을 결합시켜 전혀 새로운 어떤 유일무이한 것으로 융합시키기에 충분했다. 그러므로 그에 대해 절충주의

Elektrizismus 운운하는 것은 너무나 거리가 먼 이야기이며, 이것이야말로 결정적으로 중요한 점이다.

'고전적'이니 '낭만적'이니 하는 용어나 이에 대한 양자택일은 쇼펜하우어에게는 근본적으로 어울리는 말이 아니다. 전자 내지 후자도 그의 영혼의 토대에 충분하질 못하고, 그보다는 추후적인 것이 영혼의 토대에 자리 잡는다. 시간적으로 관계 맺고 있는 대립개념들이야말로 이를 위한 어떤 역할을 수행해 냈다. 그는 이 개념들의 차이에 골몰하고, 그 차이에 준해 자신을 정렬하는 지식인들보다 우리에게 훨씬 가까이 존재한다. 쇼펜하우어의 정신형식, 이원론적이며 그로테스크한 천재의 과잉흥분과 과잉열정은 낭만적이라기보다는 '현대적modern'이다. ―나는 이 관계에 대해 많은 것을 덧붙일 수 있지만, 전반적으로 이를 서구의 정신적 토대에 연관시키고자 한다. 서구의 정신적 토대가 갈수록 고통스러워지는 현상은 괴테와 니체 사이의 시대적 흐름 속에서 너무나도 현저하게 드러나기 때문이다.

이런 맥락에서 볼 때 쇼펜하우어는 괴테와 니체 사이의 시기에 있다. 그는 두 사람 사이의 과도기를 형성하고 있는 셈이다. 그런데 쇼펜하우어는 괴테보다는 '더욱 현대적'이고 더욱 고뇌를 앓고 더욱 까다롭지만, 니체에 비해서는 '더욱 고전적'이고 튼튼하며 건강하다.

우리는 이로부터 낙관주의와 염세주의, 삶의 긍정과 삶의 부정이 건강이나 병과는 아무 상관이 없다는 사실을 인지할 수 있다. 건강과 병은 생물학적 개념들이지만, 그러나 인간의 본성은 생물학적인 것 속에서 명료하게 밝혀지는 것이 아닌 까닭에, 가치판단으로서의 이 개념들은 아주 조심스런 태도로 인간적이며 정신적인 것에 적용되어야만 한다. 니체의 디오니소스적 반기독교주의의 열광이 개인적으로 쇼펜하우어의 삶에 대한 혐오보다 더 건강하고 튼튼한 어떤 것이고, 마찬가지로 니체가 객관적으로나 정신적으로 보다 건전한 사상을 세상에 전파했노라고 주장하기란 아마도 몹시 어려울 것이다. 니체는 너무나 과도하고 혼란스런 방식으로 이 생물학적 대립관계를 다루었고, 잘못된 건강함을 전면에 등장시킴으로써 오늘날 유럽 정신의 치유가능성을 짓밟아 버렸다. 하지만 니체라는 인간 자체는 고뇌와 세련성, 현대성에 있어서는 어느 누구보다도 진일보해 있음을 의미한다. 특히 니체는 그 밖의 어떤 쇼펜하우어의 제자들에게서는 볼 수 없을 정도의 두드러진 특성을 지니고 있는바, 그는 심리학자로서 시대를 앞서 가고 있다.

예컨대 의지에 관한 심리학자인 쇼펜하우어는 모든 현대영혼학moderne Seelenkunde의 아버지이다. 영혼학적 발전의 일직선은 그에게서 출발하여 니체의 심리학적 극단주의를 경유하고는, 프로이트와 그 밖의 심층심리학을 완성하여 정신과학에 적용한 사람들에게까지 이어진다. 니체의 이성증오와 반反소크라테스주의는 다름 아닌 바로 쇼펜하우어가 발견한 의지우위론에 대한, 그리고 오성이 의지와 맺고 있는 이차적二次的이고 종속적인 관계의 통찰에 대한 철학적 긍정 내지 찬양일 따름이다. 쇼펜하우어의 의지에 대한 통찰은 고전주의적 의미에서 사용되는 인간적 확증과는 다르다. 오성은 의지의 뜻에 따르기 위해 현존한다는 것, 그럼으로 해서 오성은 의지를 정당화하고, 때로는 종종 그럴싸한 자기기만적 동기들을 가지고 의지를 이해하고 충동을 합리화한다는 이런 확증은 회의적 – 염세적 심리학, 마음속을 깊이 꿰뚫어보는 비정非情의 영혼학을 내포하고 있다.

쇼펜하우어의 예술철학

이와 같은 영혼학은 우리가 정신분석학이라고 부르는 것의 예비과
정일 뿐만 아니라, 바로 정신분석학 그 자체의 성격이기도 하다. 근본
적으로 모든 심리학은 정신과 충동 사이의 번거로운 관계를 벗겨 내는
작업인 동시에 이에 대한 아이러니하면서도 자연주의적인 세밀한 관
찰이다. 이는 괴테의 소설《친화력親和力 Die Wahlverwandtschaften》과 철저
히 일치하는 면을 보인다. 괴테는 이 소설에서 오틸리에Ottilie와 최초의
만남 뒤에는 이미 사랑에 빠져 있는 에두아르트Eduart로 하여금 다음과
같이 말하게 한다. "그녀는 이야기를 재미있게 하는 사람이지." 그러
자 그의 부인은 이렇게 대답한다. "이야기를 재미있게 하다니요? 그녀
는 입도 뻥끗한 일이 없었는데!" 쇼펜하우어 역시 이렇게 정곡을 찌르
는 말을 즐겨 사용한다. 우리가 어떤 사물을 좋다고 인식하기 때문에
그것을 원하는 것이 아니라, 우리가 그것을 원하기 때문에 그 사물이
마음에 든다는 식의 그의 논리적 명제는 점잖고도 고전적으로 명쾌한
하나의 본보기이다.

예를 들어 쇼펜하우어는 이렇게 말한다. "사람들은 자기 자신을 속
이기 위해 그럴듯한 성급함을 준비하지만, 이 성급함이라는 것도 실상
은 은밀히 숙고된 행동이라는 점을 정말 유의해야만 한다. 그도 그럴
것이 우리는 그토록 세련된 기교를 통하여 다른 누구보다도 바로 우리
자신을 기만하고 스스로에게 아첨하기 때문이다." 여기 짧게 덧붙인
인용문 속에 분석적 폭로심리학analystische Entlarvungspsychologie에 관해 설
명하는 그 모든 책들의 내용이 모조리 함축되어 들어 있다. 이는 마치
추후에 나타나는 니체의 경구警句에 프로이트의 인식과 폭로들이 섬광
처럼 번뜩이며 선취되어 있는 것과 마찬가지이다. 나는 프로이트에 관

한 비엔나 강연에서 쇼펜하우어의 침울한 '의지'의 왕국이 바로 프로이트가 '무의식적인 것das Unbewuβe', '그것das Es'이라고 칭한 것과 전적으로 동일하다고 지적한 바 있다. 다른 한편으로 쇼펜하우어의 '오성'은 프로이트의 '자아das Ich', 외부세계로 전향한 이 영혼의 부분과 완전히 일치한다.

쇼펜하우어의 세계상에 대한 오늘의 진술과 성찰의 진정한 주제, 그에 관해 아는 바가 별로 없는 세대 앞에서 그의 정신적인 상像을 기억에 가득 차게 불러내는 동기는 염세주의와 휴머니즘이다. 이는 인간애와 인간정서가 위기에 놓인 현재의 상황에 있어서 그의 철학에 등장하는 우울과 인간 자부심의 독특한 결합에 대한 체험을 전달하고자 하는 소망에 기인한다. 쇼펜하우어의 염세주의, 그것은 단적으로 말해 그의 휴머니즘이다. 물론 그의 의지로부터의 세계설명, 충동의 초능력에 대한 통찰, 한때는 신성했던 이성, 정신, 오성을 단순히 확실성을 위한 도구로 전락시켜 버린 태도는 반反고전주의적이며 그 본질에 따라 비인간적이다. 그러나 바로 그의 논지의 염세주의적 채색에, 그리고 이러한 채색이 그를 세계부정世界否定과 고행의 이상으로 이끌었다는 사실에 그의 휴머니즘이 깊숙이 자리 잡고 있다. 다시 말해 우리의 융성한 휴머니즘적 교양시대에 산문으로 글을 쓴 이 위대하고 고통을 체득한 저자 쇼펜하우어는 인간을 생물학적인 것과 자연으로부터 끌어내고, 그의 감성적-인식적 정신을 의지 전도顚倒의 무대로 삼아 그 속에서 모든 피조물의 가능적 구세주를 보았던 것이다. 바로 여기에 그의 휴머니즘, 그의 투명한 정신이 근거하고 있다.

20세기는 그 3분의 1 기간 동안 고전적 합리주의와 주지주의에 반동적 태도를 취했으며, 무의식적인 것에 경탄하고 본능을 찬미하는 데 빠져들어 있었다. 이 본능 찬미의 태도에 따르는 사람들은 삶에는 죄과가 있다고 믿었으며, 그리하여 좋지 않은 본능들이 마음대로 활개를 치도록 조장했다. 흔히 이들에게서 염세주의적 인식은 남의 불행을 즐거워하는 마음으로 변질되었고, 쓰디쓴 진리들에 대한 정신적 인정은 정신 자체에 대한 증오와 경멸로 돌변하곤 했다. 사람들은 정신에 반反하여 일체의 관용도 없이 삶의 측면으로 향했다. 정신보다는 더 강한 삶의 측면으로 말이다. 왜냐하면 그들이 무엇인가를 확실하게 증명한 것이 있다면 그것은 다름 아닌 이런 사실, 즉 삶은 정신과 인식으로부터 두려워할 것이 전혀 없으며, 삶이 아니라 정신이 바로 더 허약하고 보호가 필요한 부분이라는 사실 때문이다.

그러나 우리 시대의 반反휴머니즘적 태도라는 것도 결국은 인간적 실험이고, 인간의 본질과 운명에 대해 영원히 물음을 제기해 나가는 일면적 방향에서의 대답이다. 그것은 균형을 창출해내는 수정을 필요로 한다고 느껴진다. 그리고 나는 이 글에서 회고된 철학이 그와 같은 역할에 일조할 수 있으리라고 생각한다. 나는 쇼펜하우어를 '현대적'이라는 말로 칭한 바 있는데, 어쩌면 나는 그를 '미래적'이라고 불러야 했는지 모른다. 그의 인격적 요소들, 이를테면 밝은 음조와 어두운 음조를 함께 지닌 특성, 그에게 내재된 볼테르와 야콥 뵈메Jakob Böhme의 결합성, '하계下界'의 짙은 암흑과 같은 것으로부터 고지되는 고전적 투명성의 역설적 산문, 인간이념에 대해 조금도 존경심을 부인하지 않는 그의 거만한 세계 혐오주의, 간단히 말해 내가 '염세주의적 휴머니즘'이라고 칭했던 바로 그것이 나에게는 미래의 분위기로 가득 채워지는 것이다.

시류적인 명성과 반쯤은 망각된 상태를 고려해 볼지라도, 이런 면이 아직까지도 심원하고 결실 있는 인간적 영향으로 그의 사상체계에 살아 호흡하도록 약속해 주고 있다. 그의 가르침인 정신적 감각성Geistige Sinnlichkeit, 그것은 곧 삶이었다. 그는 인식, 사상, 철학이 두뇌의 작업일 뿐만 아니라 마음과 감각, 육체와 영혼을 지닌 전 인류의 문제라고 가르친다. 한 마디로 그의 예술성은 이성의 메마름과 본능숭배의 저편에 있는 인간성에 속해 있고, 따라서 인간성을 창출해내는 데에도 조력할 수 있을 것이다. 왜냐하면 인간이 힘들여 자기 자신에 도달하려는 도정에서 인간과 함께 하는 예술이란 언제나 목적지에 이미 도달해 있었기 때문이다.

Nietzsche's Philosophie im Lichte unserer Erfahrun

우리의 경험에 비추어 본
니체 철학

쇼 펜 하 우 어 · 니 체 · 프 로 이 트

토마스 만은 니체 패러디가 곳곳에 부각되는 소설 ≪파우스트 박사≫를 1947년 출간함과
아울러 같은 해 이 에세이를 발표한다. 그는 여기서 "번민의 짐을 무겁게 짊어진 영혼에 대한
공감"이라는 말로 자신에게 끼친 니체의 영향을 소개하면서 그의 미적 열광과 사상의 궤적
을 추적하는 한편, 시대사적으로 그에게 제기된 여러 가지 오해의 소지를 해명하려고 노력한
다. 특히 초인숭배와 야수성野獸性의 신격화 등은 파시즘과도 연관되어 있는데, 토마스 만은
그 책임을 정치적 이용자들에게 돌린다.

1889년 초엽 스위스의 투린과 바젤로부터 프리드리히 니체Friedrich Nietzsche의 정신적 붕괴 소식이 사방으로 알려졌을 때, 이미 이 남자의 숙명적 위대성을 알고 있었던 많은 사람들은 유럽 도처에서 오필리아 Ophelia가 셰익스피어 극에서 말했듯이 비탄의 소리를 되풀이했을 것이다.

아, 여기 한 고귀한 정신적 인간이 파괴되었도다!
O, What a noble mind is here o'erthrown!

이 구절의 다음 시구들에서도 존엄한 이성이 열광을 통해 교란되어 이제 빗나간 소리를 내는 종처럼 불협화음을 낼 정도로 경악스런 불행이 비탄조로 노래되는바, 이 시구의 특징들 가운데 많은 부분이 니체에게 적중된다. 물론 이 경우는 슐레겔Schlegel이 "모든 관찰자의 유의 대상The observed of all observers"이라는 구절을 "관찰자의 유의목표Das Merkziel der Betrachter"라고 번역하고 있는 것처럼 슬픔의 시가 집약적으로 표현하는 찬미에로의 전환과는 아무런 상관이 없다. 우리는 그 대신 '매혹적'이라는 낱말을 사용할 수도 있으리라. 참으로 실스 마리아 Sils Maria에서 이주해 온 사람의 형상보다 더욱 매혹적인 어떤 형상에 따라, 우리가 모든 세계문학과 정신사를 살펴보는 일도 그저 헛될 뿐이다. 그러나 니체에게서 나타나는 매혹감은 셰익스피어의 성격창조, 다시 말해 우울한 덴마크 왕자 햄릿에게서 연원하여 수세기를 흘러온 매혹감과도 아주 유사하다.

사상가이자 저술가 니체, 오필리아라면 '형태의 주조자the mould of form' 내지 '형성의 전형der Bildung Muster'이라고 칭할지도 모를 철학자 니체는 상상을 뛰어넘을 만큼 유럽적인 것을 집약하고 있는 문화적 충만함과 복합성의 한 현상이었다. 이와 같은 문화적 충만함과 복합성은 수많은 과거의 것들을 자체 내에 수용하는 동시에, 다소 의식적인 모방과 계승에 의해 과거를 환기시키고 되풀이하여 신비스럽게 재생시켜온 결과였다. 그러므로 연극 애호가 니체가 셰익스피어가 제공한 비극적 삶의 무대에서 —정말로 그가 설치했다고 말하고 싶을 지경인 무대에서— 햄릿의 표정이 배어 있는 가면을 인지했으리라는 사실을 나는 믿어 의심치 않는다.

차후 세대의 깊이 감동받은 독자이자 '관찰자'인 나로서는 이런 친족관계를 일찍부터 감지했었고, 나아가 청년기의 정서에 신선한 그 무엇, 마음을 송두리째 앗아가고 빠져들게 하는 그 무엇의 감각적 혼융混融을 경험한 바 있었다. 경외심과 연민의 뒤섞임, 나는 그것을 한번도 낯설게 생각한 적이 없었다. 이는 번민의 짐을 무겁게 짊어진 영혼에 대한 공감共感, 앎을 위해 일깨워졌을 뿐이지만 본래는 그렇게 태어난 것이 아니어서 이로 말미암아 햄릿처럼 파멸되는, 과중한 임무를 부여받은 영혼에 대한 공감이다. 이는 다시 말해 어떤 연약하고 섬세하며 선하고 사랑을 갈구하는 영혼, 고귀한 우정에 의지하되 고독에 대해서는 어찌할 바 모르는, 그러면서도 바로 이런 것, 예컨대 가장 깊고 차가운 고독이나 범죄자의 고독이 음울하게 드리워져 있는 영혼에 대한 공감이다. 따라서 이런 나의 감정은 근원적으로는 경건함이 가득하고 전적으로 겸허하며 신앙적인 전통에 얽매여 있는 정신, 하지만 행여 야생적이고 도취적이며 모든 경건함을 거절하여 자기 본성에 반해 야만적으로 부풀어 오른 힘이나 양심의 냉혹함, 사악한 것을 제멋대로 과시하는 예언자적 사명으로까지 치달아 오를라치면 운명에 의해 죽도록 괴롭힘을 당하는 정신에 대한 공감인 것이다.

우리는 이런 정신의 출처에 시선을 던지고 그의 인격 도야에 이바지한 영향들을 추적해야만 한다. 그는 도대체가 본성적으로 삶의 곡선을 그리는 아슬아슬한 모험과 그 모험의 불확실성을 깨닫기 위하여 이런 정신을 조금도 부적절한 것으로 여기지 않았던 것 같다. 니체는 중부 독일의 시골에서 1844년, 그러니까 독일 시민혁명이 시도되기 4년 전에 태어났다. 그는 저명한 목사 가문 출신의 부친과 모친 계열의 혈통을 다 함께 이어받았다. 아이러니하게도 그의 조부로부터 〈영원한 기독교의 존속, 현재의 혼란에서 평온을 찾기 위한 시도〉라는 글 한 편이 내려오고 있다. 그의 부친은 프로이센의 공주들을 교육하는 궁정대신과 유사한 직책을 맡고 있었고, 자신의 목사직을 프리드리히 빌헬름 4세의 은총으로 돌렸다. 귀족적 형식, 도덕적 엄격성, 명예심, 까다로운 질서 등에 대한 의식이 그의 가문에 완전히 자리 잡고 있었다.

소년 니체는 부친이 일찍 사망한 뒤에는 신앙심이 두텁고 국가에 충성스런 관료도시 나움부르크에 살았다. 그는 '아주 단정한' 소년인 동시에, 예의 바르고 종교적 열의를 보이는 공인된 모범소년으로 묘사되어 있다. 이런 까닭에 그는 '꼬마 목사'라는 별명을 얻게 된다. 사람들은 갑자기 소나기가 쏟아졌을 때에도 어린 그가 의젓하고 품위 있는 걸음걸이로 학교에서 집으로 돌아가는 매우 특별한 일화를 알고 있다. 물론 그것은 프로이센의 엄격한 학교 규율이 아이들에게 거리에서 단정한 태도를 취하도록 의무화하고 있기 때문이기도 했다. 그의 김나지움 교육은 무엇보다도 그 유명한 수도원 생활에서 훌륭하게 완성된다. 그는 음악 외에도 신학에 마음이 기울어지지만, 그러나 고전문헌학을 전공하기로 결심하여 라이프치히에서 리칠Ritschl이라는 엄격한 방법론자로부터 그것을 수학하게 된다. 그의 학업성과는 그가 포병으로 병역의무를 마쳤을 때 곧바로 나타난다. 아직도 거의 앳된 젊은이로서 그는 대학 강의를 맡도록 임명되는데, 그것도 진지하고 경건하며 평화적으로 통치되는 도시 바젤에서 강단에 서게 되는 것이다.

대체로 우리는 고결한 인격수준에서 올바른 인생행로를 이끌어나가는 것처럼 보이는, 천성적으로 부여받은 고귀성의 규범에 대한 뭔가 바람직한 상像을 갖고 있다. 그렇지만 이런 정신적 토대를 떠난 우리는 얼마나 길 없는 곳으로 잘못 내몰린 존재인가! 얼마나 우리는 우쭐대며 무리하게 죽음의 언덕으로 잘못 등반하는 존재인가! 도덕적, 정신적 판단이 되어버린 '무모한versteigen'이라는 낱말은 본래 등산가들이 사용하는 용어에서 나온 말인데, 높은 암벽에서 전후방 어느 곳으로도 나아갈 수 없는 상황, 또는 등반가가 길을 잃어버린 상황을 의미한다. 이 용어를 저물어가는 19세기의 가장 위대한 철학자일 뿐만 아니라,

사상계 전반에 걸쳐 가장 대담한 영웅적 인간 중 하나였던 이 남자에게 적용한다는 것이 매우 비속한 것처럼 여겨질 수도 있으리라. 그러나 아버지를 섬기듯이 니체를 우러러보았던 야콥 부르크하르트Jakob Burckhardt는 결코 비속한 사람이 아니었다. 그는 이미 오래전에 자신의 젊은 시절 친구인 니체가 나아가는 정신적 방향에 있어서의 경향성, 즉 모험적 자기등정自己登頂과 죽음의 미로에의 의지를 인지한 바 있었다. 물론 그 이후로 부르크하르트는 슬기롭게도 니체와 결별하여 괴테의 자기방어벽이기도 했던 모종의 냉담한 태도로써 그를 떨쳐 버렸다.

니체를 험로險路에 몰아넣고, 거기에서 신음하는 그에게 채찍을 가하여 사상의 십자가에 못 박혀 순교자의 죽음을 행하게 했던 것은 도대체 무엇이었는가? 그것은 그의 운명이었다. 그의 운명이란 바로 그의 천재성이기도 했다. 그러나 이 천재는 또 다른 하나의 명칭, 병病이라는 명칭을 갖고 있었다. 병이라는 말은 여기서 천재개념과 너무나 쉽게 결부되는 모호하고 일반적인 의미에서 사용되는 것이 아니라, 아주 전문적이며 임상학적 지식의 시각에서 사용되고 있다. 물론 이런 시각에서 보는 사람들은 언어예술가, 사상가, 심리학자로서 그 시대의 전체 분위기를 변화시켰던 천재적 인간 니체의 정신적, 창조적 인간업적을 무가치하게 만들려 한다는 속물의 혐의와 질책에서 벗어나기 힘들게 된다.

그러나 이는 오해일 수 있다. 종종 그런 식으로 취급되어 온 것도 사실이지만, 나는 이를 나름대로 다시 설명하고자 한다. 병이란 그것이 무엇과 관련되고 어떤 방식으로 실현되는가에 따라서 결정되는 순수 형식적인formal 것이다. 그것은 '누가' 아픈가에 따라 커다란 차이를 보인다. 병이라는 것에 있어서 정신적, 문화적 양태를 띠고 있지 못한 일상적 범인凡人이 아픈가, 그렇지 않으면 니체나 도스토옙스키가 아픈가에 따라 그 의미는 확연히 달라지는 것이다. 의학적, 병리학적 입장은 진리의 '한쪽' 측면, 말하자면 자연주의적 측면이다. 진리를 전체적인 것으로 사랑하고 이에 대해 절대적으로 존경심을 표하고자 하는 사람은 점잖은 체하면서 진리가 관찰될 수 있는 어떤 관점이라도 부인하는 법이 없다. 사람들은 의사 뫼비우스Möbius가 니체의 발전사를 전문인답게 급성 마비증세의 역사로 기술한 책을 쓴 데 대해 그것을 아주 곡해한 바 있었다. 나는 그런 비난의 격한 감정에 조금도 동조할 수 없었다. 뫼비우스는 나름대로 논박될 수 없는 진리를 말하고 있기 때문이다.

1865년에 스물한 살이었던 니체는 나중에 유명한 인도의 산스크리트 언어학자이자 베단타Vedanta 연구자가 된 그의 대학친구 파울 도이센Paul Deussen에게 어떤 기묘한 이야기를 들려준다. 이야기인즉 청년 니체는 혼자서 쾰른으로 나들이를 떠나 거기서 시내의 관광 명소를 구경시켜 줄 심부름꾼 한 사람을 고용했다. 함께 지내다 보니 어느덧 한나절이 지나고, 결국은 저녁 무렵이 된다. 니체는 그 안내자에게 좋은 식당이 있으면 추천해 달라고 요청한다. 그에게는 아주 무서운 지옥사자의 형상으로 그려지는 이 놈팡이는 그를 어느 환락가로 데려간다. 소녀처럼 순수하고 완전히 지적이며, 학식이 풍부하면서도 겸허한 청년은, 그의 말을 빌리자면, 갑자기 자신을 환대歡待의 눈빛으로 바라보는, 번쩍거리는 금박과 얇은 천으로 차려입은 여섯 명의 여인들에게 둘러싸여 있음을 알아차린다. 이들을 헤집고 나온 이 젊은 음악의 열광자이자

문헌학자, 쇼펜하우어의 찬양자는 본능적으로 악마의 살롱 뒤쪽에 놓여 있다고 생각되는 피아노에 다가선다. 그는 살롱에 소속된 그 모든 것 가운데 '유일하게 영혼이 깃들어 있는 물체'를 들여다보고는 건반 몇 개를 두드린다. 그것이 그를 막았던 금제禁制, 그의 굳어져 있던 무감각을 풀어준다. 그는 자유를 쟁취하고 곧 도피할 수 있게 된다.

니체는 다음 날 이 체험을 친구에게 웃으면서 말했음에 틀림없다. 그것이 젊은 니체에게 어떤 인상을 심어주었는지 그의 친구도 의식하지는 못했다. 그러나 이와 같은 체험은 심리학자들이 '상혼傷痕 Trauma'이라고 부르는 것과 조금도 다를 바 없는 일종의 정신적 충격이었다. 이런 충격으로 인해 자라나는 차후 영향, 다시 말해 마음에 새겨진 환상을 떼어낼 수 없는 영향은 신성한 인간 니체의 죄에 대한 감수성을 여실히 보여준다. 20년 뒤에 출간된《차라투스트라는 이렇게 말했다 Also sprach Zarathustura》의 제4부 중 〈사막의 딸들〉에는 동양적 영향을 받은 시 한 편이 들어 있는데, 그 시의 지독한 조롱조의 표현은 이미 억제가 느슨해지고 고통에 찬 지리멸렬을 보이면서 억눌린 정념情念과 그것의 궁핍을 노골적으로 드러낸다. '지극히 사랑스런 애인들, 어린 암고양이 두두와 슐레이카'에 관한 시, 즉 고통의 해학이 엿보이는 성적 몽상에 관해 쓰고 있는 이 시에서는 쾰른의 몸 파는 여인들이 입고 있던 '나비 모양의 금박무늬 의상'이 계속해서 다시 등장한다. 그 당시의 "번쩍거리는 금박과 얇은 옷을 차려입은 여인들"이 일견해도 매혹적인 사막의 딸들에 대한 모델이 되고 있는 것이다.

이 환락가의 매춘부들과 지낸 지 불과 4년 만에 그는 바젤에 있는 요양소에 오게 된다. 이 요양소에서 환자인 니체는 과거에 두 번 특수한 병에 걸렸다는 것을 환자보고서에 기록한다. 그런데 예나에 있는 병원 기록문을 보게 되면, 그의 불행의 최초 시기가 1866년으로 되어 있다. 그는 쾰른의 환락가에서 도망치듯 뛰쳐나온 지 꼭 1년 만에 이번에는 악마의 안내 없이 자발적으로 같은 장소로 되돌아갔던 것이다. —몇몇 사람들은 이에 대해 니체 본인이 고의로 자신을 형벌한 것이라고 말하기도 한다. 니체 자신은 삶을 파괴하는 쪽으로 스스로 끌고 들어가지만, 이에 반해 그의 삶은 무한히 상승하고 있다. 그러므로 한편으로는 행복한 흥분작용이, 다른 한편으로는 숙명적fatal 흥분작용이 한 인간의 생애 전반을 결정하는 결과를 가져오고 있는 것이다.

몇 년 뒤에 니체가 바젤대학교의 사무처로부터 학교를 떠나도록 종용받게 되는 것은 근본적으로 동일한 지속적 병의 악화와 자유충동의 혼합적 성격에 기인한다. 이미 일찍부터 바그너와 쇼펜하우어의 찬양자였던 니체는 문헌학이라는 전공과목이 한 분파로 속해 있던 역사학에 반해 예술과 철학을 삶의 진실한 길잡이로 천명한 바 있었다. 그는 자신의 전공을 그만두고, 병자로서 연금을 받으면서 모든 관계를 단절한 채 이탈리아와 프랑스 남부, 스위스 고산지역 등의 국제숙박소에서 초라한 전세입주자로서 삶을 꾸려 나간다. 이런 곳에서 문체상 현란하고 시대의 모멸감에 불타오르는, 심리적으로는 어느 누구보다도 급진적인 휘황찬란한 백광白光 속에서 찬연히 빛을 발하는 저서들을 집필한다.

니체는 어느 서간문에서 자신을 다음과 같이 칭하고 있다. 나는 "날마다 어떤 평정한 믿음 외에는 더 이상 어떤 것도 잃어버리고 싶어 하지 않는 인간, 나날이 커가는 정신의 자유 속에서 행복을 찾아 나서는 인간, 그리하여 아마도 스스로가 자유정신으로 존재할 수 있는 것 이상으로 훨씬 더 큰 자유정신이기를 갈구하는 인간"이다. 이는 아주 일찍이, 그러니까 1876년에 이미 행해진 하나의 고백이자 그의 운명과 파멸에 대한 예감이다. 따라서 그것은 어떤 정서에 의해 해결되기 힘든 격렬한 감정을 인식에서 무리하게 얻고자 강요되어 있는 한 인간의 예지, 요컨대 세계를 향해 충격적인 자기고행의 연극을 연출해 보이는 한 인간의 예지이다.

그는 화가와도 같이 자신의 작품 아래쪽에 '고통 속에서 채색된 그림'이라고 덧붙일 수도 있었을 것이다. 정신적으로나 육체적으로, 여러 가지 의미에 있어서 그는 이런 식으로 진리를 말했었는지 모른다. 1880년에 니체는 의학박사 아이저Eiser에게 다음과 같이 솔직한 심경을 털어놓는다. "저의 실존은 일종의 두려운 짐입니다. 제가 바로 고통의 상태에서, 거의 절대적 체념상태에서 정신적, 도덕적 영역의 가장 교훈적인 시도와 실험을 행하지 못했을 때, 저는 이미 그것을 내던지고 말았습니다…. 지속적인 아픔, 하루에도 수차례 일어나는 뱃멀미와 같은 역한 느낌, 거의 말도 할 수 없을 정도의 반쯤 마비된 상태, 번갈아 가며 일으키는 발작, 무엇보다 최종 발작 시에는 3일 밤낮을 가리지 않고 쏟아지는 구토 때문에 저는 죽음을 갈망할 정도였습니다…. '지속적인 증세'를 선생께 자세히 설명 드리자면, 저는 늘 머리에 통증을 느끼고 압박감이 있으며, 눈 또한 마찬가지입니다. 그리고 머리에서 발끝까지 전체적으로 마비되는 듯한 느낌이 온단 말입니다!'

마치 아무것도 모른다는 듯한 그의 무지, 게다가 그를 진단하는 의사들의 무지! 물론 고통의 본질과 근원을 파악하기란 쉽지 않은 법이다. 의사들이 그의 뇌로부터 병의 근원을 찾아가기 시작한다는 것이 점차로 확실해지자, 니체는 이제 자신의 병이 유전적인 것이라고 여기게 된다. 그는 자신의 부친이 뇌연화腦軟化 증세로 사망했다고 생각하는데, 이는 분명히 잘못 알고 있는 것이다. 왜냐하면 목사였던 그의 부친은 우연한 사고로 바닥에 넘어지면서 입은 뇌손상으로 사망했기 때문이다. 자기 병의 근원에 대한 완전한 무지나 오산이 어디에 근거하고 있는가 하는 설명은 그의 병이 그의 천재성과 교차적으로 연관되어 있었고, 천재성 또한 병과 더불어 발전했다는 사실로부터만 가능하다. 그리고 모든 것이 한 천재적 심리학자에게는 정체를 드러내는 인식의 대상이 될 수 있을지언정, 자신의 천재성만은 그 대상이 될 수 없다는 것도 이에 대한 중요한 근거가 된다.

이런 것이 오히려 경악스런 찬양과 과도한 자기감정, 극단적 오만의 동기가 되고 있다. 어처구니없게도 니체는 자기 고통의 행복한 배면背面, 죽음을 맛봄으로 해서 생기는 정신적 보상, 현실적인 것을 뛰어넘는 초월적 보상을 찬양한다. 이미 장애에서 거의 해방된《이 사람을 보라Ecce Homo》에서 그는 모든 면에서 초월된 면모를 탁월하게 표현하고 있다. 그는 여기서 육체적으로나 정신적으로 고양된 상태를 찬미하고 있으며, 그런 가운데 믿기 어려울 만큼 짧은 시간 내에《차라투스트라는 이렇게 말했다》라는 훌륭한 작품을 창조해냈다. 이런 측면이 문체상으로는 대가다운 작품으로, 언어상으로는 참된 힘의 대결로 나타나며, 따라서 그것은 오로지 그의 저서《선악善惡의 피안Jenseits von Gut und Böse》에 나오는 바그너의 오페라 〈명가수Meistersinger〉의 서곡에 대한 놀라운 분석이나 《권력에의 의지der Wille zur Macht》 끝부분에 나오는 디오니소스적 세계표명에 비견될 만하다.

그는 《이 사람을 보라》에서 이렇게 문제를 제기한다. "저물어가는 19세기에 과연 어느 누가 과거 강렬했던 시대의 시인들이 영감Inspiration이라고 불렀던 것에 대한 명확한 개념을 소유하고 있는가? 나는 이를 다른 기회에 자세히 논하고자 한다." 그리하여 이제 깨달음과 황홀경에 대한 서술, 상승과 비밀스런 속삭임과 제신諸神들의 힘차고 강렬한 느낌에 대한 서술이 시작된다. 니체는 이 강렬한 느낌들을 격세유전적인 어떤 것, 악마적이고 시대역행의 반동적反動的인 어떤 것, 무엇인가 다르고 '보다 강렬하며' 인간의 신적 상태에 속해 있는 어떤 것, 우리의 허약한 이성적 시대의 가능성으로부터 빠져나온 어떤 것으로 감지하지 않을 수 없게 된다. 이렇게 니체는 마비와 같은 무기력 증세에서 냉소적으로 일어나는 일종의 타락한 흥분상태를 '진리에 입각하여' 기술하고 있지만, 과연 진리란 무엇일까? 체험이 진리일까 또는 의학이 진리일까?

니체가 자신의 저서 《차라투스트라는 이렇게 말했다》를 하나의 행동Tat으로 칭하고 있다면, 이는 누가 봐도 고질적인 탈선, 이성에서 벗어나 있음을 확증하는 자기의식의 방종일 것이다. 엄밀히 말해 행동이라는 면에 있어서는 기껏해야 모든 인간적 행동이라는 것도 가련하고 제약되어 있기 때문이다. 더욱이 괴테, 셰익스피어, 단테와 같은 인물도 이 책의 절정에 도달하게 되면 한 순간도 숨조차 쉬지 못할 것이며, 위대한 영적 산물인 정신과 미덕을 모두 합친다 해도 차라투스트라의 말 한마디조차 흉내 낼 수 없을 것이라고 호언장담한다면, 이는 방종의 극을 달리고 있는 것이다. 물론 《차라투스트라는 이렇게 말했다》에서처럼 말 한 마디에 체험을 불어넣는다는 것은 대단히 즐거운 일임에 틀림없겠지만, 나로서는 그런 것이 허락될 수 없다고 생각한다. 게다가 이 작품에 대한 니체의 관계가 정말 맹목적으로 찬양될 수 있는 관계인 것처럼 여러 번 생각을 거듭하고 그렇게 인정해 보려고 애를 써 봐도, 나는 이로 말미암아 내 자신의 한계만을 입증하는 셈이 되고 말 것이다.

《차라투스트라는 이렇게 말했다》는 그 안에 들어 있는 성서적인 특성 때문에 그의 저서들 중에서도 가장 인기 있는 것이 되었지만, 넓은 시각으로 보면 그것이 그의 가장 우수한 책이라고 할 수는 없다. 니체는 무엇보다 위대한 비평가이고 문화연구가 및 철학자이자 쇼펜하우어 학파를 승계한 유럽적 산문작가, 나아가 가장 고급스런 계열의 에세이스트였다. 그의 저서 《선악의 피안》이나 《도덕의 계보Genealogie der Moral》가 나올 무렵에는 산문작가와 에세이스트로서 그의 천재성은 절정에 도달해 있었다. 보통 시인이라고 하면 이런 천재적 비평가의 명성에 비해 다소 부족할지 모르지만, 그러나 이 부족하다는 표현조차 니체에게는 불충분하다. 창조적 근원성에서 우러나온 작품만이 아니라 순간순간의 서정적 표현만 보더라도 그의 시인적 재능은 어느 누구보다 빼어나다. 이 눈에 띄지 않고 형체 없는 괴인이자 무명의 악사 차라투스트라가 괴상하게 생긴 머리 위에 활짝 핀 장미화관을 쓰고서 "강해질지어다!"라고 외치면서 발레 춤을 사뿐히 추고 다닐 때, 그는 인간의 창조물이 아니라 웅변가, 흥미진진한 익살꾼, 고통스러워 비명을 지르는 목소리의 주인공, 의심 많은 예언자, 때로는 감동에 사로잡혀 있으면서도 대부분은 통렬한 아픔에 어찌할 바 모르는 나약한 귀족의 환영인 것이다. 달리 표현하여 차라투스트라는 웃음의 한계에 부딪쳐 비틀거리는 하나의 실제인물이다.

나는 이렇게 말하고 있는 가운데 절망적인 냉혹함을 회상하고 있다. 니체는 많은 것, 본질적으로 그가 경애할 만한 것, 예를 들어 바그너와 음악 일반, 도덕이나 기독교에 대해 언급하였는데, 이런 것들은 바로 그의 냉혹함과 관련되어 있다.(독일적인 것에 대한 그의 태도 역시 마찬가지라는 것을 나는 시사한 바 있었다). 그는 이처럼 가장 내면적인 것 속에 소중히 간직되어 있는 가치와 힘에 대한 비판을 가급적이면 삼갔지만, 실제로는 그가 이런 가치와 힘에 가까이 있다는 느낌을 가지고 있던 것은 전혀 아니었다. 어쩌면 이에 대해 가장 혹독한 모멸감까지 느꼈을지도 모르지만, 이를 일종의 존경심을 표하는 형식으로 받아들였을 뿐이다. 니체가《이 사람을 보라》에서 갑자기 바그너가 베니스에서 사망한 '성스러운' 순간을 거론하고 있다면, 그는 바그너라는 사람의 의미가 신뢰할 만한 것이 못 된다는 점을 말하고 있는 것이다. 사람들은 애도의 눈물을 흘리면서 이렇게 자문해 볼지 모른다. 니체가 바그너를 수백 번이나 비난한 것처럼 그가 사악한 배우요 썩어빠진 타락자였다면, 어찌하여 이 죽음의 순간은 성스럽단 말인가? 기독교에 대한 그의 태도 역시 이와 유사하다.

니체는 친구인 음악가 페터 가스트Peter Gast에게 기독교와의 끊임없는 충돌에 대해 사과한 바 있다. 기독교야말로 그가 실제로 알고 있던 것 중에서 가장 이상적인 삶의 부분이라는 것이다. 결국 니체는 친구와의 대화에서 자신이 기독교 정신을 지닌 전체 종족의 후예이자 "그의 마음속에 반反기독교적 자세란 결코 없었다"는 점을 확언한다. 물론 옳은 말일 수도 있다. 그러나 다른 곳에서 그는 아주 희미한 목소리로 기독교를 '인간의 영원한 치욕'이라고 칭하는 동시에, 게르만 민족이 어떤 식으로든 기독교의 모범을 보여 왔고 또 그렇게 결정지어져 있다는 주장을 조롱한다. 게으르지만 싸움 잘하고 약탈적인 부랑자, 감각적으로 냉정한 사냥꾼 기질에 맥주의 탐닉자眈溺者, 이런 인종은 선악이 공존하는 인도종교에 있어서보다 기독교를 좀 더 높은 곳으로 인도하지 못했고, 더욱이 1,000년 전에는 인간들을 제식의 희생물로 학살했다는 것이다. 그럴진대 게르만 민족이 가장 우수하고 랍비적인 오성에 의해 첨예화된 도덕적 섬세함, 기독교의 동양적인 자유와 무슨 관계가 있단 말인가 하고 반문한다.(가치의 분배가 분명하고 명쾌하다). '반기독교도'는 그의 자서전에다 '이 사람을 보라'라는 가장 기독교적인 명칭을 부여하면서, 마지막 쪽지에다가는 '십자가에 못 박힌 인간'이라는 광기 어린 글자를 아로새겨 넣는다.

특수한 비판적 대상들과 니체의 관계는 오로지 열정의 관계였을 뿐이라고 말할 수 있다. 이는 근본적으로 특정한 징후라고는 엿보이지 않는 열정과의 관계인데, 왜냐하면 부정적인 것은 지속적 관계에 따라 서서히 긍정적인 것으로 바뀌어나가기 때문이다. 그는 자신의 정신적 삶을 종결하기 얼마 전에도 열광으로 가득 찬 바그너의 〈트리스탄〉에 대해 한 페이지를 서술하고 있다. 한편 그는 이미 거의 무조건적인 것처럼 보였던 바그너 문하생 시절에, 그러니까 그가 공개적으로《바이로이트의 리하르트 바그너》라는 기념비적 작품을 집필하기 이전에, 바젤의 음악동호회를 겨냥하여 〈로엔그린〉에 대한 평론을 제출하기도 했었다. 이 평론은 15년 뒤에야 출간되는《바그너의 경우Der Fall

Wagner》의 전작前作이 될 만큼 아주 냉철한 통찰력이 돋보인다.

누가 뭐라고 해도 바그너와 니체의 관계는 단절된 것이 아니다. 세상 사람들은 항상 위대한 인물들의 삶과 작품 속에서 단절을 보고 싶어 한다. 모든 확고부동한 결과나 어린 시절의 부진함 등이 심리적으로 좋은 범례가 되고 있는 톨스토이에게도 세상 사람들은 그런 것을 원했었다. 그들은 그의 발전과정이 항시 단절 없는 연속성과 논리로 점철되어 있는 음악가 바그너에게서도 그런 것을 원했다. 이는 니체에게도 다를 바 없다. 경구警句로 이루어진 그의 대부분의 작품은 얼마나 수천 갈래로 채색된 단면도의 유희를 보여주고 있으며, 또 거기에서는 표면에 나타나는 모순들이 얼마나 많이 입증되고 있는가! 그는 애초부터 한 자리에 있었고, 늘 동일자로 존재했었다. 젊은 교수로서의 저작들, 이를테면《반시대적 고찰Unzeitgemäße Betrachtungen》이나《비극의 탄생Geburt der Tragödie》, 1873년에 쓴〈철학자〉라는 논문에는 그의 후기를 형성하는 설교자의 씨알들뿐만 아니라 견해에 따라서는 이 씨알의 복음福音이 들어 있는 것이며, 또한 이 복음은 이미 완벽하고 온전하게 그의 저작들 내부에 스며들어 있는 것이다.

그럼에도 변모하고 있는 것은 점점 더 광적으로 되어 가는 그의 강한 어조, 점점 더 날카로워져 가는 음조, 점점 더 기괴해지고 무서워져 가는 거동이다. 갈수록 변모하는 것은 처음부터 고도의 음악적 성격을 지니고 있는 창작 방식, 그것의 품위 있고 옛 프랑크의 학식으로 채색된 교육 및 독일 휴머니즘적 전통의 연관으로부터 점차 모르는 사이에 세속적이고 소모적인 흥미에 빠져들어, 종래는 세상을 즐겁게 하기 위해 광대의 방울 달린 모자로 장식한 각종 잡문雜文들과 더불어 타락해

가는 창작방식이다.

　하지만 니체 필생의 작품에 대한 완벽한 통일적 파악과 완결성을 강조하는 것은 이것만으로 불충분하다. 거장 쇼펜하우어를 부인했을 때에도 여전히 그의 제자였던 니체를 보면, 그는 실로 전 생애에 걸쳐 단 하나의 언제나 현전하는 사상만을 변형·확대하고 표현해 왔다. 그의 사상은 초기에는 완전히 건강한 모습으로 그리고 논박의 여지가 없는 시대 비판적 정당성을 띠고 있었으나, 세월이 흐름에 따라 점차 도취적 광란에 빠져들었던 것이다. 따라서 우리는 니체의 역사를 이와 같은 사상의 몰락사라고 칭할 수 있을 것이다.

　어떤 사상이 그러한가? 우리가 그것을 이해하기 위해서는 그 안에 들어 있는 요소들, 니체에게서 쟁점이 된 사상적 부분들을 분석해야만 한다. 이 요소들은 서로가 다채롭게 뒤섞여 나타나는 이른바 삶, 문화, 의식 내지 인식, 예술, 고귀성, 도덕, 본능 등의 명칭들이다. 이 이념적 복합체 속에서 '문화Kultur' 개념이 지배적 위치를 차지한다. 니체에게서 문화 개념은 삶 자체와 거의 동일시된다. 문화란 삶의 고귀성이자 그 고귀성과 결합되어 있는 성격이다. 여기서 예술과 본능은 문화의 근원이요, 조건으로서 존재한다. 반면에 문화와 삶을 위협하는 적대자요 파괴자로서 의식 내지 인식, 과학, 끝으로 도덕이 뒤따른다. 그도 그럴 것이 문화란 본질적으로 단지 가상, 예술, 환각, 원근법Perspektive, 환상 등에 근거해 있고, 여기서 나오는 미혹이 곧 삶을 형성하는 근원이기 때문이다.

　니체는 "순수 직관화되고 예술을 통해 반복된 표상으로서의 삶만이 의미심장한 연극이며", 따라서 삶은 심미적審美的 현상으로서만 정당화될 수 있다는 원칙을 쇼펜하우어로부터 전수받았다. 삶은 예술이자 가상일 따름이고, 그럼으로 해서 도덕이 관여해 있는 진리보다 더 높은 곳에 문화와 삶의 문제인 지혜가 위치한다. 이런 지혜는 물론 비극적 아이러니의 성격으로서 예술적 본능에서 발생한 과학과 경계를 이루면서 가장 높은 가치, 즉 삶을 양면성에 따라 보호한다. 다시 말해 지혜는 한편으로는 염세주의라는 삶의 비방자, 피안 및 열반의 대변자 모두로부터 삶을 보호해 주고, 다른 한편으로는 만인의 지상적 행복과 정의라는 허구를 꾸며내어 사회주의적 노예반란을 음모하는 이성주의나 세계개혁자의 낙관주의로부터 삶을 보호한다. 니체는 비정하고 잔혹한 그 모든 시련 속에서도 삶을 축원하는 이 비극적 지혜에 디오니소스라는 세례명을 부여했던 것이다.

디오니소스라는 주신酒神의 이름은 우선 심미적이고 신비로운 청년기의 저작《음악정신으로부터의 비극의 탄생Geburt der Tragödie aus dem Geiste der Musik》에서 등장한다. 이 저서에서 예술적 기질로서 디오니소스적인 것은 아폴로적 거리와 객관성의 예술원칙과 정면 대립되어 있는 바, 이는 실러Schiller가 그의 저명한 에세이에서 '소박성das Naive'과 '감상성das Sentimentalische'을 대립시켜 놓은 것과 매우 유사한 면을 보인다. 여기서는 최초로 '이론적 인간der theoretische Mensch'이라는 말이 나오는데, 이 이론적 인간의 전형 소크라테스에 대한 그의 대결적 입장이 여기에 깊숙이 관련되어 있다.

니체에 의하면 생기 없고 지식을 뽐내며 신화와 삶에 이질적인 알렉산드라의 과학문화, 즉 낙관주의나 이성의 신앙에 패배한 하나의 문화, 민주주의 그 자체와 마찬가지로 침체적인 힘과 현상적 권태의 한 증상인 실천적, 이론적 유용주의가 소크라테스에게서 연원한다는 것이다. 이 소크라테스적 반反비극적 문화인간, 이론적 인간은 사물의 자연스런 격정과 전혀 어떤 관계도 맺으려는 의지가 없으며, 낙관적 관찰을 통해 유약해질 대로 유약해진 인간유형이다. 그러나 니체는 바로 이런 이유로 인해 소크라테스적 인간의 시대는 지나가버렸다고 확신한다. 영웅적이고 대담하며, 모든 유약한 원칙을 완전히 경멸하는 새로운 세대가 객석에 등장하고, 1870년을 맞이한 우리의 세계는 바야흐로 디오니소스적 정신의 점진적 태동이 분명하게 확인될 수 있으리라는 것이다. 독일정신, 예컨대 독일음악과 독일철학의 디오니소스적 깊이로부터 비극의 새로운 탄생이 무르익고 있다는 것이다.

니체는 뒤에 가서 독일정신에 대한 당시의 믿음을 절망적으로 자조自嘲한 바 있었다. ―그는 모든 것을 독일정신으로 귀결시킨 데 대해 씁쓸한 웃음으로 자신을 책망했다. 사실상 니체 자신이 여전히 부드럽고 인간적이며 낭만적 도취의 음조를 띠고 있는 그의 철학의 서곡에 완전히 끌려들어가 있어서, 그의 지고한 사명감이라고 믿는 독일문화가 무엇보다 문제시될 때에는, 세계전망이나 서구문화 전반에 대한 시각 또한 거기에서 출현하게 되어 있었다. 그러나 니체는 비스마르크의 강권국가 설립, 정치, 민주주의의 타협성이나 이기적인 승리욕 때문에 문화적 사명감이 상실될 최대위기를 통찰하고 있다.

이와 관련하여 신학자 다비드 슈트라우스David Strauß의 맥 빠지고 자족적인 저서《과거의 신앙과 새로운 신앙Der alte und der neue Glaube》에 대한 그의 훌륭한 비평문은 독일정신의 모든 깊이를 마구잡이로 빼앗아 버리는 배부른 속물성에 대한 비판의 가장 직접적인 범례이다. 그것은 또한 비애를 자아내는 어떤 것으로, 이미 이 젊은 사상가는 비극적 삶을 설계라도 하듯이 자기 앞에 놓여 있는 것처럼 보이는 운명을 향해 미래의 예언자적 눈길을 보내고 있다. 나는 그가 속물적 계몽주의자 슈트라우스의 윤리적 비굴함을 조소하고 있는 입장에 대해 말하고 있다. 니체에 의하면 슈트라우스는 떳떳하게 그의 다원주의에서 '삶에 대한 도덕적 규정'을 끌어내는 것이 아니라, 비겁하게도 언제나 고루하게 마련인 성직자와 기적의 약점을 맹렬히 공격한다는 것이다. 이런 점을 깊이 알고 있는 니체로서는 자신의 속물근성을 근절하기 위해서라면 차라리 극단적인 행동을 취하거나 기괴한 행동조차 조금도 꺼려하지 않았을 것이다.

　내가 말한 그의 삶의 기본사상이 가장 완벽하게 나타나는 것은, 그것이 비록 특정한 비판의 옷을 갈아입고 준비된 것이긴 하지만,《반시대적 고찰》중에서도 바로 〈삶에 대한 역사의 유용성과 해악〉에 관하여라는 두 번째 고찰이다. 실로 감탄할 만한 이 논문은 근본적으로 '사상의 창백함 때문에 병들고 있는 타고난 결단의 색깔'이라는 햄릿의 말을 대단히 훌륭하게 변형시킨 것뿐이다. 제목은 역사의 유용성에 관해 거의 언급되지 않는 한 부적절하다. 하지만 반대로 삶에 대한 해악이 보다 많이 언급되면 언급될수록 값지고 성스러운 것, 미적 정당성이 한층 더 강조되고 있다.

　사람들은 19세기를 역사적 시대라고 불렀다. 진실로 19세기는 과거의 문화가 예술적으로 자체 완결된 삶의 체계로서는 거의 또는 전혀 알지 못했던 역사적 의미 일반을 눈앞에 드러내고 발전시켰다. 니체는 바로 이런 점에서 삶과 삶의 자연스런 상태를 마비시키는 '역사병歷史

病 historische Krankheit'에 대해 언급하고 있는 것이다. 형성, 그것은 "오늘날 역사적 형성historische Bildung이다". 그러나 그리스인은 도대체가 역사적 형성이란 알지 못했으며, 그렇다고 함부로 그리스인은 교양이 없다고 말하지는 못하리라고 니체는 주장한다. 역사는 순수 인식이라는 것 때문에 삶의 목적으로 수행되지 못한다. '유연한 천부적 재능'과 창조적 자연스러움의 균형 없는 역사란 포악하고 죽음을 불러온다. 예를 들어 학문적으로 인식된 종교는 파멸이요 종말이다. 니체는 기독교의 역사적, 비판적 태도가 기독교에 대한 순수지식으로 해체되고 있다는 우려의 뜻을 표명한다. 종교의 역사적 시험과 직면하여 니체는 이렇게 말한다. "저 경건성에 충만한 환상적 분위기를 파괴하는 괴물이 도래하고 있다. 삶의 의지를 지닌 모든 것은 저런 환상적 분위기에서만 삶을 영위할 수 있는 것이다."

나아가 니체는 다음과 같이 덧붙인다. 사랑의 환영으로 그늘진 그런 사랑 속에서만 인간은 "창조한다". 역사는 문화 창조적이기 위해 예술 작품처럼 다루어져야 하지만, 그것은 또한 시대의 분석적, 비예술적 성향에 저항하는 흐름을 보여야 할 것이다. 역사는 본능을 추방하고 있다. 인간이 역사로부터 형성되었든 아니든 간에 인간은 더 이상 '고삐를 늦출 수 없으며', 또한 '신성한 동물'로 신뢰될 수 있을 만큼 소박하게 행동할 수도 없다. 역사는 언제나 생기生起하고 있는 것을 과소평가하고, 경건성에 해가 되는 행동을 불구로 만든다. 역사가 가르치고 창조하는 것은 '정당성Gerechtigkeit'이다. 그러나 삶은 정당성을 필요로 하는 것이 아니라 정당하지 못한 것을 필요로 하는바, 삶이란 본질적으로 정당하지 못하기 때문이다. "삶을 영위하고 망각할 수 있기 위해서는 아주 많은 힘이 필요하며, 산다는 것과 정당하지 못하다는 것은 어느 정도 동일한 것"이라고 니체는 말한다.

그러나 모든 것은 망각의 능력에 의존한다. 니체는 망각할 수 있고 유한한 지평으로 은폐되어 들어갈 수 있는 예술과 힘Kraft, 즉 '비非역사적인 것das Unhistorische'을 갈망한다. 이는 덧붙여 말하자면 완성에 대한 요구라기보다는 좀 더 가벼운 상승에 대한 요구이다. 그도 그럴 것이 인간이란 유한한 지평과 더불어 태어나 그 안에 심미적으로 유폐된 존재이고, 더욱이 미적美的 가면으로 위장하여 무엇인가 순수하고 올바른 것을 제대로 부여하지 못하는 운명에 대해 거부의 몸짓을 표현하는 존재이기 때문이다. 그렇지만 니체는 아주 아름답고 고상한 태도로 역사적 형성의 관점으로부터 현존재에게 영원성과 존재자의 성격을 부여해 주는 방향, 예컨대 예술과 종교의 방향으로 전환시켜 주는 '초超역사적인 것das Überhistorische'을 갈망한다. 과학은 이를 방해하는 적이 되고 있는데, 왜냐하면 과학은 역사와 형성만을 주시하고, 존재자와 영원성에 대해서는 알지 못하기 때문이다. 과학은 망각을 지식의 죽음으로서 증오하고, 모든 지평의 울타리를 폐기하려 한다. 이와는 달리 모든 살아 있는 것은 일종의 보호 분위기, 비밀로 가득 찬 안개 지역과 그런 것으로 둘러싸여 있는 공상을 필요로 한다. 과학에 의해 지배되는 삶이란 조금도 삶이라고 할 수 없다. 그것은 오히려 지식이 아닌 본능과 '강렬한 망상'을 통해 지배되는 어떤 것이다.

'강렬한 망상'이라는 표현과 접하여 우리는 오늘날 소렐Sorel과 그의 저서 《폭력에 관하여Sur la violence》를 생각하게 된다. 이 저서에서는 프롤레타리아의 생디칼리슴syndicalisme과 파시즘이 동일한 것으로 나타나

며, 진리인가 허위인가를 완전히 떠나서 대중신화가 역사의 필수불가
결한 동력으로 설명된다. 우리는 혹시 이성적으로나 진리에 입각하여
대중을 존경하고, 동시에 그들의 정당성에 대한 요구를 존중하는 것이
좋은 일이 아닐까 자문해 보기도 한다. 그럼에도 이런 요구는 대중신
화를 창출하고 '강렬한 망상'에 의해 지배되는 무리들을 인류의 이름
으로 해방시키려는 것이다. 오늘날 누가 이런 행동을 하고 있고, 어떤
목적을 지니고 있는가? 틀림없이 문화를 위한 것은 아니리라. 하지만
니체는 대중에 대해서는 아는 바가 전혀 없을뿐더러 알려고 하지도 않
는다. "악마가 데려온 자가 그들이요 또한 통계학이다!"라고 니체는
외친다.

그는 비역사적으로나 초역사적으로 세계전개의 모든 구성 및 인간
역사를 슬기롭게 단념하는 시대를 갈구하고 고지告知한다. 이 새로운
시대에서는 더 이상 대중들이 관찰되는 것이 아니라 역사적 소요를 뛰
어넘어 정신적 대화를 이끌어내는 위대한 인물들, 무시간적 내지 동시
적 인물들이 관찰의 대상이 된다. 니체에 따르면 인류의 목적은 최종
결과에 있는 것이 아니라 인류의 가장 높은 범례들에 있다. 이것이 그
의 개인주의이자 미학적 천재 및 영웅에 대한 숭배사상이다. 니체는
쇼펜하우어로부터 영웅숭배 사상뿐만 아니라, 행복이란 불가능하며
유일한 가능성과 인간품위는 '영웅적heroisch' 삶의 행로라는 지울 수
없는 강한 인상을 수용했다. 강렬하고도 미적인 삶을 일치시키는 니체
의 변형과정에 있어서 이런 면은 일종의 영웅적 유미주의唯美主義로 나
타나는바, 그는 비극의 신 디오니소스를 유미주의의 보호신으로 불러
들인다. 요컨대 후기의 니체를 위대한 비평가이자 정신사적 의미에서

도덕의 심리학자(도덕의 비판가)로 만든 것이 바로 '디오니소스적 유미
주의dionysischer Ästhetizismus'인 것이다.

　니체는 타고난 심리학자이고, 심리학은 그의 근원적 열정이다. 인식
과 심리학, 그것은 동일한 격정의 산물인 것이다. 인식과 심리학은 이
위대하고 고뇌하는 정신의 완전한 내적 모순을 드러내는 하나의 특징
으로서, 인식보다는 삶을 한층 더 높은 것으로 파악하는 그는 이런 이
유로 해서 그렇게도 철저히 심리학에 빠져 있는 것이다. 그는 오성悟性
이 의지意志를 이끌어내는 것이 아니라 반대로 의지가 오성을 이끌어
낸다는 쇼펜하우어의 규정에 의해서만 심리학자일 수 있다. 쇼펜하우
어는 본원적이고 지배적인 것은 오성이 아니라 의지요, 오성은 의지에
대해 순수 보조적 관계에 있을 뿐이라고 보았다. 의지에 봉사하는 도
구로서의 오성, 그것은 모든 심리학, 이를테면 혐의심리학Verdächtigung-
psychologie 내지 노출심리학Entlarvungspsychologie의 출발점이다. 한편 니
체는 삶을 옹호하는 변론자로서 도덕심리학Moralpsychologie에 뛰어든다.
그는 모든 '선한' 충동이 본래는 나쁜 충동에 기인하는 것이 아닐까 하
는 의구심을 보이면서 결국은 '나쁜' 충동이 고귀하고도 삶을 상승시
켜 주는 충동이라고 언명하게 된다. 이것이 니체가 말하는 '모든 가치
의 전도die Umwertung aller Werte'라는 개념이다.

　과거에 소크라테스주의, '이론적 인간', 의식성 내지 역사병歷史病이
라고 불렸던 것이 이제는 '도덕'을 의미하며, 특수한 경우에는 철두철
미하게 해롭고 원한에 가득 찬 어떤 것, 삶을 적대시하는 어떤 것으로
드러나고 있는 '기독교적 도덕'을 의미한다. 우리는 이제 니체의 도덕
성 비판이 부분적으로는 비개인적이고 그가 살던 시대의 보편적인 것

에 속해 있는 어떤 것이라는 사실을 잊어서는 안 된다. 이 시기는 세기의 전환을 맞이하고 있는 시대, 유럽의 지식인들이 빅토리아 왕조와 부르주아 시대의 위선을 가장한 도덕성에 대항하기 시작하는 반란의 시대인 것이다. 니체의 도덕성에 대한 격렬한 투쟁은 이 시대상과 접목되고 있고, 상당한 부분에 이르기까지 놀라운 친족성親族性을 보여준다. 거의 동시대의 아일랜드인 미학자 오스카 와일드Oscar Wilde가 독자들에게 충격과 웃음을 선사했던, 교만함이라고는 전혀 없는 도덕성 비판과 니체의 기묘한 착상들과의 밀접한 연관성을 확인해 본다는 것은 상식 밖의 일일지도 모르겠다. 그러나 이와 관련하여 다음 오스카 와일드의 언급들은 매우 흥미롭다. "아무리 애를 써 봐도, 우리는 사물의 외관 뒤에 있는 실재를 간파해 낼 수 없다. 그런데 사물에 있어서 외관과 분리된 실재란 도저히 생각할 수 없지 않은가." 그는 '가면의 진리'와 '거짓말의 몰락'에 관해 논하면서 이렇게 공언한다. "내게 미美란 기적 중에서도 기적이다. 외관으로 판단하지 않는 사람은 천박한 사람일 뿐이다. 세계의 참된 신비는 눈에 보이지 않는 것이 아니라, 눈에 보이는 것이다."

진리는 그에게 인간 고유의 어떤 것이 됨으로써 하나의 진리란 결코 두 개의 정신에 의해 평가되지 않는다. "우리들로 하여금 마음속의 피를 없애도록 유혹하는 충동, 바로 그것이 우리를 해롭게 한다. […] 어떤 유혹을 없애는 유일한 방법은 오로지 그것에 빠져드는 것이다." 오스카 와일드는 이어서 "미덕의 오솔길에서 헤매지 말라!"고 외치는데, 이 모든 것은 니체와 근접해 있다. 다른 한편으로 우리가 니체의 글을 읽어보면, "진지함, 이 피곤하기 그지없는 물질대사의 명료한 특징"이라는 구절이나 "예술에서는 거짓말이 신성시되며, 착각에로의 의지가 예술적 측면의 선한 양심이다"라든가, "우리는 근본적으로 가장 나쁜 판단조차도 필수불가결하다고 주장하는 경향이 있다" 또는 "진리는 가상으로서 더욱 많은 가치를 지닌다는 사실은 더 이상 도덕적 편견이 아니다" 등의 말이 나타난다. 이런 니체의 문장들은 오스카 와일드의 희극이 있는 곳이라면 어디에나 나타날 수 있으며, 세인트 제임스 극장을 웃음의 도가니로 만들어 줄 수 있는 요소이다. 오스카 와일드를 극찬했던 사람들은 그의 작품을 셰리든Sheridan의 《스캔들 학교The school for Scandal》와 비교하곤 했었다. 니체의 많은 요소들이 이 학교에서 유래하는 것은 아닐까 생각될 정도인 것이다.

물론 니체와 오스카 와일드를 연관시킨다는 것은 거의 모독적인 어떤 면을 지니는데, 그럴 수 있는 것이 와일드가 말끔한 신사였다면, 니체라는 독일 철학자는 부도덕성의 찬미자와도 같은 인물이었기 때문이다. 그럼에도 와일드의 댄디즘dandysm은 임종 시에 어느 정도는 소망했던 순교정신이라든가 리딩에서의 감옥생활을 통하여 니체의 완전한 공감을 불러일으킬 만한 신성함에 대한 어렴풋한 깨달음을 얻고 있다. 니체를 소크라테스와 화해시켜 준 것은 독배, 종말, 순교와 같은 것이었고, 그리스의 젊은이들과 플라톤에 대한 그의 인상은 그 무엇으로도 평가될 수 없을 만큼 훌륭한 것으로 남아 있었다. 더욱이 나사렛 예수라는 인물은 그의 기독교에 대한 증오와 아무런 상관이 없었고, 다만 자신이 그토록 사랑했던 종말과 십자가를 위할 따름이었다. 그는 다만 자신의 뜻에 따라 이 십자가의 길을 향해 걸어 나갔다.

그의 삶은 도취와 고통으로 점철되었던바, 이는 고도의 예술적 체질, 신화적으로 말해 십자가를 짊어진 인간과 디오니소스의 결합적 성격인 것이다. 그는 잠자는 주신酒神 바쿠스를 흔들어 깨워 강렬하고도 아름다운 삶, 비도덕적 승리를 구가하는 삶을 열광적으로 찬미하였다. 정신을 통한 모든 왜곡으로부터 삶을 보호했던 인간으로서 니체만큼 고통에 대해 경외심을 표현한 사람 또한 없었을 것이다. 고통에 관해 니체는 이렇게 말한 바 있다. "인간이 얼마나 고통을 감내할 수 있는가 하는 것이 인간의 위계질서를 결정한다." 이는 반反도덕주의자의 말이 아니다. "고통과 체념에 관한 한 내 말년의 삶은 어떤 시대의 금욕주의자들과도 필적할 만하다"고 그가 기술하고 있을 때, 이는 반도덕주의자라는 것과 아무런 관계도 없는 것이다. 그도 그럴 것이 그는 남들의 동정심을 구하듯 글을 쓰는 것이 아니라 자부심을 가지고 글을 쓰기 때문이다. 예를 들어 "나는 범인凡人들이 할 수 없는 그런 시련을 감내하고자 한다"고 그는 서슴없이 말한다. 실제로 그는 성자에 이를 만큼 그렇게 시련을 감내해 나갔다.

언제나 니체에게는 쇼펜하우어라는 성자가 근본적으로 그의 훌륭한 전형으로 남아 있었고, 따라서 '영웅적 삶의 행로'란 바로 '성자의 삶의 행로'였다. 성자는 어떻게 정의될 수 있을까? 무엇보다도 자신이 하고 싶은 것을 전혀 하지 않는다는 것, 반면에 자신이 하기 싫은 것은 모두 행한다는 것, 바로 그것이 성자를 정의하는 말이다. 니체는 그런 식으로 살았다. 자신의 말대로 그는 다음과 같이 읊조리면서 살았다. "존경하는 모든 것을 거부하면서, 아니 존경한다는 것 자체를 거부하면서… 하여 너는 너의 주인이 되어야 하고, 자신의 덕성을 지배하는 주인이 되어야 한다." 이는 언젠가 낭만주의 시인 노발리스Novalis가 말한 '자기 도약의 행위'인 것으로, 그는 이런 행위가 어디에서나 가장 훌륭한 행위라고 생각한다. 이제 이 행위는(예술가나 곡예사의 도약행위에 대한 표현) 니체에게 있어서는 조금도 경거망동하게 뽐내는 어떤 것, 유희적인 어떤 것이 아니다.

그의 거드름의 모든 '유희적' 요소는 무용하면서도 가장 불쾌한 어떤 것이지만, 그러나 그것은 자기의 살을 잘라내는 행동이자 욕구의 억제, 도덕주의인 것이다. 그의 진리 개념 자체가 금욕적인데, 왜냐하면 진리라는 것이 그에게 고통을 주지만, 그의 마음에 드는 모든 진리는 진리가 되지 못할 것이기 때문이다. 니체에 의하면 "도덕을 키워냈던 힘들에는 진실성이 존재해 있었다. 이 진실성은 결국 도덕과는 다른 방향을 취하면서 가장 '관심 있는' 관찰 대상인 목적론을 발견한다." 그의 '부도덕성Immoralismus'은 따라서 진실성으로부터 유래한 도덕의 자기지양自己止揚이다. 그러나 그가 너무 소모적이고 함부로 남용될 수 있는 도덕성의 풍요로운 유산에 관해 논할 때에는 그것이 도덕의 지나친 과잉과 사치스러워진 성격의 일종이라는 점을 시사한다.

이 모든 것은 힘, 권력, 잔혹, 정치적 기만 등의 포악함과 도취적인 사명 그 배후에 감추어져 있다. 예술작품과 다름없는 삶, 본능에 의해 지배되고 반성이라고는 모르는 문화에 대한 그의 사상은 후기 저작들에 있어서는 더욱 명백히 이런 포악함과 도취적 사명으로 변질되어 있는 면을 보인다. 언젠가 한 공식 재판관이 니체는 모든 품위 있는 감각들을 없애는 데 일조한다고 글을 썼을 때, 니체가 아니라 오히려 비난을 가한 자가 어안이 벙벙해진 적이 있었다. 니체는 자신을 이해하지 못하는 자에게 "거 정말 감사히 여길 일이군!" 하며 조롱조로 흘려 넘겼던 것이다. 니체는 모든 것을 보다 높고 심원하며, 보다 자랑스럽고 미적인 인간성의 의미에서 말하고자 했던 것으로, 이른바 '그런 일 따위'는 염두에도 두지 않았다.

아무튼 수많은 혹평거리가 있었을지라도 그리 나쁜 일은 아니었다. 그에게는 깊이 있는 모든 것은 선한 것이 아니며, 삶 자체가 근원적으로 선하지 않기 때문이다. 다시 말해 삶 자체는 도덕에 대해 전혀 생각하는 바가 없다. 삶은 도대체가 진리에 관해 조금이라도 생각하는 것이 아니라, 가상과 예술적 눈속임에 근거해 있다. 삶은 미덕이라는 것에 대해 조롱조로 말하는데, 왜냐하면 삶은 본질적으로 잔혹하고 착취적인 성격이기 때문이다. 그러므로 니체는 삶에는 강렬한 염세주의, 강하고 무섭고 악한 것으로 기울어지는 성향이 있다고 말한다. 건강한 존재 내지 현존재의 충만함에서 문제적 현존이 생겨난다는 것이다. 병적 쾌감에 흠뻑 젖은 니체는 이 '건강한 존재', '현존재의 충만함'을 자신의 사고체계에 끌어들인다. 그럼으로써 이제까지 거부된, 특히 기독교에 의해 거부된 삶의 측면을 가장 긍정적인 가치의 것으로 불러내기 위한 자기 문제의 전제로 삼는다.

모든 것을 넘어서는 삶! 왜 삶은 모든 것을 넘어서는가! 그는 삶이 무조건적으로 경애할 만한 어떤 것, 가장 엄숙하게 보존될 가치를 지닌 어떤 것이라는 데 대해서는 아무런 근거도 제시하지 않았다. 다만 삶은 인식을 넘어서고 있는데, 그 이유는 삶과 더불어 인식은 스스로 파기되기 때문이라고만 설명한다. 그는 삶이라는 것을 전면에 내세워, 말하자면 삶에 대한 자기보존의 관심을 나타낸다. 따라서 삶은 어느 정도 인식될 수 있는 어떤 것처럼 여겨진다. 그럼에도 이런 논리는 삶을 열광적으로 보호하려는 그의 태도를 충분히 설명해 주지 못한다. 만일 그가 삶이라는 것 속에서 신의 창조를 통찰하고 있다면, 비록 우리가 현대 물리학이 발굴해내는 우주만상에 깜짝 놀라 당황해야 하는 이유를 거의 개인적으로는 모르고 있음에도 불구하고, 그의 경건성은 높이 칭송되어 마땅할 것이다. 하지만 그는 삶에서 힘으로 분출하고자 하는 의지의 집단적이고 맹목적인 탄생을 통찰하고 있다. 현대인은 바로 힘의 맹목성이라든가 거대한 괴물처럼 다가서는 부도덕성에 넋을 잃고 황홀해 한다는 것이다. 그러므로 니체가 경애해 마지않는 외침은 '호산나'가 아니라 '에보에Evoe(바쿠스 축제에서의 환호)'이고, 그 외침은 마디마디 잘려나가 고통에 신음하는 음향을 지니고 있다.

니체가 인간에게는 초超생물학적인 어떤 것이 내재해 있다는 주장을 부정하는 것은 당연하다. 그런 것은 삶의 관심에는 전념치 않고 오히려 삶의 관심으로부터 거리를 취할 수 있는 가능성일 따름이며, 아마도 니체가 '도덕Moral'이라고 칭하는 그런 종류의 비판적 방종이기 때문이다. 그리고 이런 방종으로부터 사랑스런 삶의 진지성 또한 도대체가 찾아내기 힘들게 될 것이기 때문이다. 초생물학적인 것은 삶의 무관심을 위해서는 흠잡을 곳이 없겠지만, 조용한 참회와 양심의 칼날로서는 기독교가 이제까지 해 왔던 역할을 그대로 수행하고 있는지 모른다. 니체는 이렇게 말한다. "삶을 떠나서는 현존재의 반성적 기준이 될 수 있는 어떤 고정점도 존재할 수 없고, 삶 자체를 부끄럽도록 만드는 재판석도 존재하지 못한다."

정말 그렇지 않을까? 우리가 진정 삶이라는 것에 재판석이 있다고 느끼면서도 그것이 도덕이 아닐 수 있다면, 이는 전적으로 인간의 정신, 비판으로서의 휴머니티 자체, 재판하는 말과 연관된 아이러니와 자유일 것이다. 니체는 "삶이란 자신의 재판관을 가지고 있지 않는 가?"라고 묻는다. 하지만 인간에게는 어떤 식으로든 본성과 삶이 그 자체를 넘어서서 본연의 순수성을 상실하고는 정신Geist이라는 것을 획득하게 마련이다. 그렇다! 정신이 곧 삶의 자기비판인 것이다. 우리들 자신에 내재한 이 인간적인 어떤 것은 해맑고 청명한 날에도 이른바 역사병歷史病에 대해서만은 반대하는 삶의 '건강학Gesundheitslehre'에 동정어린 절망의 눈빛을 보낸다. 그도 그럴 것이 삶의 건강학이라는 것도 얼마 지나지 않아 진리, 도덕, 종교, 인간성에 대항하여, 다시 말해 야성의 삶을 그럴싸하게 길들이는 데 소용되는 모든 것에 대항하여 바쿠스의 도취적 광란으로 퇴화되어 버리는 까닭이다.

내가 보는 견지로는 니체의 사유를 방해하고 그를 숙명적으로 불행에 가득 차게 하는 것은 두 가지 오류에 근거한다. 첫 번째 오류는 추측건대 지상에서 본능과 오성 사이에 이루어져 있는 힘의 관계를 완전히 고의적으로 오해한다는 점이다. 이는 마치 오성이 자신 앞에 있는 본능을 시급히 구원하지 않으면 안 될 가장 위태로운 시기를 맞이하고서도 위험스럽게 권위를 행사한다는 식의 태도이다. 대다수의 인간들에 있어서 의지와 충동, 이익관계가 실제로는 얼마나 이성 및 법적 의식을 완전히 지배하고 억압하는가를 생각해 보면, 본능을 통해 오성을 극복해야 한다는 견해는 터무니없이 불합리한 어떤 것이다. 역사적으로 볼 때만, 그리고 철학적 순간상황에서만 이 견해가 합리주의의 팽배함을 교정해 줄 수 있는 것으로 설명될 수 있다. 그런데 이런 견해마저도 즉시 반명제로서의 교정을 필요로 하게 된다. 마치 정신으로부터 삶을 보호하는 것이 시급하기라도 한 것처럼! 지상에는 지나치게 정신적인 것이 만연하여 위험하기라도 하다는 듯이!

이런 사고에는 조금이라도 소박한 너그러움이 깃들어 있어야 했다. 그리하여 힘과 본능적 삶의 편에 기울어져 '부정적' 측면이나 범죄의 측면을 미친 것처럼 과대평가하는 일에 흡족해 할 것이 아니라, 이성과 정신, 정의의 허약한 불길을 지켜주고 보호해 줄 수 있어야 했다. 실로 오늘날을 살아가는 우리들은 정신의 박약함을 체험해 왔던 것이다. 그런데 니체는 삶을 향해 마치 메피스토펠레스처럼 차가운 손을 내뻗는 것이 바로 도덕적 의식인 양 행동하며, 이로 인해 많은 해악을 야기했다. 물론 나로서는 인간정신을 통하여 언젠가는 삶이 폐기될 수도 있으리라는 과거의 신비주의적 사상 속에서 특별히 악마적인 어떤 것을 찾아보지는 못했다. ―이렇게 되는 데에는 아주 오랜 시간, 무한히 긴 시간을 요한다. 원자탄의 완성으로 이 유성에서의 삶이 근절될 수 있다는 위험은 본질적으로 더욱 절박한 사건이다. 그럼에도 그럴만한 개연성은 없어 보인다. 삶이란 한 마리의 강인한 고양이와 같고, 그런 고양이가 인간인 것이다.

니체의 두 번째 오류는 그가 삶과 도덕을 상호 대립적인 것으로 다룰 때 생겨나는 완전히 잘못된 관계설정이다. 진실로 삶과 도덕은 공존해 있다. 윤리란 삶의 버팀돌이다. 도덕적인 인간은 정의로운 삶을 살아가는 시민으로서 어쩌면 권태로울 수도 있지만 지극히 유용하다. 참다운 대립은 윤리와 미학의 대립이다. 수많은 시인들이 말하고 노래해 왔듯이 죽음과 관련된 것은 도덕이 아니라 미美인 것이다. 니체가 그것을 몰랐단 말인가? 그는 이렇게 말한 적이 있었다. "소크라테스와 플라톤이 진리와 정의에 관해 논하기 시작했을 때, 그들은 더 이상 그리스인들이 아니라 유태인들이었다. 그렇지 않으면 그 무엇이란 말인가?' 바야흐로 유태인들은 그들의 도덕성 덕분으로 어린아이처럼 선하고 참을성 있게 삶을 영위하는 인간들임을 증명해 나가고 있었다. 그들은 자신의 종교, 정의로운 신에 대한 신앙과 더불어 수천 년을 끈질기게 살아왔다. 반면에 그리스의 태만한 심미적審美的, 예술적 민족은 역사의 관람석에서 아주 빨리 종적을 감추어 버렸던 것이다.

그러나 니체는 모든 종족의 반유태주의와는 거리를 두고 있으면서도 유태인에게서 기독교의 요람을 발견한다. 이 기독교의 내부에 민주주의의 씨앗, 프랑스혁명과 '현대적 이념'의 씨앗이 들어 있다는 그의 통찰은 정당하지만, 지극히 불쾌한 감정을 내포하고 있다. 그에게 현대적 이념 따위는 목축동물의 도덕으로 낙인찍힐 만큼 단호한 거부의 말로 표현된다. 니체는 "장사꾼, 암소, 여인네들, 영국인과 그 밖의 민주주의자들"에 관해 언급하는데, 왜냐하면 그는 현대이념의 근원이 영국에 뿌리박고 있는 것으로 보기 때문이다.(프랑스인들은 그에게 현대이념을 위해 싸우는 군인들 정도로만 여겨진다.) 그가 이 이념들에서 경멸하고 저주하는 것은 거기 내포된 실용주의와 행복만능주의, 평화와 지상에서의 안락을 최고의 인간가치 내지 소망으로 보려는 태도이다. 반면에 고귀하고 비극적인 인간, 진실로 영웅적인 인간은 이 저열하고 허약한 가치들을 짓밟아 버린다. 영웅적 인간이란 필연적으로 자신이나 타인들과 격렬히 투쟁하는 일종의 전사戰士로서 자기 자신뿐만 아니라 타인을 위해서도 희생할 각오가 되어 있다는 것이다.

니체가 무엇보다 기독교를 비난하고 있는 점은 기독교에서는 모든 개체가 영웅과 비견될 만큼 중시되었지만, 개체의 희생이란 더 이상 생각조차 할 수 없다는 사실이다. 종족은 인간 개체의 희생을 통해서만 성립되는 것인데, 기독교는 선택에 반대하는 원칙이라고 니체는 주장한다. 기독교는 실제로 인간을 신에게 바칠 수 있는 힘, 책임감, 높은 의무를 저버리고 쇠퇴의 길을 걸어왔다. 기독교는 니체의 시대에 이르도록 수천 년 동안이나 한편으로는 "엄격한 징벌을 통하여, 다른 한편으로는 수백만 악의 무리들의 근절을 통하여 미래의 인간을 형성해 나가는, 그리하여 인간에 의해 만들어진 현존의 어떤 고뇌에도 패망하지 않는" 거대한 원천적 힘의 발생을 저지해 왔다는 것이다. 과연 어느 누가 일찍이 이런 책임감을 실행할 만한 힘을 소유하고 있었으며, 또 누가 감히 이 위대함에 도전하여 살아 있는 수소 100마리를 제단에 바치듯 인간을 신의 제물로 바쳐야 하는 의무를 주저 없이 수행했단 말인가? 탐욕에 가득 찬 망상이 아닐 수 없는데, 이럴 때면 소시민 니체의 불타는 눈동자는 끔찍하기 이를 데 없는 편두통의 아픔으로 일그러져 버리지 않았을까….

니체는 전쟁을 체험하지 못했다. 그는 구식의 단발총으로 무장하여 싸운 1870년의 독불전쟁 이후에 전쟁다운 전쟁을 체험하지 못했고, 따라서 그는 기독교적 민주주의의 지상적 행복에 대한 순수한 증오로부터, 말하자면 오늘날 우리에게는 격분한 소년들의 해괴한 언사처럼 여겨지는 전쟁의 찬미에 탐닉해 있는 것이다. 좋은 일을 위해 전쟁을 신성시하는 것은 그에게 너무나도 도덕적이다. 달리 표현하면 모든 일을 신성하게 하는 것이 선한 전쟁이다. 그는 이와 관련하여 다음과 같이 적고 있다. "오늘날 사회조직들의 상이한 형식을 판단하게 하는 평가

기준은 '평화'에 전쟁보다 더 높은 가치를 부여하는 기준과 완전히 일치한다. 그러나 이와 같은 판단은 반反생물학적이고 그 자체가 삶의 퇴폐적 소산이다. [⋯] 삶은 전쟁의 연속적 결과이며, 사회 자체가 전쟁을 수행하는 하나의 매개수단인 것이다."

이런 사고에 따라 만일 우리가 사회로부터 전쟁을 위한 매개수단과는 다른 무엇인가를 만들어내고자 한다면 그것은 아마 옳지 못한 일이 될 것이다. 사회는 삶 자체와 마찬가지로 비도덕적 전제들에 의존해 있는 자연생산물이므로, 그 전제들을 침해한다는 것은 삶에 대한 잔인한 공격에 해당한다. 그러므로 니체는 "우리가 전쟁을 포기했을 때, 위대한 삶을 포기했다"고 외친다. 그것은 삶에 대한 포기요 문화에 대한 포기인데, 왜냐하면 삶이나 문화는 새로운 소생을 위해 철저히 야만적 행동에로의 후퇴를 필요로 하기 때문이다. 그리고 인류가 전쟁하는 법을 모르면서도 인류문화와 위대성의 그 어떤 것을 기대한다는 것은 공허하기 짝이 없는 망상이라는 것이다. 그가 모든 국가주의적 고루함을 경멸하는 것은 사실이다. 그러나 이러한 경멸은 틀림없이 개별자만의 비밀스런 특권이다. 왜냐하면 그는 국가권력과 희생의 황홀한 분출을 열광적으로 기술하고 있기 때문이다. 의심할 바 없이 니체는 민족이나 군중에 내재해 있는 국가주의의 '강렬한 망상'이 실현되기를 열렬히 소망하고 있다.

여기서 전쟁과 관련하여 반드시 첨가되어야 할 사항이 있다. 우리는 무조건적인 평화주의가 상황에 따라서는 더욱 의심스럽고 허위적이며 비속한 본질을 드러낼 수 있다는 것을 체험해 왔다. 수년간이나 니체는 유럽과 세계 전역에서 파시즘적 사고에 공감하는 대표적 인물로만 알려져 있었다. 그런데 진정한 평화 애호자들은 소위 민족을 위해 전쟁을 피하려는 의도로서 민주주의자들이 1938년 파시즘과 체결했던 뮌헨 평화조약을 유럽 역사의 가장 심오한 핵심으로 여겨왔다. 히틀러에 맞선 전쟁, 아니 그보다는 충분히 무르익은 전쟁의 준비단계가 이 평화 애호자들로부터 구성되었던 것이다. 그러나 우리가 좀 더 자세히 내막을 들여다보면, 인류를 위해 수행된 전쟁이 말 자체의 의미대로 얼마나 타락상을 드러내고 있으며, 얼마나 추악한지, 얼마나 이기주의 내지 반사회적 충동의 격렬한 분출을 드러내고 있는지, 그것은 참으로 명백하게 드러나 있다! 우리가 이미 체험한 것을 거울삼아 다음 번 제3차 세계대전 이후의 세계가 어떻게 조망될 것인가에 대한 어렴풋한 모습을 예상해 보면, 니체의 허풍스런 영웅들은 우리에게 미성숙한 인간의 환상, 또는 스스로 지루함을 느끼기 시작하는 '미성년자 보호법'의 평화 및 안전의 시대를 살아가는 어린아이의 환상으로 비쳐진다.

한편 니체는 놀랄 만큼 예언자적인 감각에 의존하여 전쟁과 폭발의 결과, 요컨대 '후세 인간들이 부러움과 경외심의 눈초리로 바라보게 될' 전쟁의 고전시대를 예고하고 있다. 하지만 이로 인해 발생할 인간의 퇴화와 인류의 감소 위기는 그렇게까지 심각한 상태가 아닌 것처럼 나타난다. 게다가 우리는 그의 사상에서 인류가 무엇 때문에 철학에 의해 선택적 도살에의 자극을 받아야 하는지에 대한 뚜렷한 근거도 발견하지 못한다. 이런 철학이 앞으로 도래할 공포에 대체로 장애가 되는 도덕적 의구심을 제거하려 한단 말인가? 또는 그것이 찬란함으로 가득한 현전을 위해 인류를 형식화하고자 한단 말인가? 아니다, 이와 같은 철학은 쾌락적인 방식에 의존해 있다. 그것도 고의로 우리의 도덕적 저항감을 유발해 내는 것이 아니라, 자기 자신을 향해 탐욕적으로 날뛰는 고귀한 정신을 위하여 우리에게 고통과 근심을 자아내는 것이다.

　동시대의 독일문학에 그 자취들을 남겨놓은 탐미적 성격으로서 중세의 잔인한 고문형식拷問形式들이 열거 내지 기술되고 권장되고 있다면, 이는 단순한 남성교육을 고통스럽게 뛰어넘고 있다. 반면에 대략 흑인처럼 비교적 열등인종이 그렇듯이, 고통을 감내하지 못하면 못할수록 '위안을 필요로 하는 나약한 인간들'이 숙고의 대상이 되고 있다면, 이는 저열한 것에 근접해 있다. 그렇지만 "금발의 짐승Blonde Bestie이요 환락의 괴물, 짓궂은 장난을 끝낸 대학생처럼 끔찍한 살인의 연속이나 방화, 능멸과 방자한 고문으로부터" 고향으로 돌아오는 전형적 인간의 노래가 드높이 울려올 때에는 소아병적 사디즘의 형상은 완벽해지고, 동시에 우리의 영혼은 고통에 휩쓸려 들어간다.

　이런 식의 정신자세를 가장 혹독하게 비판한 사람은 니체의 혈통과 뿌리를 같이하는 낭만주의 시인 노발리스이다. 그는 다음과 같이 언급하고 있다. "가장 강렬한 것, 가장 힘찬 삶을 추구하는 이상理想보다 도덕적 품행의 이상에 위험한 것은 없다. 실상 이런 것이 미적美的 위대성의 이상으로 일컬어져 왔다(근본적으로 매우 타당하지만, 견해에 따라서는 완전히 틀린 말이다). 이는 최고도로 야만적이다. 나약하기 짝이 없는 인간들에게서 발생한 이 야만적 문화의 시대에 유감스럽게도 이를 추종하는 수많은 인물들이 생겨났던 것이다. 인간은 이런 뒤틀린 이상을 통하여 동물적 정신으로 변질된다. 잡종인간의 야수와 같은 희롱은 나약한 인간을 홀리는 야만적 매력을 지니고 있는 법이다."

노발리스의 통찰은 어느 누구도 견줄 수 없을 만큼 빼어나다. 니체는 과연 이런 관점을 접해 보았을까? 틀림없이 접해 보았을 것이다. 그러나 니체가 이로 말미암아 자신의 광적인 도전을, 그것도 의식적으로 광적인 태도를 취하고 있어서 근본적으로는 진지함을 잃고 있었던 '도덕적 품행의 이상'에 대한 도전을 삼갈 수 있었던 것은 아니었다. 노발리스가 미적 위대성의 이상, 최고도의 야만성, 동물적 정신이라고 칭한 것, 바로 그것이 니체가 내세우는 초인超人인 것이다. 게다가 니체는 초인을 이렇게 칭한다. 초인은 "인류의 초호화판 잉여물에서 떨어져 나온 자이고, 보다 강렬한 천성과 보다 고고한 유형으로서 인간 세상에 나타난다. 이런 유형의 인간은 보통사람과는 다른 기원 및 보존의 조건을 갖추고 있다." 이런 인간은 지상에 웅거할 미래의 주인이자 금빛 권세를 누릴 폭군 유형인 것으로, 민주주의는 바로 이 폭군들이 양성하는 정당한 발판이다. 그들은 나아가 민주주의를 도구로 사용하며, 달콤한 감언을 내세워 기존의 도덕적 법칙과 마키아벨리즘을 접목시키는 가운데 자신들의 새로운 도덕을 관철해 나간다. 그도 그럴 것이 위대성, 강렬함, 아름다움을 부르짖는 이 경악의 유토피아는 진실을 말한다기보다는 오히려 거짓을 훨씬 더 많이 말하기 때문이며, 그러기 위해서는 당연히 더 많은 정신과 의지가 소모된다. 초인은 "불의, 거짓, 약탈과 같은 삶의 특수한 성격이 가장 두드러지게 나타나는" 인간 유형이다.

이렇게 날카롭고 고통에 울부짖는 도발적 태도에 대해 조소와 경멸로 대하는 것은 극단의 비인간적 태도이리라. 마찬가지로 이런 태도에 대해 도덕적 울분을 터트리는 것도 그야말로 어리석은 일이다. 우리는 햄릿의 운명을, 경외심과 연민의 감정을 불러일으키는 덧없는 인식력에 대한 비극적 운명을 접하고 있는 것이다. 니체는 언젠가 "나는 가장 고귀한 인간의 영혼을 헤아려봄으로써 몇 가지 사실을 알아냈다. 그러나 그것을 알아내는 모든 인간은 아마도 파멸하리라"고 말한 바 있다. 니체는 정말 그로 말미암아 파멸한다. 그의 냉혹하기 그지없는 가르침에는 무한히 감동적인 서정시적 고뇌, 깊은 사랑의 눈길, 메마름과 고독의 사막지대 대신에 이슬처럼 순수하고 사랑을 추구하는 우울한 동경이 너무나 다채롭게 아로새겨져 있어서 감히 가시면류관의 예수를 조롱하고 멸시하는 태도는 나타나지 않는다. 그러나 니체가 수없이 경멸하고 드높은 삶을 해치는 원수로서 탄핵한 '저열한 카스트 방식의 사회주의'가 초인이라는 파시즘적 선동자의 이상화와 조금도 다를 바 없으며, 니체 또한 그의 철학 전반과 더불어 유럽 내지 세계파시즘의 선도자이자 공동창설자, 이념의 취주자吹奏者였다는 것을 우리에게 증명하고 있다면, 말할 나위 없이 우리의 존경심은 상당한 궁지에 몰리지 않을 수 없게 된다.

　나는 이제 슬그머니 원인과 그 영향을 전도시켜 볼 생각을 하고 있다. 나는 니체가 파시즘을 만들어 냈다고 생각하는 것이 아니라, 파시즘이 니체를 만들어 냈다고 생각한다. 말하자면 니체는 근본적으로 정치와는 거리가 멀며, 순수하고도 정신적인 인간이다. 그는 어느 누구보다 먼저 권력지향의 철학자와 더불어 성장일로에 있는 제국주의를 가장 민감한 표현 및 기록의 도구로서 감지한 바 있다. 나아가 그는 우리가 현재 몸담고 있고 또한 군사적으로 패망한 뒤에도 오랫동안 잔존하게 될 서구 파시즘의 시대를 무섭게 전율하는 바늘과 같은 것으로 고지했었다.

애초부터 시민적인 모든 본질을 유감없이 드러내는 사상가로서 니체는 후기 시민시대의 파시즘적 요인들을 긍정하는 반면에, 사회주의적 요인들은 부정하는 것처럼 보였다. 왜냐하면 이 시대는 도덕적 시대이며, 더욱이 니체는 도덕이라는 것을 오로지 시민적 도덕으로만 생각했기 때문이다. 하지만 그의 감수성은 도래하는 사회주의적 요소의 영향에서 완전히 벗어나 있을 수만은 없었다. 이것이 그를 순종 파시스트라고 비방하는 사회주의자들이 오해하고 있는 문제의 핵심이었다. 이는 물론 그리 단순한 문제가 아니며, 자칫하면 경솔한 판단에 빠질 우려가 많다. 진실로 지상의 행복을 경멸하는 그의 영웅적 태도는 다분히 개인적인 어떤 것이면서도 정치적으로 오용될 가능성이 짙었다. 그가 파렴치한 사회·경제적 불공평을 제거하려는 모든 의지에 '목축 떼들이나 바라는 초원의 행복'에 대한 비천한 욕구가 내재해 있다고 보게 되는 것도 바로 현세의 행복을 하찮게 보는 그의 태도에서 비롯된 것이다.

이른바 '위험한 삶'에 대한 니체의 찬사가 이탈리아어로 번역되어 파시즘의 핵심적 은어로 사용되었다면, 이 또한 파시즘적인 그의 면모를 한층 더 부각시키는 계기가 되었다. 그가 최후의 흥분을 감추지 못하고 도덕성, 휴머니즘, 동정심, 기독교에 반대하면서 아름다운 방종, 전쟁, 죄악을 찬양했을 때, 이 모든 것은 유감스럽게도 추악한 파시즘의 이데올로기와 일치되는 면을 보였다. 게다가 병을 완전히 박멸하고 저등한 인간거세의 처방전을 내리는 '의사들의 도덕'과도 같은 오류들, 노예화의 필연성을 강조하고 나아가 종족위생학적 선택 및 지배,

결혼규약 등의 많은 요소들은, 설령 그와의 관계를 고의적으로 꾸미지 않았을지라도, 분명히 국가사회주의의 이론과 실천으로 전이될 수 있었던 문제였다.

"너희들은 결실을 보고 그것을 인식하라"는 말이 진정이라면, 니체의 이 말은 정녕 옳지 못하다. 니체의 영특한 모방자 오스발트 슈펭글러Oswald Spengler의 경우 그의 꿈이었던 군주적 인간der Herrenmensch은 현대를 대변하는 '위대한 유형의 사실적 인간', 시체를 밟고 넘어가는 약탈자 내지 자본가, 군수산업 육성의 대재벌, 파시즘을 재정적으로 지원하는 독일의 대기업 회장으로 둔갑한다. 단적으로 말해 니체는 슈펭글러에게 있어서 아주 터무니없는 일방성에 의해 제국주의의 수호자가 되고 있는데, 이는 진실로 슈펭글러의 몰이해에 근거한다. 만일 그렇지 않다면 어떻게 니체가 평화적이라고 여기는 상업정신 내지 상인정신의 배후를 추적해 이에 경멸을 표하면서 그런 것에 정면 대립되는 영웅적 군인정신을 제기할 수 있었겠는가? 제국주의의 성립은 산업주의와 군국주의의 맹약 및 그것의 정치적 통합에 따르는 것이고, 이것이 전쟁을 일으키는 가치 있는 정신이라고 주장하는 것은 니체의 '귀족적 급진주의'를 전혀 파악하지 못한 것이다.

우리는 정말 착각해서는 안 될 것이다. 최후의 천민주의인 대중포획물로서의 파시즘, 일찍이 역사를 만들었던 가장 비참한 문화적 비속함으로서의 파시즘은 매사에 있어서 '무엇이 고귀한가'라는 물음의 언저리를 선회하던 정신과는 뿌리부터가 이질적이라는 사실에 주의를 기울여야만 한다. 파시즘이란 도대체가 정신의 상상력이라는 것과는 완전히 먼 거리에 위치한다. 그리고 독일시민이 나치의 갑작스런 대두와 니체의 문화신생적 야만성의 꿈을 혼동했다는 것은 가장 졸렬한 오해의 소치였다. 나는 지금 모든 국가주의에 대한 그의 가장 매몰찬 무시의 태도라든가 프로이센 제국 및 독일의 어리석은 강권정치에 대한 증오심, 그의 유럽정신, 반유태주의나 전체 종족의 사기성에 대한 그의 조롱을 말하는 것이 아니다. 나는 그의 후기 시민적 삶의 비전에 사회주의적 요소가 파시즘적 요소만큼이나 강렬하다는 것을 새삼 반복하고 있다.

차라투스트라가 다음과 같이 외치고 있다면, 그것은 대체 무엇을 말하는 것인가? "나의 형제들이여, 그대들에게 간언하노니 부디 지상에 충실하게 머무를지어다! 그대들은 더 이상 천상의 것에 헛되이 머리를 쓸 것이 아니라, 그대들의 머리를 자유롭게 들고 지상의 의미를 창조하는 데 진력을 다하라! […] 그대들은 나를 좇아 덧없이 사라져 버리는 미덕을 지상으로 돌려라! 사랑과 삶이 호흡하는 지상으로 말이다! 그리하여 그것이 지상에 의미, 인간적 의미를 부여하도록!" 이와 같은 차라투스트라의 외침은 인간적인 것을 가지고 물질적인 것에 침투하려는 의지를 뜻한다. 정신의 유물주의唯物主義를 관철하려는 태도, 그것은 사회주의인 것이다. 그의 문화개념은 도처에 강렬한 사회주의적 성격을 띠고 있고, 그런 경우에는 시민적 색채를 더 이상 찾아보기 어렵다. 니체는 교양 있는 것과 그렇지 않은 것의 완전한 분리에 반대한다. 그가 젊은 시절에 지녔던 바그너주의란 특히 이런 것, 즉 르네상스 문화의 종말과 아울러 도래하는 고급스럽고도 대중적인 예술을 말한다. 따라서 그의 바그너주의는 더 이상 도달할 수 없는 극치의 행복감을 의미하는 것이 아니면서도, 이것이 모든 인간의 마음에 저속하다는 느낌은 주지 않는다.

　니체가 다음과 같이 말한다고 해서 결코 노동자를 적대시하려는 것은 아니다. "노동자들은 매사에 군인들처럼 당당하게 느끼는 법을 배워야 한다. 이를테면 그들은 자유 직업인들의 보수나 떳떳한 월급을 받는 것으로 생각해야지 시간당 임금을 받는다고 생각해서는 안 된다. 그들은 언젠가는 현재 시민계층이 누리는 삶을 영위해야만 한다. 그렇지만 스스로 욕구를 상실한 상태에서 시민들보다 더 높은 계급을 원해서는 안 된다. 요컨대 빈곤하고 단순한 상태에서 권력을 소유하려 해서는 안 되는 것이다." 이어서 그는 물질적 자산을 보다 도덕적으로 규정하려는 특수한 지침을 제기한다. "사람들은 '적은' 자산이나마 마련하기 위해 노동의 길을 개척해 나가지만, 노력 없이 갑작스럽게 부富를 축적하는 태도는 저지되지 않는다. 사람들은 흔히 '대자본'을 축적하기에 유리한 교역과 상업의 모든 지점들을 운용한다. 다시 말해 사적인 수단이나 개인기업 형태로 소위 화폐거래를 수행한다. 그런데 무산자無産者들은 너무 많이 소유한 유산자有産者들과 마찬가지로 사회적으로 위험한 존재라 할 것이다." 무산자는 이 철학적 소자본가의 눈에 위협적인 짐승처럼 비쳐지고 있는데, 이는 쇼펜하우어의 혈통에 유래한다. 그 밖에 너무 많이 소유한 유산자들의 위험성에 관해서도 니체는 쇼펜하우어에게서 배운 바 있다.

　1875년에 니체는 그 특유의 열광적 태도가 아니라 단순히 승리하고 있는 민주주의의 결과를 내다보면서 70여 년 이후에 성립될 일종의 유럽적 국제연맹을 예언하고 있다. "지정학적 합목적성에 따라 분할된 모든 개별민족은 이 연맹 내에서 일개 행정구역의 위치와 그것의 특권을 차지할 것이다." 미래에 대한 전망은 당시에만 해도 여전히 순수 유럽적이다. 10여 년이 흐른 뒤에야 그 전망은 세계적이고 보편적인 것으로 확대된다. 그는 눈앞에 닥쳐온 세계경제 종합관리의 필수성에 관해 논하고 있다. "세계전망을 실천에 옮기기 위해서는" 가능한 한 많은 국제적 권력이 동원되어야 한다는 것이다. 유럽에 대한 그의 믿음은 심하게 흔들리고 있다. "지금 유럽인들은 근본적으로 지상에서 더 높은 인간을 표현하려는 공상에 들떠 있다. 아시아인들은 유럽인들보다 수백 배는 더 위대하다."

다른 한편으로 니체는 미래 세계에서는 정신적 영향력이 전형적인 유럽인에 의해, 가장 훌륭한 정신적 유형에서 이루어지는 유럽적 과거의 종합에 의해 좌우될 수 있을 것이라고 전망한다. 니체에 의하면 "지상의 권세는 앵글로색슨에 의해 좌우되리라. 독일인의 성품은 본질적으로 선하여, 지배권을 행사할 줄 모른다." 그리하여 이제 니체는 게르만 및 슬라브 인종과 독일국가의 상호발전을 범汎슬라브적 유럽의 도정을 열어가는 하나의 이전 단계로서 고찰한다. 세계 권력으로서 러시아의 대두가 그에게는 명료한 모습으로 부각되고 있다. 그는 이렇게 덧붙인다. "슬라브인과 앵글로색슨인들 사이에서 권력은 분할되고, 유럽은 로마의 통치를 받던 그리스와도 같다."

세계정치를 향한 그의 산책이 철학자, 예술가, 성자를 탄생시키는 문화적 과제만이 문제시되는 정신으로부터 시도되었다는 점을 감안하면, 이런 견해들은 대단히 현저한 결실을 맺고 있다. 그는 대략 1세기를 뛰어넘어 오늘날 우리들이 보고 있는 것을 앞서 예시하고 있다. 실제로 세계 및 새롭게 형성되고 있는 세계상이란 하나의 통일적인 흐름을 보이는데, 매우 예민하게 반응하는 속성이 어디로, 어떤 측면으로 움직이고 진행되는가에 따라 세계는 새롭게 도래하는 것을 감지하고 그것을 다시 드러내는 법이다. 니체는 현대물리학이 가져온 결과들을 순수 직관적으로 선취하고 있다. 그의 예시적 행위는 기계론적 세계해석과 투쟁을 통하여, 또는 인과율적으로 결정된 세계 및 고전적 '자연법칙Naturgesetz'을 부인함으로써, 동일자들의 순환을 거부함으로써 이루어진다.

그에게 "두 번째 경우란 존재하지 않는다." 마찬가지로 특정한 원인을 고정시켜 놓고 특정한 영향을 유추해야 한다고 주장하는 산술법도 존재하지 않는다. 원인과 영향에 따라 어떤 사건을 분석하는 것은 잘못된 태도이다. 문제는 힘의 균형이 이루어져 있지 못한 두 가지 요소들의 투쟁, 새로운 힘의 질서인 것이다. 이들로부터 발생하는 새로운 상태는 과거의 것과는 근본적으로 다른 어떤 것이지 결코 과거의 영향은 아닌 것이다. 괴테에 대한 헬름홀츠Helmholz의 말을 인용하는 니체의 '자연과학적 예감들'은 정신적 경향성이 다분하다. 그것은 무엇인가를 욕구하고, 힘의 철학에 따라 정렬되며, 합리주의에 반대하는 그의 사고를 규정한다. 그것은 법칙을 초월하는 삶의 찬양에 봉사하고 있는데, 그도 그럴 것이 법칙이란 이미 그 자체로 '도덕적인' 어떤 성격을 띠고 있기 때문이다. 그러나 그의 이런 경향에서 잘 나타나듯이 '법칙'을 계속 단순한 개연성Wahrscheinlichkeit으로 약화시키고 인과율의 개념에 따라 지속적 오류에 빠져왔던 자연과학과 대면하여 니체는 아주 당당한 자세를 취해왔다.

그가 사유했던 모든 사상이 그런 것처럼 그는 고전적 합리주의의 시민세계에서 끌어낸 물리적 이념들을 기본으로 하여 자신의 근원에 따라 가장 이질적인 새로운 이념의 길로 들어선다. 그를 깎아내리지 못해 애를 쓰는 어느 사회주의자는 니체가 스스로 의식하고 있는 것 이상으로 시민계급에 깊숙이 속해 있는 것이 아니냐고 주장한다. 니체를 구심점 없는 경구警句의 남용자로 보는 판단은 일축되어야만 한다. 실상 니체의 철학은 쇼펜하우어의 철학만큼이나 주도면밀하게 유기화되어 있는 아주 훌륭한 체계이며, 그것은 고유하면서도 모든 것을 관철해 나가는 기본사상으로부터 발전되었다. 그러나 이 기본사상 내지 출발사상은 말할 것도 없이 심미적審美的 방식에 철저히 뿌리내리고 있어서, 이런 측면에서만은 그의 관조와 사유가 어떤 사회주의와도 화해될 수 없을 만큼 대립적 입장에 있는 것도 틀림없는 사실이다.

결국은 오직 두 가지 심적 의도와 내적 자세, 즉 심미적 자세와 도덕적 자세만이 존재할 뿐이다. 사회주의는 엄밀히 말해 도덕적 세계관이다. 이와 같은 세계관에 반해 니체는 정신사가 알고 있는 인물들 가운데서도 가장 완벽하고 가장 외골수적인 미학자이다. 디오니소스적 염세주의를 자체 내에 함축하고 있는 그의 전제들, 다시 말해 삶이란 오로지 심미적 현상으로서만 정당화될 수 있다는 전제들은 니체 그 자신의 삶, 그의 사유 및 문학작품과 한 치도 어긋남 없이 일치한다. 심미적 현상으로서만 삶은 정당화될 수 있고 이해가 가능하며, 존경받을 수 있고, 그럼으로써만 삶은 최종 순간의 자기신비화에 이르기까지 철저히 의식되는 것이다. 이런 삶이야말로 망상적이리만큼 철저히 예술적 연출에 속하는바, 이는 경이로움에 가득 찬 표현이자 가장 내적인 본질에 따라 매혹감의 극치를 자아내는 하나의 서정적-비극적 연극인 것이다.

유럽정신으로 하여금 시민시대의 전반적 도덕에 반기를 들게 한 최초의 형식이 유미주의^{Ästhezismus}였다는 사실은 비록 납득할 만한 일이긴 해도 무엇인가 이상한 느낌을 주기에 충분하다. 내가 니체와 야만인을 함께 논했던 것도 어떤 근거가 있었기 때문이다. 반란자로서, 그것도 미를 앞세운 반란자로서 니체와 야만인은 공통적 성격을 지니고 있는 것이다. 물론 독일 식탁을 부숴버릴 때에도 이들의 반란은 무모할 정도로 훨씬 깊어지고, 그런 만큼 훨씬 더 심한 고뇌의 체험, 자기극복을 맛보게 되는지 모른다. 사회주의 비평가들, 특히 러시아 비평가들에게서 나는 니체의 미학적 발상과 판단들이 종종 놀랄 만큼 세련성을 지니고 있지만, 도덕적이거나 정치적인 문제에 있어서는 그가 야만인에 해당한다는 글을 관심 있게 읽어 보았다. 그러나 이 같은 구분은 고지식한데, 까닭인즉 니체의 야만성에 대한 찬양은 오로지 그의 미적 도취의 극단적 표현일 따름이며, 알고 보면 양자 사이에는 하나의 근친관계가 성립되고 있기 때문이다.

우리는 이 근친관계, 바로 유미주의와 야만성의 근친관계에 대한 모든 근거를 숙고해 보아야만 한다. 19세기 말엽에만 해도 이 비밀스런 근친성은 미처 파악되고 감지되거나 우려의 대상이 되질 못했다. 만일 그렇지 않았던들 자유주의 저술가였던 유태인 게오르크 브라네스^{Georg Brandes}는 독일 철학자의 '귀족적 급진주의'를 새로운 시대의 감각으로 받아들이지 않았을 것이며, 이에 대한 찬양조의 강연도 행하지 않았을 것이다. 이런 면은 그 당시까지만 해도 지배적이었던 확실성의 감정, 시민시대가 기울어지고 있다는 데 대해 걱정할 필요가 없었던 상황을 특징적으로 반증하고 있다. 그렇지만 또 다른 특징으로서 영악한 덴마크 비평가가 니체의 야만주의를 진지하고도 본질적으로 다루지 않았다는 사실은 니체라는 철학자에 대한 이해를 적당히 깎아내렸다. 이 영악한 비평가에 비하면 브라네스는 매우 올바른 태도를 취한 셈이었다.

니체의 유미주의는 아름답고 강렬하며 자유분방한 삶을 위한 정신의 격렬한 부정이고, 따라서 삶에 깊이 고뇌하는 한 인간의 자기부정自己否定이다. 그의 유미주의로부터 나타나는 것은 어떤 비본질적인 것, 책임감이나 신뢰와는 상관없는 어떤 것, 그의 철학적 분출로 드러나는 열정적이고 유희적인 어떤 것, 단적으로 말해 가장 깊이 있는 아이러니의 요소인 것이다. 진중하지 못한 독자의 이해는 바로 아이러니의 요소 때문에 실패할 수밖에 없다. 니체가 제시하는 것은 예술뿐만이 아닌데, 왜냐하면 그의 심중을 읽어내는 것이 바로 예술이기 때문이다. 이 경우에 무지함이나 직선적 태도는 허용되지 않는다. 그의 책을 읽을 때에는 모든 종류의 영민한 감각, 아이러니, 유보의 태도가 요구된다. 니체를 본질로부터 파악하려는 사람은 그를 피상적으로 파악하기 쉬우며, 그를 믿는 사람은 아무것도 얻는 것이 없게 된다.

니체는 진정 그가 인간이라고 부른 세네카Seneca와 비견될 만하다. 사람들은 언제나 세네카에게 귀를 기울이지만 한 번도 '성실과 믿음'을 표할 수가 없었다. 필요하다면 니체가 그렇다는 예를 들어보자. 니체의 저작 《바그너의 경우Der Fall Wagner》를 읽은 독자가 1888년에 칼 푹스Carl Fuchs라는 음악가에게 보내는 니체의 편지를 접하게 되면, 그는 정말이지 자신의 눈을 믿지 못할 것이다. "당신은 제가 비제Bizet에 관해 말하는 것을 곧이곧대로 받아들여서는 안 됩니다. 실제로는 비제가 조금도 저의 안중에 없습니다. 그러나 비제에 관한 말은 바그너에 대한 아이러니한 반명제로서는 매우 강렬한 작용을 하고 있습니다.[…]" 우리끼리 하는 말이지만, 이 편지 내용은 그가 《바그너의 경우》에서 표했던 〈카르멘〉에 대한 찬사를 아직도 남겨놓고 있다.

참으로 당혹스런 일이겠지만, 이 정도로는 정말 아무것도 아니다. 같은 수신자에게 보내는 편지에서 그는 어떻게 하면 심리학자이자 저술가, 비도덕주의자로서 자신을 가장 멋지게 기술할 수 있는가 하는 점에 대해 충고하고 있다. 이를 위해서는 옳소, 아니오라는 가부간의 판단이 아니라 개성을 부각시키면서 정신적으로는 중용을 지키는 태도가 중요한 문제이다. "이런 경우에 나를 지지하는 것은 전혀 필요 없고, 바람직하지도 않습니다. 반대로 어떤 낯선 인물을 대하듯이 아이러니한 반대의사를 슬며시 던지는 호기심이 어떤 것보다도 제게는 '지적인' 자세인 것 같았습니다. 용서해 주시기를! 저는 방금 어리석은 몇 마디 말을, 그러나 다행스럽게도 '불가능한' 어떤 상태에서 벗어날 수 있는 약간의 처방전을 글로 썼습니다."

일찍이 어느 저작자가 이보다 특이하게 자신의 위험을 예고했던가! 그는 자신에 대해 "악의에 도달할 만큼 반反자유주의적"이라고 칭한다. 아마도 악의로 인한 반자유주의, 충동에서 도전을 지향하는 반자유주의라는 말이 보다 정확할지 모르겠다. 1888년에 백일천하의 황제로서 영국식으로 결혼한 자유주의자 프리드리히 3세가 사망했을 때, 니체는 모든 자유주의자들만큼이나 상심하고 슬픔에 젖어 다음과 같이 말했다. "종국적으로 그는 자유사상의 희미한 빛이자 독일의 희망이었다.

이제 바야흐로 곰팡내 나는 정권이 들어서고 있다. 결론부터 말하자면, 이제부터는 나의 저작 《권력에로의 의지der Wille zur Macht》가 독일에서 최초로 몰수되리라는 것은 분명하다." 그런데 아무것도 몰수되지 않았다. 자유주의의 시대정신은 여전히 강렬하고, 독일에서는 어떤 말이든 허용된다. 하지만 프리드리히 황제의 죽음을 애도하는 니체의 슬픔에는 아주 뜻밖에도 무엇인가 겸허하고 소박한 것, 전혀 꾸밈없는 어떤 면모가 나타난다. 어찌 보면 진리가 현현한다고 말할 수 있을 것이다. 즉 정신적 인간의 꾸밈없는 사랑, 그의 삶의 분위기인 '자유'를 위한 자연스런 사랑이 드러나는 것이라고 하겠다. —그런데 돌연 노예근성과 전쟁, 강압과 위풍스런 폭력을 드러내던 미적 환상의 작품 《권력에로의 의지》는 무책임한 유희와 다채로운 이론의 빛 속에서 어딘지 모르는 먼 곳으로 꺼져 들어가 있는 것이다.

니체는 평생 동안 이른바 '이론적 인간der theoretische Mensch'을 몹시도 저주했다. 그러나 그 자신이야말로 이 이론적 인간의 찬양자이자 순수 문화에 뿌리박고 있는 인간 유형이다. 그의 사유는 절대적 천재성에 근거하여 지극히 비실용적이고, 교육적 책임감이라고는 전혀 없으며, 근본적으로 비정치성을 띠고 있다. 이런 면은 진실로 사랑받고 방어적이며 모든 것을 초월하는 삶과 연관되지 못하고 있다는 것을 단적으로 의미하지만, 그는 자신의 가르침이 실천적, 정치적 현실에서 얼마나 쓸모없는가 하는 문제로 고민한 적이 한 번도 없었다. 니체의 그늘 속에서 그리고 전 독일에 걸쳐 버섯처럼 어둡게 성장했던 수많은 비합리주의 강단철학자들도 이렇게 비실용적인 태도를 취하지는 않았다. 물론 결코 놀라운 일이 아니다! 독일적 토양의 근본에서 보았을 때 그의 미적 감성론보다 더 적절한 것이 없었기 때문이다. 그는 유럽 역사의 타락자들인 이 독일인에 대해서도 용암처럼 끓어오르는 비판의 눈초리를 보냄으로써 결국은 그들에게 조금도 좋은 인상을 남겨놓지 않았다.

그러나 어느 누가 니체보다 더 독일적이었고, 어느 누가 세계의 곤경과 경악의 대상이었으며 또한 그로 말미암아 파멸되었던 독일인들을 그렇게 전형적으로 제시했단 말인가? 어느 누가 그토록 아름다운 낭만적 열정을, 확고한 대상조차 없는 무변광대無邊廣大에로의 자아전개의 충동을 눈앞에 생생하게 보여주었던가? 그리고 어느 누가 종착지는 없고 무한성만이 펼쳐져 있음으로 해서 자유로운 의지를 그렇게 실감나게 제시했단 말인가? 니체는 도취와 자살에의 성향을 독일인들의 업보라고 기술한 바 있다. 독일인들의 위험은 오성능력을 구속하고 감정의 사슬을 풀어버리는 그 모든 점에 근거하는데, 니체는 이를 다음과 같이 설명한다. "왜냐하면 독일인의 감정은 자신의 유용성과는 반립反立되고, 마치 술고래의 감정처럼 자기 파괴적이기 때문이다. 독일에서 열광이라는 것은 가치 있다기보다는 무가치한 편인데, 이유인즉 그것은 비생산적이기 때문이다." 그렇다면 차라투스트라는 자신을 어떻게 칭하고 있는가? 그는 자신을 '자기인식자自己認知者 내지 자기고행자自己苦行者'로 자처한다.

보다 넓은 의미에서 니체는 역사적이 되어버렸다. 그는 역사, 그것도 무시무시한 역사를 만들었으며, 그가 자신을 "저주스러운 인간"이라고 불렀을 때, 그는 조금도 과장의 태도를 보인 것이 아니었다. 그는 자신의 고독을 심미적 태도로 과장했다. 그는 극단적인 독일인의 면모를 보이고 있으나, 키르케고르Kierkegaard와 베르그송Bergson의 이름 및 그 밖에 많은 인물들이 함께 속해 있는 보편적 서구운동의 일부인 것이다. 이 운동은 일종의 정신사적 반란으로서 18세기의 고전적 이성신봉과 대립되어 있다. 이런 반란이 그들의 작품을 만들어냈다. 물론 그들 작품의 필수적 과제가 새로운 태도 위에 세워진 인간이성의 재구성, 시민시대의 자의적 평면화에 반^反해 깊이를 쟁취했던 인간성 개념의 극복에 있는 한, 그들이 이룬 반란의 작품은 아직도 미완성 상태에 있다고 할 것이다.

이성과 의식에 맞서 본능을 보호하려는 것은 시대착오를 교정하고자 함이다. 지속적이고 영원히 필수적인 교정은, 우리가 원한다면, 정신 또는 도덕을 통한 삶의 교정으로 남게 된다. 우리에게 니체의 악^惡의 낭만화는 얼마나 시대 연관적이고 이론적이며, 또한 얼마나 경험하지 못한 미지의 느낌을 자아내고 있는가! 우리는 그런 것을 그의 온갖 비참함 속에서 보고 배웠다. 그렇지만 우리는 더 이상 선^善의 고백을 몹시도 두려워한다든가, 하잘것없는 개념이면서도 주도적 형상인 자유, 정의, 진리를 부끄러워할 정도로 철두철미한 유미주의자는 될 수 없다. 자유정신으로 하여금 시민도덕의 반대편으로 향하게 하는 유미주의는 결국 시민시대 자체에 속해 있으며, 이러한 월권적 정신도 미학적 시기를 거쳐 나와 도덕-사회적 시기로 발전하게 마련이다. 심미적 세계직관은 우리가 전적으로 해결해야 할 문제들을 정당화할 능력을 전혀 갖추고 있지는 못하지만, 그럼에도 니체의 천재성은 시대의 새로운 분위기를 창조하는 데 크게 공헌했다.

니체는 언젠가 자신의 미래 예시적 세계에서 종교적 힘들은 신앙고백의 차이들을 무시하는 무신론적 불교의 방향으로 완전히 기울어질 수 있으며, 이런 세계에서 과학은 새로운 이상과 전혀 대립적 관계에 있지 않게 될 것이라고 내다보았다. 문제는 그가 인간에 대한 우려의 뜻을 강한 어조로 덧붙이고 있다는 사실이다. "그러나 보편적 인간애는 전혀 그렇지 못하리라!" 무슨 까닭으로 그는 이렇게 말하는 것일까? 인간애란 자고로 인간을 위한 낙천적이고 전원풍의 부드러운 사랑으로는 성취하기 어려웠다. 그런데 18세기는 이런 사랑을 위해 나약한 애수의 눈물을 흘렸고, 이를 바탕으로 풍속 전반의 가당찮은 발전을 이루어 나가고 있는 것이다. 하지만 니체가 자신에게는 최대의 희생을 의미했던 결정, 즉 "신은 죽었다"고 포고했을 때, 그는 누구의 고귀함을 위해 그리고 누구의 품격을 높이기 위해 그리 했더란 말인가! 그것은 정녕 인간을 위함이 아니었던가? 그가 무신론자였을 때, 그가 감히 무신론자일 수 있었을 때, 그는 정말 인간을 위한 인간이었다.

우리의 귓가에는 아직도 니체의 말마디가 인간애로 가득 넘쳐, 목사의 다정다감한 음성처럼 들려오는 듯하다. 그는 휴머니스트로 불리기를 스스로 포기함과 아울러, 그의 도덕성 비판이 계몽주의의 최종형식으로 간주되는 것을 감수해야만 한다. 나는 그가 말하는 초彫신앙고백의 종교성을 인간이념과 결부된 것으로, 종교에 기초하여 종교적 색채를 띠고 있는 휴머니즘으로 생각하지 않을 수 없다. 그의 휴머니즘은 풍부한 경험에서 우러난 것, 철저한 사상적 섭렵의 소산인 것으로, 지하세계와 마성魔性에 대한 깊은 이해를 받아들여 거의 인간 비밀의 존엄성으로까지 상승하고 있다.

종교란 경외심이다. ─ 우선은 인간 존재의 비밀에 대한 경외심이다. 새로운 질서, 새로운 연관, 인간사회를 세계시간의 요구에 동화시키는 것이 문제가 되는 한, 의사결정이나 기술적 표준 및 법적 제도들은 아직은 틀림없이 불충분한 상태에 있고, 세계정부World Government라는 것도 합리적 유토피아로 남아 있다. 제일 먼저 필수적인 것은 정신적 분위기의 쇄신, 인간존재의 난해성과 고귀성을 이해하려는 새로운 감각, 어떤 사람도 회피하지 않고 어느 누구라도 마음속 깊은 곳에서부터 재판관으로 인정하는 명실상부한 전인간적全人間的 기본자세이다. 이런 것을 형성하고 확고한 발판을 다지는 데에는 부지불식간에 상하좌우로 영향을 미치는 시인과 예술가가 얼마만큼 기여할 수 있을 것이다. 그러나 전인간적 기본자세란 교육을 통해 습득되고 인위적으로 형성되는 것이 아니라, 체험되고 고통을 감내함으로써 가능해진다.

　철학은 차가운 추상이 아니라 체험과 고통, 인간을 위한 희생적 행동이라는 것이 니체의 깨달음이요 지침이었다. 아울러 그는 괴기스런 오류의 만년설봉들을 향하여 치솟아 올랐지만, 미래는 진실로 그의 사랑의 나라였다. 우리처럼 젊음의 무한한 기쁨을 그에게 감사하는 새로운 시대의 인간들에게 니체는 번갯불처럼 번뜩이는 이 시대변전의 대가를 톡톡히 보상하지 않으면 안 되는, 누구보다도 연약하고 존경스런 비극적 형상으로서 우리 눈앞에 현전해 있는 것이다.

Freud und die Zukunft

프로이트와 미래

쇼 펜 하 우 어 · 니 체 · 프 로 이 트

토마스 만은 1936년 프로이트 탄생 80주년 기념 연설을 위해 이 논설문을 준비해 왔으며, 마침내 그해 5월 8일 빈에서 열린 '정신치료학회'에서 이 글을 낭독한다. 그는 여기서 문학과 정신분석학, 자신과 프로이트의 만남을 매우 뜻깊은 일이라고 전제한 후, 프로이트의 무의식에 대한 혁명적인 일깨움이 쇼펜하우어나 니체 사상과도 깊은 동질성을 지닌다고 역설한다. 예컨대 그는 "프로이트의 무의식과 자아에 관한 서술은 쇼펜하우어의 의지와 오성에 관한 서술과 동일하며, 또한 그것은 쇼펜하우어의 형이상학을 심리학적인 것으로 번역한 것이 아니겠습니까?" 하고 반문한다.

신사 숙녀 여러분!

작가라는 사람이 위대한 연구자를 기리기 위해 감히 축사를 맡아도 되는 것일까요? 물론 그는 자신에게 이 역할을 맡겨야 한다고 믿었던 분들에게 양심의 가책을 전가할 수 있을지 모르겠습니다. 그럼에도 지금 우리의 경우처럼 의학 및 심리학 연구를 위한 학술단체가 최고 석학의 화려한 업적을 축하하도록 그에 속한 전문가가 아니라 작가를 초빙한다는 것이 과연 정당화될 수 있는 것일까요? 작가란 본질적으로 지식, 분석, 통찰이 아니라 자유로운 사고와 종합, 소박한 행위 및 행동, 창조성을 지향합니다. 그러므로 작가는 어떤 식으로든 그 본질과 사명에 따라 유효한 인식의 대상이 될 수는 있어도 인식주체로서는 그리 적합하지 않습니다. 혹시 작가가 예술가로서, 그것도 학문적 인식주체나 학자가 아니라 타고난 축제의 찬양자로서 이 학회의 축사를 맡도록 초빙되었다고 생각한다면 그럴 수 있을지 모르겠습니다.

저는 이런 견해에 이의를 제기하고 싶지 않습니다. 작가란 삶의 축제에 매우 익숙해 있는 것도 사실이니까요. 작가는 심지어 삶을 축제로 이해하기까지 합니다. 축제와 더불어 오늘 저녁 정신적이고 우아한 음악 속에서 주제부를 이루도록 결정되었을지 모르는 어떤 동기가 최초로 조용히 그리고 잠정적으로 마음을 사로잡는 듯합니다. 그러나 이 학회행사의 축제적 의미는 주최자의 의도에 따라 오히려 이런 것, 다시 말해 객체와 주체, 인식대상과 관찰자와의 장엄하고도 새로운 만남에 있다 하겠습니다. 사물관계의 거대한 반전反轉 속에서 관찰자 및 꿈 해석자가 꿈의 인식을 위한 축제의 대상이 되고 있는 것입니다.

저는 이런 의도에 대해서도 전혀 이의를 제기할 마음이 없습니다. 여기에 이미 교향악적 미래를 예시하는 어떤 동기가 울려나오기 때문에 그런 것만은 아닙니다. 제가 말하는 동기는 보다 완벽하게 도구를 갖추어 보다 귀에 잘 들어오도록 반복될 것입니다. 왜냐하면 제 스스로가 매우 혼란스럽기 때문입니다. 바로 주객일치主客一致, 주체와 객체의 혼융, 그것의 동일성, 세계와 자아, 운명과 성격, 사건과 행위의 비밀스런 통합에 대한 통찰, 요컨대 영혼의 작품인 현실의 신비함에 대한 통찰 등에 대해 저는 혼란을 느끼기 때문입니다. 그렇습니다, 바로 이런 것이 아마도 정신분석학이 지닌 비결의 알파이자 오메가인 것 같습니다.

아무튼 작가인 제가 천재적 연구자의 업적을 기리기 위한 연사로 결정되었다면, 이는 한 사람과 다른 사람 사이의 어떤 것을 의미하고 있습니다. 둘 사이의 관계는 매우 특징적입니다. 시문학 세계와 축하받아야 할 사람과의 특별한 관계는 작가로서 맺고 있는 인식분야와의 관계처럼 특징적인 양자로부터 발생하는 것입니다. 물론 오늘 저녁 축하받아야 할 사람이야말로 인식분야의 창조적이고 탁월한 인물로서 우뚝 서 있습니다. 그런데 이 교대 내지 상호관계에 있어서 독특하고 기이한 점은 오랫동안 양측에서 서로 모르는 채 영혼의 영역인 "무의식적인 것" 속에 남아 있었다는 사실입니다. 무의식의 탐색과 해명, 인간을 위한 무의식의 정복이 바로 인식 및 관찰자의 가장 본래적인 사명이었습니다. 문학과 정신분석학 사이의 인접관계는 상당히 오래전부터 서로에게 의식되어 왔습니다. 하지만 이 순간 맞이하는 축제의 기쁨은 적어도 제 시각과 느낌으로는 아마도 최초로 일어나게 될 두 분야의 공적인 만남과 의식의 표명, 그를 향한 실증적 고백에 있습니다.

저는 방금 두 분야에는 상호관계, 심원한 공감이 오랫동안 알려지지 않은 채 남아 있었다고 말했습니다. 그런데 실제로 우리의 존경스런 정신적 인물 지그문트 프로이트Sigmund Freud는 치료를 위한 정신분석학과 일반적 연구방법의 창시자로서 혹독한 인식의 도정을 오로지 홀로, 완전히 독자적으로 개척해 나갔습니다. 프로이트는 위대한 문학이 그를 위해 마련해 줄 수도 있었을 위안 내지 강화수단을 알지도 못한 채, 오로지 의사 및 자연과학자로서 자신만의 길을 걸었습니다. 그는 니체라는 철학자를 알지 못했습니다. 니체의 발자취 여기저기서 프로이트의 통찰이 번뜩이며 선취되어 있는데도 말입니다. 그런가 하면 그는 낭만적, 생물학적 꿈의 물결과 영감靈感이 분석적 이념과 놀라울 만큼 접근해 있는 낭만주의 시인 노발리스도 알지 못했습니다. 그는 기독교적 용기가 심리적 극단으로까지 그를 깊고 급속하게 자극했을지도 모를 키르케고르Kierkegaard도 알지 못했습니다. 개심改心과 구원을 얻으려고 노력하는 충동철학의 우울한 음악가 쇼펜하우어는 더더욱 알지 못했습니다.

그럴 수밖에 없었을 것입니다. 프로이트는 직관적 선취先取에 의한 지식 없이 오직 자기 힘만으로 자신의 통찰을 방법적으로 극복해야만 했습니다. 그의 인식의 충동력은 이처럼 유리한 조건이 아니었기에 아마도 더욱 상승하게 되었던 것 같습니다. 그의 근엄한 상像에서 '고독'은 정말 빠트리고 생각할 수 없는 요소입니다. 이와 같은 고독에 대해 니체는 그의 매혹적인 에세이 〈금욕의 이상이란 어떤 것을 의미하는가?〉에서 쇼펜하우어를 거론하며 다음과 같이 말했습니다. "그는 철학자다운 철학자, 진정 자기 자신에게 의존하는 정신적 인물이다. 그는 자기 자신을 위해 용기를 내고, 홀로서기를 할 줄 아는 강인한 눈빛의 남성과 기사로서, 언제든 그의 선행자들과 고상한 암시 따위는 기대하지 않는 인간이다." 쇼펜하우어라는 정신적 인물이 저의 시야에 들어온 이래로 이 '남성과 기사'의 상, 죽음과 악마 사이에서 투쟁하는 기사의 상에서 저는 무의식의 심리학자를 발견하곤 했습니다.

나중에 가서야 정신분석학과의 구체적 대면이 일어났습니다. 문학적 동기와 제 천성이 특히 이 학문과 동질성을 지니고 있었음에도 좀더 지나서야 기대감을 이룰 수 있었습니다. 양자의 동질성을 결정하는 것은 무엇보다 다음 두 가지 경향입니다. 그것은 첫째로 진리에 대한 사랑, 진리에 대한 감각, 다시 말해 자극과 신랄한 아픔에 반응하는 민감성 내지 감수성입니다. 왜냐하면 진리는 주로 '심리적' 자극에 반응하다가, 궁극적으로는 진리의 개념이 거의 심리적 지각知覺과 인식 개념 속에서 뚜렷해질 때까지 투명성으로서 표출되기 때문입니다. 둘째로 '병'에 대한 감각, 즉 건강을 통하여 검증된 병과의 어떤 유사성 및 병의 생산적 의미에 대한 체험입니다.

진리에 대한 사랑, 고통스럽고 도덕적 성향을 지닌 '심리학'으로서 진리에 대한 사랑을 논한다면, 그것은 니체의 지고한 철학적 사유에서 유래합니다. 실제로 니체의 경우에는 진리와 '심리학적' 진리, 인식주체와 심리학자가 동일한 것으로 나타납니다. 그의 진리에 대한 자존심, 성실과 지적 순수성에서 나오는 개념, 앎의 기쁨과 멜랑콜리, 그의 자기인식과 혹독한 자기학대, 이 모든 것이 심리학적 사고이자 심리학적 성격입니다.

저는 니체의 심리학적 열정의 체험을 통하여 저의 고유한 성향이 겪었던 교육적 심화와 발전을 결코 잊지 못할 것입니다. 제 작품《토니오 크뢰거Tonio Kröger》에서는 이와 관련하여 "인식의 구토Erkenntnisekel"라는 말이 나옵니다. 이 또한 니체가 제게 심어준 각인으로, 주인공의 청춘기 우울은 니체의 본성에 자리 잡은 햄릿적인 것을 암시하고 있습니다. 작품에서도 언급되듯이 "앎을 위해 불려왔으나 본래는 앎을 위해 태어난 것이 아닌 본성"이라는 말에 바로 토니오의 고유한 본성이 반영되고 있는 것입니다. 이런 것이 제가 말하는 젊은 날의 고통이자 슬픔입니다만, 당시의 고통과 슬픔은 차후 성숙기를 거치면서 쾌활하고 조용한 것으로 바뀌게 되었습니다. 그러나 진리와 지식을 심리학적으로 이해하고 이를 심리학과 동일시하려는 경향, 심리학적 진리의 의지를 진리에 대한 의지 일반으로, 나아가 심리학을 가장 본질적이고 가장 대담한 표현에 따라 진리 자체로 느끼려는 경향, —이런 경향을 사람들은 어쩌면 자연주의적이라고 칭하고 문학의 자연주의 사조를 통해 교육에 적용했는지 모릅니다. 그리고 제게도 남아 있는 이런 경향은 바로 '정신분석학'이라는 이름을 지닌 영혼의 자연과학이 개시開示하기 위한 조건입니다.

저는 앞서 두 번째 요소로 병에 대한 감각, 더 자세히 말해 인식수단으로서의 병에 대한 감각을 언급한 바 있었습니다. 이것 역시 니체로부터 이끌어낼 수 있는데, 니체는 병 덕분에 무엇을 얻었는지 잘 알고 있는 사람이었습니다. 그는 병의 경험이 없으면 보다 깊은 지식도 있을 수 없으며, 더욱 튼튼해지기 위해서는 병에 걸려 보아야만 한다고 여기저기 매 지면마다 설파하는 것처럼 보입니다. 설령 병에 대한 감각이 정신적 인간, 특히 문학적 인간의 본질, 나아가 작가의 궁극적 표현인 모든 인류 및 인간애와 밀접하게 연관된 것이 아니라 해도, 이 감각 역시 니체에게서 연원하는 것으로 볼 수 있습니다. 빅토르 위고 Victor Hugo도 "인간애는 병에 의해 입증된다"고 말한 바 있는데, 이는 보다 높은 인간애와 문화에 대한 섬세한 파악, 병에 대한 전문가적 지식을 공공연하게 대변하고 있습니다.

"인간은 병적인 짐승"이라고까지 불리어 왔는데, 그 까닭은 자연과 정신, 짐승과 천사 사이의 위치가 인간에게 부과한 과도한 긴장과 두드러진 어려움 때문이었습니다. 병의 측면으로부터 인간 본성의 가장 깊은 어둠 속까지 탐구가 이루어졌다는 것은 얼마나 놀라운 일입니까? 병, 요컨대 노이로제가 최고의 인류학적 인식수단으로서 입증되었다는 것 또한 얼마나 경이로운 일입니까? 작가가 이에 대해 경이로워하는 마지막 사람일지도 모르겠습니다. 작가가 너무 강렬하고 개인적인 성향 때문에 프로이트의 정신분석학적 연구와 역작에 대한 자기 실존과의 공감적 관계를 너무 뒤에 느끼게 되었다는 것이 오히려 그에게 놀라운 일인지 모르겠습니다. 처음에는 정신분석학이 가부간의 논쟁에도 불구하고 치유방법 정도로만 다루어졌지만, 차후 이 학문은 순수

의학 분야에서 빠져나와 세계운동으로까지 확장되었던 것입니다. 인문학과 과학의 온갖 가능한 분야가 정신분석학에 지대한 영향을 받았습니다. 문학 및 예술연구, 종교사, 고고학, 신화학, 민속학, 교육학 등등만이 아닙니다.

이 모든 것이 정신치료 및 의학이라는 중심연구 주변에 보편적인 영향의 입김을 불어넣었던 정신분석학 대가들의 꾸준한 탐구와 응용의 열기 덕분이었습니다. 심지어 제가 정신분석학에 접근했다기보다는, 정신분석학이 제게 다가왔다고 말하고 싶을 지경입니다. 정신분석학은 그 학파의 제자와 대변자들을 통하여 저의 작품《작은 신사 프리데만Der kleine Herr Friedemann》으로부터《베니스에서의 죽음Der Tod in Venedig》,《마법의 산Der Zauberberg》,《요셉과 그의 형제들Joseph und seine Brüder》에 이르기까지 우호적인 관심을 입증한 바 있었습니다. 그리고 저 역시 그 학문과 모종의 관계를 맺고 있었고, 어느 정도는 제 방식대로 그 학문에 "정통해" 있었음을 이해하게 되었습니다. 단적으로 말해 정신분석학은 제게 "의식 이전의" 잠재해 있는 공감을 일깨워주었으며, 이런 관계는 그 학문 쪽에서도 마찬가지였을 것입니다. 그리고 정확한 자연과학적 사유와 언어에 따른 분석적 문학에 몰두함으로써, 저는 과거에 가졌던 정신적 체험으로부터 근원적으로 친밀한 많은 것을 재인식할 수 있었습니다.

신사 숙녀 여러분, 부디 저의 자서전적인 이야기를 조금 더 계속하게 해주십시오. 제가 프로이트 대신에 흡사 제게만 국한된 것처럼 보이는 것에 대해 이야기할지라도, 부디 저를 질책하지 말아 주십시오. 지금 저는 감히 프로이트에 관해 거의 이야기하지 못하고 있습니다.

제가 그에 관해 새로운 무엇인가를 이야기할 수 있으면 얼마나 좋겠습니까? 그러나 저는 제 자신에 관해 이야기하고 여러분에게 설명할 때에도, 실은 그를 찬양하기 위해 연설을 진행하고 있는 것입니다. 요컨대 저는 제 청춘기의 결정적 교육의 인상들을 통하여 프로이트에 의해 다가오는 인식들을 얼마나 본질적이고 깊이 있게 오랫동안 준비하고 있었던가를 말하고자 하는 것입니다.

저는 아주 기이하게도 아르투르 쇼펜하우어라는 철학자와의 만남이 저라는 젊은이에게 암시해 주었던 충격적이고 동시에 황홀하면서도 교육적인 체험에 관해 예전보다 더 많이, 과거의 추억과 고백 속에서 보다 더 많이 언급해 왔습니다. 그리고 그는 저의 소설《부덴브로크 일가Buddenbrooks》에서 기념비적인 자취를 남겨놓은 바 있습니다. 분석적 심층심리학의 도덕성을 결정하는 대담무쌍한 진리에의 열정은 이미 자연과학적으로 깊이 각인되고 무장된 형이상학의 염세주의 속에서 먼저 비견될 만한 면모를 보였습니다.

쇼펜하우어의 형이상학은 수천 년의 신앙에 대항하는 어두운 혁명에 의해 정신과 이성보다는 충동Trieb의 우월성을 가르쳤습니다. 그의 형이상학은 '의지Wille'를 세계와 인간, 모든 창조물의 핵심 및 본질근거로 인식하면서 이에 반해 '오성Intellekt'을 이차적이고 비본질적인 것, 의지의 시중을 드는 하인, 미약한 등불로 보았습니다. 그것은 오늘날처럼 정신에 적대적인 학문의 사악한 동기로 작용하는 그런 반인간적 악의로부터가 아니라, 탈脫관념주의 투쟁으로 점철된 19세기의 엄격한 진리에의 사랑으로부터 태동된 것입니다. 이렇게 19세기에는 입센Ibsen을 통하여 심지어는 거짓말, 특히 "처세를 위한 거짓말"이 필수불가결한 것으로 인정될 수 있었다는 것도 사실입니다. 그러나 고뇌의 염세주의와 통렬한 아이러니, 정신적인 것 때문에 거짓을 긍정하는 것인지 또는 정신과 진리에 대한 미움 때문에 그렇게 하는 것인지 사이에는 큰 차이가 있음을 알 수 있습니다. 이 차이는 오늘날 모두에게 통용되는 것은 아닙니다.

무의식의 심리학자 프로이트는 쇼펜하우어와 입센이라는 19세기 정신적 대변자들의 후예로서 그 세기의 한가운데서 태어났습니다. 그의 혁명은 그 내용에 따라, 아니 도덕적 의도에 따라서도 쇼펜하우어의 그것과 얼마나 근접해 있는지요! '그것das Es', 다른 말로 '무의식'이 인간의 영적 삶에서 맡고 있는 역할, 그리고 의식 및 영적 삶에서 무의식이 고전심리학에 대해 갖고 있던 엄청난 역할에 대한 프로이트의 발견은 쇼펜하우어의 의지철학이 이성 중심의 모든 철학에 대해 갖고 있던 불쾌한 자극과 거의 동일합니다. 진실로《의지와 표상으로서의 세계 Die Welt als Wille und Vorstellung》에 한때 경도했던 저는 프로이트의《정신분석학 입문을 위한 새로운 강의들Neue Vorlesungen zur Einführung in die Pschoanalyse》의 일부이자 〈심리적 인격체의 해부Die Zerlegung der psychischen Persönlichkeit〉라고도 불리는 대단히 경탄스런 논문을 접하고 심중으로 고향에 와 있는 것처럼 편안했습니다. 거기에는 '그것', 무의식이라는 영혼의 왕국이 기술되어 있는데, 쇼펜하우어가 자신의 어두운 의지의 왕국에 대해 사용했을 법한 강렬함과 의사로서의 지적이고 꼼꼼한 관심사가 표출되어 있었습니다.

프로이트는 다음과 같이 말하고 있습니다. "무의식의 영역은 우리들 인격체의 어두운 부분, 접근하지 못하는 부분이다. 우리가 그것에 관해 알고 있는 미소한 부분을 우리는 꿈의 작업과 노이로제 징후형성 연구를 통하여 경험했을 뿐이다." 그는 무의식을 카오스, 부글부글 끓고 있는 흥분의 도가니로 묘사하고 있습니다. 프로이트에 의하면 무의식은 종래에는 육체적인 것을 향해 개방적인데, 이때 무의식은 육체적인 것 속에서 자신의 표현을 발견하는 본능의 욕구를 받아들인다는 것입니다. 물론 이것이 어떤 기초로 이루어져 있는지는 알려져 있지 않습니다. 무의식은 충동에 의하여 에너지로 채워져 있습니다. 그러나 무의식은 유기체가 아니며, 어떤 총괄적 의지를 불러들이지도 않습니다. 다만 쾌락원리의 엄수에 따라 본능적 욕구들을 해소하는 데 급급할 따름입니다. 이런 경우 어떤 논리적 사유법칙, 무엇보다 반대논제는 통용되지 않습니다.

프로이트의 다음 말은 흥미롭습니다. "상반된 자극들은 서로 지양하거나 서로 물러섬이 없이 상호 존속한다. 기껏해야 그 자극들은 경제적 압박이 아주 심한 경우 에너지 발산을 위해 서로 타협을 이루어나갈 뿐이다." 신사 숙녀 여러분, 보시다시피 이 말은 우리의 시대사적 경험에 따라 아마도 '자아das Ich' 자체, 집단관계에서의 자아 문제로 넘어갈 수 있는 상태를 의미하는 것 같습니다. 왜냐하면 무의식의 숭배, 삶을 촉진하는 "동력"의 찬양, 원시적이고 비합리적인 것의 체계적 찬양을 통하여 발생되는 도덕적 질병이 문제시되기 때문입니다. 정말이지 '무의식das Es'이란 원초적이고 비합리적이며, 순전히 역동적일 뿐입니다. 무의식은 가치에 대해 알지 못하고, 선과 악도 구별하지 못하며, 도덕에 대해서도 아는 바가 없습니다. 그것은 시간에 대해 알지 못하고, 시간의 흐름이나 이를 통한 영적 과정의 변화에 대해서도 알지 못합니다.

프로이트는 이렇게 설명합니다. "무의식을 벗어나지 못한 소망, 억압을 통해 무의식 속으로 가라앉아 버린 인상들 역시 교묘하게 죽지 않고 살아남아서, 수십 년 뒤에도 마치 새롭게 생기生起할 것 같은 태도를 취한다. 억압된 소망이나 인상들은 분석적 작업을 통해 의식화되고 나서야 비로소 과거처럼 인식되고 탈脫가치화될 수 있다. 그럴 때에야 비로소 그동안 쌓인 에너지가 박탈될 수 있다." 여기에 주로 분석적 처리의 치료효과가 달려 있다고 프로이트는 부언하고 있습니다. 우리는 분석적 심층심리학이 무의식이라는 종교에 열광한 채 지하세계의 활동 상태에까지 빠져 있던 자아에게는 얼마나 무정하고 냉혹한지를 이해하게 됩니다. 그런 자아가 분석에 대해서는 조금도 알고자 하지 않는다는 것, 그리고 프로이트라는 이름이 그런 자아 앞에서는 거론되어서는 안 된다는 것, 그 사실과 이유는 너무나 명백합니다.

이제 자아 자체 또는 자아 일반에 관한 한, 그것은 매우 흥분되면서도 정말 근심을 자아내기에 충분합니다. 자아는 무의식의 작으면서 겉으로 표면화된 부분, 빛을 발하며 깨어 있는 일부분입니다. 예를 들어 유럽이 광활한 아시아의 작고 깨어 있는 한 지역에 해당하는 것처럼 말입니다. 프로이트는 이렇게 설명합니다. "자아는 외부세계의 접촉과 영향에 따라 변화된 무의식의 일부분이다. 그것은 자극을 받아들이거나 보호하도록 준비되어 있으며, 살아 있는 어느 물질의 덩어리를 감싸고 있는 껍질의 층과 비교될 수 있다." 이상의 표현에서 아주 실감나는 생물학적 이미지가 떠오릅니다. 프로이트는 정말이지 지극히 실감나는 산문을 쓰는 사람인 것으로, 쇼펜하우어처럼 사상의 예술가이자 그에 못지않은 유럽의 저술가인 것입니다.

자아에게 외부세계와의 관계는 결정적인 것이 되어 버렸다고 프로이트는 파악하고 있습니다. 자아는 무의식이라는 집에 머물며 외부세계를 대면할 과제를 갖게 되는데, 바로 자신의 안전을 위해서 그렇게 하는 것입니다! 그도 그럴 것이 외부의 강력한 힘에 대한 고려가 없다면 무의식은 충동해소를 위한 맹목적 추구 속에서 파멸을 모면하기 어려울 것이기 때문입니다. 자아는 외부세계를 관찰하고, 그것을 기억으로 떠올리면서 객관적 현실과 내적 자극의 원천에서 나온 부속물을 구별하려고 열심히 노력합니다. 자아는 무의식의 위임을 받아 운동성, 행동의 지렛대를 조절합니다. 그러나 자아는 욕구와 행위 사이에서 머뭇거리며 생각을 잠시 중지하는 사이에 경험을 받아들입니다. 무의식에서는 무제한적인 쾌락 원리가 지배적인 데 반해, 자아는 뭔가 탁월한 조절능력을 소유하고 있습니다. 따라서 자아는 사실원리를 통하여 쾌락 원리를 교정합니다.

그럼에도 자아는 얼마나 허약한지요! 무의식, 외부세계, 프로이트가 "초자아Über-Ich"라고 부르는 양심 사이에서 한껏 위축된 채 자아는 신경질적이고 불안한 현존을 조심스럽게 영위해 나갑니다. 자체 동력만으로는 그 자체의 존립이 지지부진할 따름입니다. 자아는 에너지를 무의식으로부터 차용하여 전반적으로 자신의 의도를 관철하지 않으면 안 됩니다. 자아는 자신을 기수騎手, 무의식을 말로서 보려고 합니다. 하지만 많은 경우 자아는 정반대로 무의식이라는 기수에 의해 앞으로 달려 나가곤 합니다. 프로이트가 합리적 도덕의 필요성 때문에 덧붙이기를 중지한 그것이 적어도 사정에 따라서는 이렇게 불법적인 방식으로 발생한다는 것을 부언하고자 합니다.

그러나 프로이트의 '무의식'과 '자아'에 관한 서술은 쇼펜하우어의 '의지'와 '오성'에 관한 서술과 동일하며, 또한 그것은 쇼펜하우어의 형이상학을 심리학적인 것으로 번역한 것이 아니겠습니까? 그리고 그가 쇼펜하우어에게서 형이상학의 신성함을 받아들이고, 니체에게서는 심리학의 고통스런 자극을 맛본 이후, 이 선각자들로부터 고무되어 정신분석학의 왕국에서 최초로 뒤를 돌아다보았을 때, 어찌 그들에게 친밀성과 재인식의 감정을 가득 불어넣지 않을 수 있었겠습니까?

프로이트 역시 이런 교류를 통하여 가장 강렬하고 본원적으로 옛 인상들이 되살아나는 경험을 겪었습니다. 옛 인상들은 이와 같은 회고에 의해 사람들의 뇌리에 새롭게 되살아나는 법입니다. 우리가 프로이트를 알게 된 뒤라면 왜 그렇지 않겠습니까! 쇼펜하우어의 대단한 논문 〈개별자의 운명에 내재한 외관상의 의도에 관하여Über die anscheinende Absichtlichkeit im Schicksal des Einzelnen〉처럼 우리가 탐색과 관찰의 빛으로 다시 읽는다면 왜 그렇지 않겠습니까!

신사 숙녀 여러분, 저는 이제 바야흐로 프로이트의 자연과학적 세계와 쇼펜하우어의 철학적 세계 사이의 가장 내적이고 신비로운 접점을 제시하려고 합니다. 놀랄 만큼 심원하고 통찰력 있는 상기 논문은 양자 사이의 접점을 형성하고 있습니다. 쇼펜하우어가 그의 논문에서 전개하는 신비로운 사고는 간략히 설명하여 우리들 자신의 의지는 꿈속에서처럼 앞의 일을 예감조차 못하는 채 냉혹하게 객관적 운명으로서 등장하며, 운명 내 모든 것은 우리들 자신으로부터 연원하여 제각각 자기 꿈들의 비밀스런 연극 감독으로 존립한다는 것입니다. 현실에서

153

프로이트와 미래

만 그런 것이 아닙니다. 유일한 본질인 의지 자체가 우리 모두와 더불어 꾸는 이 원대한 꿈, 우리 운명이 우리의 가장 내적인 의지의 산물이고자 하는 그 꿈속에서도 그러했으며, 따라서 우리에게 일어나는 것처럼 보이는 것을 우리는 정말 실행에 옮겨왔던 것입니다.

제 간추린 설명이 좀 빈약한 것 같습니다만, 참으로 연사로서 제 지배권은 아주 강렬한 암시와 힘찬 진동의 폭을 상술하는 데 있습니다. 하지만 제가 말하고자 하는 것은 쇼펜하우어가 사용하는 꿈의 심리학이 뚜렷이 분석적 성격을 띠고 있다는 사실에만 국한되는 것이 아닙니다. 거기에는 심지어 성性에 관한 논쟁과 패러다임까지도 내포되어 있습니다. 전체적인 사고의 복합성은 정말 놀라울 정도로 심층심리학 구상에 대한 전조, 그에 앞선 철학적 선취라 아니할 수 없는 것입니다! 이제 제가 처음에 꺼냈던 말을 반복하고자 합니다. 자아와 세계, 존재와 사건의 비밀스런 통합 속에서, 영혼의 실행이 객관적이거나 우연적인 것처럼 보이는 것의 통찰 속에서 저는 분석적 이론의 가장 내적인 핵심을 인식할 수 있다고 생각합니다.

영리하지만 조금은 배은망덕한 이 학파의 후예 카를 융Carl Gustav Jung이 《티베트의 사망자명부das Tibetanische Totenbuch》라는 책의 서문에서 제시한 한 문장이 문득 뇌리에 떠오릅니다. 그는 이렇게 말하고 있습니다. "내가 그것을 어떻게 '만들' 것인가를 관찰하는 것보다 그것이 내게 어떻게 '일어나는' 것인가를 보는 것이 그만큼 더 직접적이고 생생하며 더욱 인상적이고, 그렇기 때문에 더욱 설득력을 갖게 된다." 매우 자신만만하고 근사한 문장이 아닐 수 없습니다. 이 문장은 오늘날 일정한 하나의 심리학파에서 얼마나 냉정하게 사물이 관찰되는지를 명백하게 보여주고 있는데, 쇼펜하우어도 사물을 엄청난 요구대상, "과도한" 사고의 모험으로 느꼈습니다. 그런데 '일어나다'의 숨은 의미를 '만들다'로 파악하는 이 문장이 과연 프로이트 없이도 생각할 수 있는 것일까요? 어림도 없는 일입니다! 카를 융의 모든 것은 프로이트 덕분인 것입니다. 전제들로 가득 찬 카를 융의 이론들은 약속과 처방에 대한 분석이 병으로의 도피나 자학충동 등 실패의 모든 지대, 불행의 심리학, 요컨대 무의식의 마법에 의해 드러내고 밝혀낸 그 모든 성과가 없었다면 이해되지 않을 뿐만 아니라 전혀 통용되지도 않았을 것입니다. 하지만 그의 심리학적 전제들을 포함하여 압축적인 문장은 쇼펜하우어와 그의 부정확하지만 몽상적이고 선구자적인 사색이 없었더라면 또한 가능하지 않았을 것입니다.

신사 숙녀 여러분, 이제는 축하하는 의미에서 프로이트에게 약간 쟁점을 제기할 차례인 것 같습니다. 말하자면 프로이트는 철학을 그다지 높게 평가하고 있지 않습니다. 자연과학자로서의 정확한 감각이 그로 하여금 학문을 쉽게 인정 못하게 하는 것입니다. 그는 학문이 빈틈없이 연관된 세계상을 제공할 수 있다고 설득하면서 논리적 작업의 인식 가치를 너무 과대평가한다고 비판합니다. 더구나 학문이 직관을 지식의 원천으로 신봉하면서 애니미즘animismus의 경향에 빠져드는 한편, 언어의 마법과 사유를 통한 현실의 감화를 믿는다고 비난을 가합니다. 그러나 이런 것이 정말 철학의 자기 과대평가일까요? 언제나 세계가 사상과 그 마법적 도구인 말을 통해서가 아니라 다른 어떤 것에 의해 변화되었던 것일까요?

저는 철학이 실제로 자연과학에 우선해 있으며 상위에 위치한다고 믿고 있습니다. 모든 방법론과 정확성은 정신사적 의지에 봉사하기 위해 존립한다고 생각합니다. 궁극적으로는 늘 '증명을 필요로 함Quod erat demonstrandum'이라는 문제가 뒤따르겠지요. 학문의 무조건성이란 '도덕적' 사실이거나 또는 그와 유사한 어떤 것입니다. '정신적geistig'으로 볼 때 학문은 프로이트가 미혹이라고 칭하는 것과 같은 것이 아닌가 생각합니다. 이를 극단화하자면 학문은 철학의 승인을 받거나 지정을 받지 않는 한 어떤 것도 발굴하지 못했노라고 말할 수 있을지 모르겠습니다.

이와 아울러 이제 우리는 조금 더 카를 융의 사고를 조리 있게 따지고 들어가 봅시다. 그의 책 서문에도 나타나 있듯이, 그는 서구적 사고와 동양적 밀교 사이에 이해의 교량을 설치하기 위하여 분석적 사고를 즐겨 이용합니다. 어느 누구도 쇼펜하우어 내지 프로이트의 인식을 융만큼 날카롭게 이론화한 사람은 없었습니다. 다음 구절이 이를 증명합니다. "모든 소여所與 Gegebenheiten의 수여자는 우리들 자신의 내부에 거주하고 있다. 그 모든 증거에도 불구하고 가장 크든 가장 작든 온갖 사물들에서 진리는 그것을 아는 것이 너무 자주 긴요하고 필수불가결할지라도 '결코' 알려져 있는 것이 아니다." 융에 의하면 세계가 영혼의 본질로부터 어떻게 "주어져 있는" 것인지를 보기 위해서는 위대하고 희생적인 전향이 필요하다는 것입니다. 왜냐하면 인간의 동물적 본질은 자신을 소여의 제조자로 느끼는 데 거부감을 갖기 때문입니다. 동양이 자고로 애니멀리즘animalismus의 극복에 있어서 서양보다 더 강렬했음을 입증했다는 것은 사실입니다.

그러므로 우리는 동양적 지혜에 따라 신들이 '소여'에 속한다는 말을 들었을 때 놀랄 필요가 없습니다. 여기서 소여란 영혼에서 유래하여 영혼과 하나가 된 것, 즉 인간 영혼의 광채요 빛입니다. 우리가《사망자 명부》에 따라 고인에게 작별 선물로 주는 이 지식은 서구의 정신으로는 논리에 모순되는 하나의 역설입니다. 그도 그럴 것이 서구의 논리는 주체와 객체의 차이를 구별하고, 이것이 저것으로 위치를 바꾸거나 다른 것으로 변하게 하는 것에 저항하기 때문입니다. 반면에 유럽의 신비주의자는 이런 변화를 알고 있었습니다. 안겔루스 질레지우스Angelus Silesius는 이렇게 말했습니다.

> 나 없이는 신도 한 순간조차 살 수 없음을 나는 알고 있노라.
> 내가 사멸한다면, 신도 부득이 생명력을 포기해야 하리라.

그러나 전반적으로 신에 대한 심리학적 파악, 즉 순수 소여 내지 절대적 사실이 아니라 영혼과 하나이자 그것과 결부되어 있는 신의 이념은 서구의 종교에서는 받아들이기 힘들 것 같습니다. 그런 식의 파악 때문에 신이 사라질 수도 있을 테니까요. 그렇지만 종교성이란 바로 상호연대를 뜻하고, 창세기에서는 신과 인간 사이에 "계약Bund"이라는 말까지 나옵니다. 이에 관한 심리학을 저는 신화적인 소설《요셉과 그의 형제들》에서 형상화하려고 시도했습니다. 자, 다시 저의 이 소설로 화제를 돌려야겠는데, 어쩌면 문학과 정신분석학 사이의 축제와도 같은 만남의 순간에 이 작품이 거론되는 것도 당연한 것인지 모르겠습니다. 이 작품에서 학문적으로 동양의 비결에 의존하는 심리학적 신학이 주도적이라는 것은 참으로 진기한 일입니다. 제 자신에게만 진기한 것은 아닐 것입니다.

아브람Abram은 거의 신의 아버지에 해당합니다. 아브람은 신을 인지하고 늘 생각했습니다. 그가 신에게 돌리는 힘의 특성은 신의 본원적인 특성입니다. 아브람은 그런 특성의 제조자는 아니지만, 그럼에도 그는 모종의 의미에서 그런 사람입니다. 왜냐하면 그는 신의 특성을 인식하고 사유하면서 구체화하기 때문입니다. 신의 강력한 특성은 —아울러 신 자체도— 아브람과는 상관없는 소여적인 어떤 것임에 틀림없지만, 그러나 '동시에' 그것은 아브람의 내면에 존재하고 아브람으로부터 형성되는 것입니다. 아브람 자신의 영적인 힘은 어느 순간에는 신의 특성들과 거의 구별되지 않고 교차되며, 때로는 하나로 일치합니다.

바로 이것이 주님이 아브람과 체결하는 계약의 기원인 것으로, 그 계약은 내적 사실의 명백한 증거입니다. 계약은 양자의 관심 속에서 비공개적으로 성격화되며, 양자의 성화聖化를 종국적 목적으로 합니다. 인간과 신의 필요성이 상호 교차하지만, 이런 상호작용을 낳게 한 최초의 자극은 과연 신 또는 인간 어느 쪽에서 시작된 것인지는 거의 말할 수가 없습니다. 그러나 아무튼 상호관계의 성립 속에서 표명되는 것은 신과 인간의 목적인 성화가 이중의 과정을 나타내면서 가장 내적으로 서로 "결부되어" 있다는 사실입니다.

소여所與의 수여자인 영혼, 신사 숙녀 여러분, 이런 사고는 제 소설에서 동양의 지혜나 서구의 분석적 통찰도 알지 못하는 아이러니한 단계로 등장합니다. 하지만 부지중에 뒤에 가서야 발견된 그 둘의 일치는 흥분을 자아내는 어떤 것입니다. 그것을 영향이라고 칭해야 할까요? 아니, 그것은 오히려 뭔가 정신적인 근접, 공감에 더 가깝습니다. 이런 것을 정신분석학은 저보다 일찍 알고 있었으며, 제가 감사해야만 했던 문학적 환기 또한 정신분석학으로부터 이루어진 성과였습니다. 정신분석학과 관련하여 제가 마지막으로 받아 본 것은 《이마고Imago》라는 잡지의 별책으로, 프로이트의 뒤를 잇는 비엔나 학파 연구자의 논문 〈옛 전기의 심리학 연구Zur Psychologie älterer Biographik〉였습니다. 그러나 매우 건조하고 딱딱한 이 책의 제목처럼 눈에 띠게 새로운 내용은 거의 없었습니다.

저자는 이 논문에서 오래되고 소박하며 설화와 민속적인 것으로부터 전래되고 결정된 삶의 서술, 요컨대 예술가의 전기가 어떻게 확고한 도식적 · 전형적 성향과 과정, 인습적 방식의 자서전 형식을 그 주인공의 역사 속으로 수용했는지 보여주고 있습니다. 그럼으로써 그것을 정당화하고, 순수하고 올바른 것으로 증명하고자 합니다. 다시 말해 "늘 존재했던 것" 그리고 "기록되어 현존하는 것"이라는 의미에서 그 정당성을 찾으려고 시도합니다.

실상 인간에게는 재인식이라는 것이 중요한 의미를 갖고 있습니다. 인간은 과거의 것을 새로운 것 속에서, 전형적인 것을 개인적인 것에서 재발견하고 싶어 합니다. 완전히 새롭고 일회적이며, 개인적으로 자신을 표출하는 삶의 온갖 친밀감도 이런 것에 달려 있습니다. 만일 삶이 과거의 친숙한 것을 재발견할 가능성을 제공하지 못한다면, 삶은 단지 경악스럽고 혼란스러울 수밖에 없을 것입니다.

그러나 이제 상기 논문의 물음은 설화적 전기 형식이라는 것과 예술가적 삶의 고유성이라는 것 사이에 과연 경계가 날카롭게 이중적으로 갈라지는가의 논점으로 옮겨 갑니다. 물음에 대한 답은 '그렇지 않다'

입니다. 실제로 삶은 형식적 요소와 개인적 요소의 혼합입니다. 설령 개인적인 것이 형식적-비인격적인 것을 뛰어넘는 것처럼 보일지라도 근본적으로 상호 간의 결합인 것입니다. 비인격적인 많은 것, 의식화되지 못한 정체성, 인습적이고 도식적인 많은 것도 예술가의 체험뿐만 아니라 인간의 체험에 결정적 영향을 미치곤 합니다. 저자는 이렇게 말합니다. "우리들 가운데 많은 사람들이 오늘날에도 전기적 유형, 이를테면 지위, 신분, 직업 등등의 운명에 따라 살아가고 있다. 인간의 경우 삶의 형상화에 있어서 자유는 우리가 '살아남아 있는 삶Gelebte Vita' 이라고 표현할 수 있는 매듭과 분명히 밀접하게 연관되어 있다."

그런데 반갑게도, 아니 놀란 것은 거의 아닙니다만, 저자는 제 소설 《요셉과 그의 형제들》을 본보기로 삼아 예증을 시도합니다. 그 근본 동기는 바로 '살아남아 있는 삶'의 이념, 계승으로서의 삶, 자취의 연속, 동일화라는 것입니다. 소설에서는 특히 요셉의 스승인 엘리에저가 이런 점을 엄숙하면서도 유머러스하게 실행해 나갑니다. 그도 그럴 것이 시간의 지양을 통하여 그의 내면에서는 과거의 전체 엘리에저들이 현재의 자아를 향해 모여들기 때문입니다. 그리하여 그는 현재는 사실 그런 신분이 전혀 아닌데도 아브람의 나이든 하인 엘리에저에 관해 최초의 인격체로서 이야기하게 됩니다.

저자가 보여주는 사고의 연관이 대단히 적절하다는 것을 저는 인정하지 않을 수 없습니다. 그의 논문은 심리학적 관심이 '신화적인' 관심으로 넘어가는 관점을 아주 정확하게 기술하고 있습니다. 그것은 전형적인 것이 이미 신화적인 것이며, '살아남아 있는 삶'이란 '살아남아 있는 신화'일 수 있다는 것을 명백히 하고 있습니다. 하지만 살아남아 있는 신화는 제 소설의 서사적 이념입니다. 제가 화자話者로서 시민적 · 개인적인 것을 신화적 · 전형적인 것으로 이행한 이후, 분석적인 학문과 저의 비밀스런 관계는 말하자면 긴급한 단계로까지 올라서게 되었음을 저는 잘 알고 있습니다. 심리학적 관심이 문학에서 자라났듯이, 신화적 관심은 정확히 정신분석학에서 유래한 것입니다. 정신분석학에서 개별자 영혼의 유아기로의 회귀는 인간의 유아기, 원시성과 신비로의 회귀와 동일합니다.

프로이트 본인은 의학과 정신치료 등 모든 자연과학이 그에게는 인간사, 종교와 도덕성에 대한 청춘기 최초의 열정에 도달하기 위한 멀고 먼 우회로 내지 귀로였다고 고백한 바 있었습니다. 이런 관심이 그의 삶의 절정에서 집필된《토템과 터부》에서 대단한 폭발력으로 나타났던 것입니다. "심층심리학"이라는 낱말의 연관성에 있어서 "심층"은 시간적 의미를 지니고 있습니다. 인간 영혼의 원초적 근거는 신화가 자리를 잡고, 삶의 원초적 규범과 형식들이 뿌리를 내리는 깊고 깊은 시간대, 즉 태초입니다. 왜냐하면 신화는 삶의 터전이기 때문입니다.

신화는 무시간적 틀이며, 삶이 관여하기 시작하는 경건한 형식입니다. 거기서 삶은 무의식으로부터 자신의 성향들을 재생산합니다. 신화적 · 전형적 직관방식의 획득은 의심할 바 없이 화자話者의 삶에서 신기원을 이루게 해주고 있습니다. 그것은 화자의 예술가적 분위기의 고취, 인생의 뒤안길에서 유보하곤 하던 인식과 형상화의 새롭고 해맑은 기분을 의미합니다. 이유인즉 인류의 삶에서 신화적인 것은 분명히 과거의 원시단계를 드러내고 있지만, 그러나 각 개체의 삶에서는 추후적인 성숙단계를 표현하고 있기 때문입니다. 이로써 쟁취하는 것은 현실

프로이트와 미래

에서 표출되는 더 높은 진리에 대한 눈빛, 요컨대 영원한 것, 늘 존속하는 것, 유용한 가치, 전형적인 틀에 대해 즐거워하는 지식입니다. 바로 전형적인 틀 속에서 그리고 그 틀에 '따라' 이른바 개체는 순진하게도 일회성의 환상에 사로잡힌 채, 자신의 삶이 얼마나 반복성을 갖는 공식이며, 또한 얼마나 깊숙이 물러나 있는 흔적들을 향해 변전해 들어가고 있는 것인지 예감조차 못하고 살아가고 있는 것입니다.

이런 것이 신화를 지향하는 화자가 여러 현상들을 겨냥하는 눈빛입니다. 그리고 여러분은 이것이 아이러니한 자세로 깊이 숙고하는 눈빛이라는 것을 잘 알고 있습니다. 그도 그럴 것이 신화적 인식이란 여기서 관조적인 것 속에서만 제자리를 갖게 되기 때문입니다. 그러나 이제 신화적 전망이 주관화되었을 때, 어떻게 하면 그것이 행동하는 자아 자체와 연관되어 자아에게서 다시 깨어날 수 있을까요? 어떻게 하면 그런 자아가 즐겁든 우울하든 자부심을 느끼며 자신의 '회귀Wiederkehr', 자신의 유형을 의식하면서 지상에서 자기 역할을 축하하고, 나아가 전적으로 지식에 대한 가치를 발견함으로써 기존에 완성된 것을 몸으로 표현하여 다시 구체화할 수 있겠습니까?

우리는 이런 상태가 이루어질 때에야 비로소 '살아남아 있는 신화'가 재현하다고 말할 수 있을 것입니다. 우리는 그것이 새로운 어떤 것, 시험받지 않은 어떤 것이라는 사실을 믿지 않습니다. 신화 속의 삶, 성스러운 반복으로서의 삶이란 역사적 삶의 형식인 것으로, 고대古代는 그런 형식으로 삶을 이어 왔습니다. 한 예가 이슈타르Ischtar 내지 아슈타르테Astarte, 아프로디테 여신들의 형상을 완전히 하고 있는 클레오파트라 여왕입니다. 이와 관련하여 인류학자 바흐오펜Bachofen은 바쿠스

숭배, 즉 디오니소스 제식의 성격을 규정하는 가운데 클레오파트라에게서 디오니소스적 열광의 완벽한 상을 간파하고 있습니다. 또한 고대 그리스의 전기작가 플루타르코스Plutarch에 따르면 그녀는 육체적 매력보다는 에로틱한 정신문화를 통하여 한층 더 아프로디테에 접근된 여성상을 대표한다는 것입니다.

그러나 여신 하토르 내지 이시스로서의 역할인 그녀의 아프로디테적 성격은 플루타르코스와 바흐오펜이 그녀에 관해 진술했던 비판적 또는 객관적인 어떤 것 이상이었습니다. 그것은 그녀의 주관적 실존의 내용이었고, 이런 역할이 그녀의 삶을 형성했습니다. 그녀의 죽음의 방식이 이를 입증합니다. 그녀는 독사를 가슴에 품어 자살했다고 알려져 있습니다. 하지만 뱀은 뱀 껍질 옷으로 표현되기도 하는 이슈타르 또는 이시스 여신의 짐승이었습니다. 뱀을 가슴에 품은 이슈타르 여신의 입상을 사람들은 알고 있습니다. 따라서 클레오파트라가 택한 죽음의 방식이 설화에 나오는 방식이었다면, 그것은 그녀의 '신화적 자아감정'의 예증으로도 볼 수 있겠습니다. 클레오파트라는 이시스의 머리장식인 독수리 두건을 쓰고, 하토르의 상징적 장식물로 치장하지 않았을까요? 그녀가 안토니우스와의 관계에서 낳은 자식들을 각각 태양신 헬리오스Helios와 달의 신 셀레네Selene로 불렀다는 것은 의미심장한 암시였습니다. 클레오파트라가 고대古代의 의미에서 '의미심장한' 여자였다는 것은 의심의 여지가 없습니다. 그렇습니다! 그녀는 자신이 누구였으며, 어떤 족적을 남기며 걸었는지를 스스로 알고 있었던 것입니다!

고대의 자아와 자신에 대한 의식은 전적으로 날카롭게 분리되는 것은 아니지만 우리의 그것과는 다른 어떤 것입니다. 고대의 자아는 흡사 뒤를 향해 길을 열어놓은 것처럼 자세를 취하면서 현재에 반복되는 것, 자신과 함께 '다시 현전하는' 많은 것을 기존의 것으로부터 수용했습니다. 스페인의 문화철학자 오르테가 이 가세트Ortega y Gasset는 고대인은 뭔가 행동하기 이전에 한 걸음 뒤로 물러서는데, 그것은 마치 최후의 일격을 가하기 위해 뒤로 물러서는 투우사와 같다는 것을 강조한 바 있습니다. 오르테가에 의하면 고대인은 과거 속에서 모범을 찾는데, 흡사 가라앉은 종 안으로 잠수하듯 과거의 모범 속으로 미끄러져들어가, 자신의 보존과 변형을 통하여 현재 문제를 타파한다는 것입니다. 그렇기 때문에 고대인의 삶은 어떤 면에서는 옛것을 살리는 행동으로서의 소생이라고 그는 정의합니다.

바로 소생, 재생으로서의 삶이 신화에서의 삶인 것입니다. 알렉산더는 아테네 밀티아데스 장군의 자취를 뒤따라 밟았는데, 정당하든 부당하든 알렉산더에 대해 전기를 쓴 작가들은 카이사르가 알렉산더처럼 되기를 원했다고 밝혔습니다. 그렇지만 "모방Nachachmen"이란 오늘날 말 속에 담겨 있는 것 이상의 의미를 갖고 있습니다. 모방은 고대인에게는 친밀했던 신화적 동일화이지만, 그것은 새로운 시대로 침투해 들어와 늘 영적 가능성으로 남아 있습니다.

나폴레옹이라는 형상의 고대적 특징은 자주 강조되어 왔습니다. 나폴레옹은 근대의 의식상황 때문에 알렉산더처럼 신들의 왕인 주피터나 암몬의 아들로 자처하지 못하는 것을 심히 유감스럽게 생각했습니다. 그러나 그가 동양을 도모하려던 시기에 적어도 알렉산더와 자신을 신화적으로 혼동했다는 것은 의심할 필요가 없습니다. 그가 결국 서양으로 결단을 내렸을 때, 그는 "나는 칼 대제大帝이다"라고 선언했습니다. 여기서 명심해야 할 것은 "나는 그를 기억하노라" 내지 "나의 사정은 그와 유사하다"가 아닙니다. "나는 그와 같다"가 아니라, 간결하게 "나요"가 중요한 것입니다. 이것이 신화의 정해진 공식입니다.

아무튼 삶, 의미 있는 삶이란 고대 시대에는 철두철미 신화의 재창조입니다. 삶은 신화와 관련을 맺으면서 동시에 신화를 증거로 끌어들입니다. 신화를 통해서야 비로소, 과거와의 관계를 통해서야 비로소 삶은 순수하고 의미심장한 것으로서 입증되었던 것입니다. 신화는 삶의 정당성을 합법화합니다. 신화를 통하여, 신화 속에서야 비로소 삶은 자기의식, 자기정당화, 신성함을 발견하게 됩니다. 죽을 때까지 클레오파트라는 아프로디테의 개성 있는 역할을 철저히 관철했습니다.

우리는 신화를 경축함으로써 보다 의미심장하고, 보다 품위 있게 살거나 죽을 수 있는 것 아닐까요? 여러분은 한번 예수와 그의 삶을 생각해 보십시오. 그의 삶은 "적혀 있는 대로 존재하는 것을 성취하기 위한" 삶이었습니다. 예수로부터 그 성취의 성격에도 불구하고 복음전파자와 자기의식의 양식화 사이에 놓인 삶을 구분하는 것은 쉽지 않을 것입니다. 그러나 저 아홉 번째 시간에 십자가에서 행한 말, 즉 "나의 하느님, 나의 하느님, 어찌하여 저를 버리시나이까?"라는 비탄은 겉보기와는 달리 환멸과 절망감의 폭발이 아니라, 정반대로 지극히 메시아적인 자기감정의 분출이었던 것입니다. 왜냐하면 예수의 말은 '최초의 것'이거나 자기의사를 내뱉는 외침이 아니기 때문입니다. 그것은 처음부터 끝까지 메시아의 도래를 고지하는 시편 22장 1절의 내용이었습니다. 예수는 성서를 인용했으며, 그 인용은 "그렇소, 나요!"라는 말이었습니다. 클레오파트라 역시 죽기 위해 독사를 가슴에 품었을 때, 마찬가지로 인용했습니다. 그 인용문은 바로 "나요!"라는 의미심장한 말이었습니다.

신사 숙녀 여러분, 제가 이런 관계에서 사용했던 '경축하다zelebrieren'라는 낱말에 주목하십시오. 인용의 삶, 신화 속에서의 삶은 일종의 제전祭典입니다. 삶이 현재화되고 있는 한, 그것은 경사스런 행위, 사제를 통한 규정된 것의 완성, 행사, 축제로 변합니다. 축제의 의미가 현재화로서의 회귀가 아닐까요? 크리스마스 때마다 수난을 당하고 죽고 승천하도록 결정된, 요람에 든 갓난아기가 지구상에서 태어납니다. 축제란 시간의 지양이자 사건이며, 각인된 원상原像에 따라 일어나는 축하의 행위입니다. 거기서 일어나는 것은 최초로 일어나는 것이 아니라, 의례적 방식으로 전범에 의거하여 거행되는 것입니다.

이렇게 일어난 사건은 현재성을 획득하고는 회귀합니다. 그것은 마치 시간이 흘러 축제가 다시 돌아오듯이, 단계와 순간이 원형적 사건에 따라 시간 속에서 서로 뒤따르듯이 그렇게 회귀합니다. 고대에는 축제라는 것이 본질적으로 연극적인 것, 가면극, 사제들에 의해 수행되는 신들의 이야기에 관한 극적 표현이었습니다. 예를 들어 이집트의 신 오시리스의 삶과 고난의 이야기가 이에 속합니다. 기독교가 지배적이던 중세에는 그 대신 하늘, 땅, 무시무시한 지옥 입구가 나타나는 신비극이 있었습니다. 그것은 마찬가지로 괴테의 희곡작품 《파우스트》에서도 반복적으로 나타납니다. 또한 중세에는 사육제에서의 광대놀이, 대중적 인기를 끌던 몸짓 익살극도 있었습니다. 그 밖에도 삶을 겨냥하는 신화적 예술관점이 대두하는데, 이에 따라 삶은 익살스런 유희, 축제적인 것으로 규정된 것의 연극적 수행, 인형극으로 나타납니다. 인형극의 경우 신화적인 성격의 인형들은 과거에 있었던 확고한 사건, 농담조로 다시 현재화되는 '줄거리'를 실을 뽑듯 줄줄이 이야기하고 연출합니다. 그런데 여기서 신화적 예술관점은 서사문학이 탄생될 만큼 행위하는 인격체들의 주관성과 연관되거나 그들 자체 내에서 유희의식, 축제 및 신화적 의식으로서 표출되기에는 미흡합니다.

반면에 제가 쓴 요셉소설 가운데 제1권《야곱의 이야기》에는 신화적 예술관점이 놀랄 만큼 충분히 드러나 있습니다. 특히 〈대담한 익살〉이라는 장章에서는 자신들이 어떤 신분이고 또 어떤 자취를 따라가야 하는지를 잘 아는 인물들, 예컨대 이삭, 에서, 야곱 사이에 지독히 우스꽝스런 이야기가 농부들의 즐거움을 자아내는 신화적 소극笑劇으로서 익살스럽고도 비장하게 진행됩니다. 여기서 붉은 털이 많은 에서는 장남으로서 부친의 축복을 받으려다 속임수에 넘어갑니다. 그런데 무엇보다 이 소설의 주인공은 이렇게 삶을 찬양하는 자가 아닐까요? 바로 주인공 요셉은 종교적 고등사기술의 품위 있는 방식으로 탐무즈-오시리스Tammuz-Osiris 신화를 자신의 인격체 안에서 현재화하고, 왜곡되고 묻혀 있고 소생하고 있는 것들의 삶을 다시 "일어나게 하도록" 노력합니다. 그는 대체로 삶을 오직 심층으로부터만 비밀스럽게 규정하고 형성하는 것, 즉 무의식적인 것에 의하여 자신의 축제극을 수행해 나가는 것입니다.

모든 소여所與의 수여자는 영혼이라고 규정하는 형이상학자와 심리학자의 비밀, 이 비밀은 가볍게 유희적이고 예술적으로, 쾌활하면서도 때로는 기만적으로, 유명한 익살꾼 오일렌슈피겔의 방식으로 요셉의 내부에 있게 됩니다. 그것은 그의 내부에서 '유아기의' 천성으로 살아 있습니다. 아, 그런데 이 유아기라는 말을 꺼내다 보니 문득 마음이 진정됩니다. 화제에서 멀리 빗나간 것처럼 보여도, 유아기라는 말을 통하여 우리가 오늘 축하의 본래 대상에서 그리 멀리 떨어져 있었던 것이 아니라는 것, 그를 위해 축사하는 일을 거의 멈추지 않았다는 것을 알게 되어 다행스럽습니다.

이른바 유치증幼稚症 Infantilismus이란 유아기의 발육부진 내지 퇴행이라는 뜻을 지니고 있습니다. 이 순수 정신분석학적 요소가 우리 모두의 삶에서 얼마나 큰 역할을 하며, 인간 삶의 형상화에 있어서 얼마나 큰 몫을 차지하는지요! 이런 점은 바로 차후적인 삶, 자취의 추적과 같은 신화적 동일화 형식에서도 마찬가지입니다. 아버지에 대한 의존, 아버지 모방, 아버지의 역할, 그리고 더 높고 정신적인 방식의 아버지 상을 향한 전위轉位, 이렇게 유치증은 개체의 삶에 대해 얼마나 결정적이고 인상적으로 영향을 미치고, 형성에 있어서 얼마나 큰 작용을 하는지요!

방금 저는 '형성'이라는 말을 사용했습니다. 이 말을 꺼낸 이유는 우리가 교양이라고 칭하는 것의 가장 즐겁고 유쾌한 규정이 제게는 감탄과 사랑의 대상을 통한, 즉 가장 내적인 공감으로부터 선택된 아버지 상과 유아의 동일화를 통한 형식화 및 형태화이기 때문입니다. 더구나 예술가라는 존재, 본래 유희를 즐기고 어린아이 천성의 열정적 인간은 비밀스럽지만 유아기의 모방에 따라 자신의 전기 및 생산적 삶의 태도에 미친 열려 있는 영향으로부터 노래하는 법을 배워 알고 있습니다. 여기서 예술가의 삶의 태도란 매우 다른 시간적, 개인적 조건들 하에서 아주 다른 순진무구한 수단들을 사용하여 영웅적 힘을 새롭게 소생시키는 것과 다른 어떤 것이 아닙니다. 괴테 모방은 《베르테르의 슬픔》 및 《빌헬름 마이스터》의 단계, 《파우스트》와 《서동시집西東詩集》의 추후단계에 대한 회고에 의해 오늘날에도 무의식적인 것을 원천으로 하여 작가적인 생존을 영위할 수 있습니다. 신화적으로 규정하자면 저는 이렇게 말하고자 합니다. 예술가에게서 무의식적인 것이 매 순간 미소 지으며 의식과 세심한 주의력으로 변화될지라도, 무의식적인 것은 그의 원천인 것입니다.

소설에서의 요셉은, 그가 하느님을 모방하면서 무의식적인 것을 바탕으로 유희하는 한, 예술가입니다. 제가 유희를 위한 무의식의 계발, 삶의 생산물을 위한 무의식의 성과, 다시 말해 심리학과 신화의 서사적 만남이자 동시에 문학과 정신분석학의 이 만남에 전념할지라도, 미래예감이나 미래의 즐거움에 대한 어떤 감정이 저를 사로잡을지는 저로서는 알지 못합니다. '미래', 저는 이 낱말을 제 연설의 제목에 사용했는데, 그 이유는 단순합니다. 미래라는 개념은 제가 즐거운 마음으로 자연스럽게 프로이트의 이름과 연결시킨 바로 그것이기 때문입니다. 그러나 제가 여러분들에게 연설하는 동안 오류로 말미암아 죄라도 범한 것은 아닐까 자문해보지 않을 수 없었습니다.

'프로이트와 신화', 이것이 제가 이제까지 궁극적으로 말했던 내용으로 보면 올바른 제목이 아닌가 합니다. 그럼에도 제 감정은 명칭과 낱말의 연결에 매달리면서 제가 말했던 내용과 제목의 연관관계를 인정하고 싶습니다. 그렇습니다, 신화를 바탕으로 하는 심리학의 유희 속에서 프로이트의 세계와 친근한 소설이 펼쳐지노라고 저는 감히 말하고자 합니다. 거기에는 새로운 인간감정, 다가올 휴머니즘의 씨앗과 요소가 포함되어 있다고 생각합니다. 저는 확신합니다. 우리는 프로이트 필생의 작품 속에서 오늘날 여러 가지로 형성되는 새로운 인류학과 아울러 미래의 토대, 보다 현명하고 자유로운 인류의 터전에 기여해 왔던 중요한 초석들 가운데 하나를 인식하게 될 것입니다.

의사요 심리학자인 이 사람은 우리가 예감하듯이 많은 것을 관철시키게 될 미래의 인문주의, 과거의 인문주의는 전혀 알지 못하던 인문주의의 개척자로서 존경받게 될 것이라고 저는 확신합니다. 요컨대 그가 개척하게 될 인문주의는 노이로제의 불안과 그로 인한 증오 속에서 힘들게 살아가는 인류에게 허용되는 것 이상으로 지하세계 및 무의식의 힘과는 더 대담하고 자유롭고, 예술적으로 더 성숙한 관계를 맺게 될 것입니다. 프로이트는 미래에는 아마도 무의식의 학문인 정신분석학의 의미가 치료요법으로서의 가치를 한층 더 넘어설 것이라고 말한 바 있습니다. 하지만 정신분석학은 무의식의 학문으로서도 치료요법이며, 그것도 초개인적 치료요법이자 위대한 문체의 치료요법인 것입니다. 그것을 문학가의 유토피아로 간주하십시오. 그러나 무엇보다 거대한 불안과 증오의 해소, 아이러니하고 예술적인 동시에 무의식과는 필연적으로 돈독한 관계가 이 학문이 지닌 인류의 치료효과로서 간주될 수 있으리라는 사고는 모든 면에서 결코 터무니없는 것이 아닙니다.

분석적 통찰은 세계를 변화시킵니다. 냉철한 마음에서 일어나는 의혹은 분석적 통찰과 더불어 세상에 생겨났습니다. 영혼의 비밀 및 음모와 관련되어 있는 분석적 태도의 의혹은 일단 그것이 일깨워지면 다시는 사라질 줄 모릅니다. 그것은 삶에 침투하여 소박한 토대를 파헤

치며, 삶에서 무지의 집념을 빼앗아 삶의 냉철함을 추진해 나갑니다. 다른 한편으로 그것은 영국인들 사이에 회자되는 '낮추어 말함understatement'을 취향으로 가르칩니다. 과도한 표현보다는 오히려 낮추어 표현하고, 힘을 절제에서 찾는 중도적이고 겸허한 말의 문화를 추구합니다. '겸손Bescheidenheit', 그렇습니다. 겸손이란 '정통하다Bescheid wissen'에서 유래한다는 것을 잊어서는 안 됩니다. 그리고 본원적으로 이 낱말은 '정통하다'의 의미를 거쳐 두 번째로 겸허modestia 내지 절제moderatio라는 의미를 갖게 되었습니다. 겸손이 무의식의 학문이 가져오게 될지도 모르는 명쾌하면서도 냉철한 평화세계의 기본정조基本情調가 될 것이라는 것을 가정해 본다면, 그 말은 '정통하다'에서 유래한 것이 틀림없습니다.

프로이트는 언젠가 꿈의 이론을 "민간신앙과 신비에서 빼앗아 온 과학적 처녀지의 한 부분"이라고 명명했습니다. 이 '빼앗다'에는 그의 철두철미한 탐구정신과 감각이 드러나 있습니다. 그는 다음과 같이 경구적으로 말했습니다. "무의식이 있던 자리에 자아가 있게 되리라." 그는 정신분석학 연구를 추이더 호수 물을 건조시키는 것과 비견되는 문화작업이라고 칭했습니다. 결국 우리가 축하를 보내는 이 존경스런 남자의 특징들은 우리를 향해 흘러왔다가 우리 곁을 지나 노老 파우스트의 특징들 속으로 흘러들어 갑니다. 이런 흐름은 "장엄한 바다와 해안을 분리시키고, 촉촉이 젖은 해변에 경계선을 좁게 만들어 줍니다."

나는 수백만에게 공간을 열어 주리라,
물론 확실하지는 않지만, 일하며 자유롭게 거주하도록.

이런 군집의 물결을 나는 보고 싶노라,

자유로운 땅 위에 자유로운 인간들과 더불어 서서.

이것이 불안과 증오에서 해방된, 평화를 위해 성숙해진 미래의 인간
들입니다.

Die Stellung Freuds in der mordernen Geistesgeschichte

현대 정신사에 있어서
프로이트의 위치

쇼 펜 하 우 어 · 니 체 · 프 로 이 트

프로이트에 관해 토마스 만은 1929년 5월 뮌헨대학교 대강당에서 강의했으며, 같은 해 빈에서 발행된《정신분석학 운동》이라는 학술잡지에 발표했다. 그는 샤를 뒤보Charles du Bos에게 보내는 편지에서 이 에세이적 논문을 "어떤 취급에 의해서도 반동적 남용으로 떨어지지 않는 현대적 반反합리주의의 유일한 현상형식으로서 정신분석학을 인식시킬 저술"이라고 자평한 바 있다. 이 에세이에서 다음 내용은 현대 정신사에서 차지하는 프로이트의 업적을 충분히 요약하고 있다. "심층탐구자 프로이트는 본성과 영혼의 어두운 면이 삶을 규정하는 본질적이고 원천적인 것으로 강조하고 계발하는 동시에, 이를 학문적 원천으로 전환시킨, 철저히 19세기와 20세기의 위대한 저술가 대열에 속해 있다."

〈계몽주의에 대한 독일인들의 적대성〉이라고 표제를 붙인 글의 한 결정적 경구警句에서 니체는 19세기 초엽의 독일인들, 특히 독일의 철학자와 역사가, 자연과학자들이 보편적 문화의 정신적 탐구로부터 이끌어 낸 성과에 대해 언급한 바 있었다. 여기서 니체는 이 사상가들과 연구자들의 전반적 경향이 계몽주의 및 사회혁명에 반대하는 입장을 취했으며, 이들에게서 "혁명은 무지몽매한 오해에 따라 발생한 계몽주의의 결과로 간주되었다"고 주장한다. 니체에 의하면 "생성하고 있는 현재의 모든 것에 대한 외경畏敬이 기존하였던 모든 것에 대한 외경으로 전위轉位되고자 하였던바, 이런 과정을 통해서만 열정과 정신이 다시금 하나가 되어 미래의 새로운 목표에 조금도 빈틈없이 도달할 수 있게 되리라"는 것이다. 그는 이성의 제단에 감성의 제단을 쌓아올릴 것을 촉구하면서 언어와 사상을 다루는 어떤 예술가들보다 더 많은 결실을 가져온 독일 음악가들이 이 제단에서 차지하고 있던 숭고한 역할에 대해 언급한다. 물론 니체는 역사적 정당성이 가져온 개별 효과들을 인정하고는 있지만, 그럼에도 그는 전체적으로 역사인식에 대한 일반적인 오해를 불식시키고자 한다.

이를테면 과거에 가장 완벽하고 종국적인 인식을 가정하여 인식 일반을 하위의 것으로 떨어뜨린다거나, 칸트의 말대로 "인간 지식의 한계를 입증하는 곳"에서 다시금 믿음의 길을 개척하려는 태도는 대단한 위험이었다고 주장한다. 그러나 니체는 1880년 "이 위험한 순간들은 이미 지나가 버렸고", 인간은 다시 자유의 대기를 호흡하게 될 것이라고 말한다. 그는 독일인들에 의해 그토록 훌륭하게 일깨워진 정신은 지속적으로 그 정신의 주창자들의 의도에 가장 해로운 독소가 되어 버렸다고 전제하면서 다음과 같이 써 내려간다. "역사, 근원과 진화에 대한 이해, 과거에 대한 공감, 감성과 인식의 새롭게 일깨워진 열정은 그 모든 것이 한동안 어둡고 광란적이며 퇴화된 정신의 동지인 것처럼 보인 이후에는, 어느 날인가 갑자기 어떤 다른 천성을 받아들임으로써 바야흐로 비상을 위한 날개를 펼치려 한다. 이것들은 거대한 날개를 흔들며 그들의 옛 주창자들 곁을 떠나 자신과는 대립적으로 태어난 계몽주의의 새롭고 보다 강렬한 천재로서 하늘 높이 도약할 것이다." 끝으로 니체는 고조된 어조로 계몽주의의 극복을 외친다. " '거대한 혁명'이 있었고 또 그것에 대립된 '거대한 반동反動 große Reaktion'이 있었으며, 그리고 아직까지는 그 두 대립자가 공존해 있으므로, 우리는 근심할 바 없이 이제 이 계몽주의를 넘어서야 할 순간을 맞이하고 있다. 그럼에도 이는 실로 거대한 홍수와 비견되는 파동의 유희일 따름이고, 따라서 우리는 이 파동의 유희 속에서 물밀듯이 진군하기를 바라노라!'

이 금언金言들의 타오르는 생명력, 오늘날에도 직접적이고 아주 강렬하게 적용될 수 있는 가능성을, 쓰인 지 어언 반세기가 지났어도 이 글을 다시 읽는 사람이라면 누구나 감지하게 될 것이다. 시간과 세파의 덧없는 '파동의 유희'로부터 열려진 인간 미래로의 전망을 완전히 차단하지 않고, 시간이라는 예언자와 사랑스런 봉사자의 제멋대로 지껄이는 소음을 통하여 당황하지 않으려고 노력하는 사람이라면, 다시금 그는 감사하는 마음으로 니체의 금언들에 귀를 기울이고, 니체라는 다시는 없는 천재와 그의 길게 드리워진 위대한 그림자 앞에서 경외심에 가득 차 그의 글을 마주하게 될 것이다.

우리의 현재는 의식적이든 아니든 모든 사유와 의지, 견해와 논쟁을 통하여 글자 그대로 그의 위대한 그림자 앞에 무릎을 꿇는다. 그런 까닭에 현재 벌어지고 있는 온갖 투쟁들은 마치 조그마한 현실 속에서 벌어지는 풍자극처럼, 그리고 그 극의 정신적 체험에서 얻어지는 기묘한 익살처럼 느껴진다. 그러므로 이 투쟁들은 풍자극 속에서 또는 풍자극을 통하여 이미 위대한 문체로 결정된 문제들을 둘러싸고 다툼하는 모습을 보이는 것은 아닐는지…. 만일 그렇지 않다면 우리들의 정신적·정치적 논쟁들은, 예컨대 철저히 시대를 대변하는 바그너에 대한 상징적 투쟁, 바그너를 두고 낭만주의의 극복에 대해 운운하는 소위 언론의 입씨름과 다를 바가 무엇이겠는가?

오늘날 우리들은 낭만주의와 계몽주의, '반동Reaktion'과 '진보Fortschritt'에 대해 깊이 숙고해 볼 충분한 이유가 있다. 그리고 이 개념을 사용함에 있어서도 그것이 전적으로 논쟁과 상대방을 물리치기 위한 것이 아니라 무엇보다 인식을 위한 문제라면, 분별력 또한 배워야 할 것이다. 니체는 이런 분별력에 관하여 그의 초기 저작《인간적인, 너무나 인간적인Menschliches, allzu Menschliches》의 한 표제어, '진보로서의 반동'이라는 개념을 통하여 설명한 바 있다. 그는 이 책에서 강렬하고도 거침없이, 이와 동시에 인류의 과거시대를 다시 한 번 재생시키는 후퇴의 정신현상에 대해 논하고 있다. 후퇴의 정신이란 과거에 대해 반작용을 일으키는 새로운 방향들이 아직까지는 과거를 물리쳐 이길 만큼 강력하지 못할 때에 특징적으로 나타난다. 니체는 특히 쇼펜하우어를 전형적인 인물로 내세우면서 쇼펜하우어를 바로 그런 승리 및 후퇴의 천재로 보고 있다. 왜냐하면 쇼펜하우어의 학설은 이제까지 쌓아올린 모든 기독교적 독단의 전면부정에도 불구하고 중세적 - 기독교적 세계관과 인간감정을 학문적으로 새롭게 재생시키고 있기 때문이다.

이제 이와 같은 정신작용으로부터 이끌어 내도 좋을 장점들을 우리로 하여금 숙고하게 하는 니체의 깊은 성찰은 본받을 만한 것이다. 그의 성찰은 때때로 우리의 감각을 태고의, 자칫하면 아무도 도달할 수 없는 세계와 인간에 대한 강렬한 관찰방식으로 되돌아가게 함으로써 역사와 그 정당성에 아주 소중한 가치를 부여한다. 니체에 의하면 계몽주의의 역사적 관찰방식은 기독교와 아시아 사이에 맺어진 친밀성을 정당화할 수가 없었다. 반면에 쇼펜하우어의 형이상학은 천재적이면서도 후퇴적인 체험에 의하여 계몽주의의 관찰방식을 수정했다는 것이다. 우리는 이와 같은 역사적 정당성의 위대한 성과가 있은 후에야 비로소 계몽주의의 깃발("페트라르카, 에라스뮈스, 볼테르라는 세 인물의 이름이 새겨진 깃발")을 다시금 새롭게 휘날려도 좋을 것이며, 결국 "우리는 반동으로부터 진보를 만들어냈다"고 니체는 선언한다.

앞에서 보아 알 수 있듯이 이 짧은 몇 마디의 말이 내가 우선 기억력을 되살려 보았던 니체의 저작 《서광Morgenröte》에 나오는 경구의 본보기이다. 여기에는 정신적인 것에 내재한 뒤얽히고 이중적이며 신중함을 요구하는 천성에 관해 실로 교훈적인 역할을 하는 지침이 들어 있다. 진보로서의 반동, 반동으로서의 진보, 이런 식의 교차성이 바로 영원히 회귀하는 역사적 현상인 것이다. 그런데 마르틴 루터^{Martin Luther}의 종교개혁을 신념의 결과로서 고찰한다면, 이를 반동과 진보의 관점에서 어떻게 이해해야 할 것인가? 루터의 종교개혁은 한편으로는 진보와 해방, 프랑스혁명의 선구적 역할을 수행한 독일혁명의 형식인 동시에, 다른 한편으로는 중세로의 복귀, 르네상스의 봄을 거의 종식시키는 계기였다. 그것은 양자 사이의 상호작용이자 순수 정신의 기준으로는 접근하기 어려운 삶, 행동, 인격의 혼융이었다.

실제로 그랬다! 기독교 자체가 인간의 정신적 고양과 영적-도덕적 세련화를 위해 어떤 소중한 의미를 얻었든, 따라서 개혁의 순간부터 어떤 발전적 성과를 표출했든 상관없이, 거기에는 반동과 진보의 상호작용이 내재해 있었다. 기독교가 본래 영혼의 고대적 성격이나 산 제물을 바치는 집단적 피의 향연과 같은 원시종교의 무시무시한 기원과 새로운 재생을 거쳐 현 상태에 이르렀음을 모르는 사람은 없을 것이다. 이 과정에는 참으로 두려운 과거로의 빈번한 복귀와 말 그대로 또는 모종의 의미에서 세계의 하부에 존재하는 것을 돌연 최상부로 돌려놓는 격세유전^{隔世遺傳} 또한 발생해 왔다. 개혁이라는 문제와 관련하여 루터가 개혁한 기독교 자체는 종교적 원초형태로의 복귀와 이를 통한 영적 재생의 의미를 띠고 있었다. 마찬가지로 다른 개혁들 역시 그 본성에 따라서는 진보와 관계가 없는 경우가 허다하다. 왜냐하면 개혁은 지극히 보수적인 의미에서 보면 새로운 것이 도래하는 바로 그 순간 옛것이나 태고의 것을 재생하기 때문이다. 이때 옛것과 새로운 것이 어느 정도 유대를 맺는 경우도 물론 발생한다.

　이런 현상은 내가 프로이트Sigmund Freud의 저작 《토템과 터부Totem und Tabu》의 몇 페이지를 다시 읽었을 때 아주 확연해졌다. 프로이트는 거기서 토템과 향연饗宴의 관계를 다루고 있는데, 이에 근거하여 원시 혈연사회에 대한 매우 사실적인 파악이 전개된다. 프로이트는 이 인류 최초의 축제, 부친살해처럼 원시적인 범죄행위의 반복 및 추모제식과 더불어 "사회조직, 도덕적 제한 내지 종교와 같은 많은 것들이 생겨나게 되었다"고 파악한다. 여기서 그는 "시간이 지남에 따라 생겨나는 토템의식과 동물 및 인간을 바치는 희생제犧牲祭, 기독교 성찬식聖餐式과의 동일성을 추적해" 나간다. 프로이트는 근친상간, 살인자의 가책, 구원에의 갈망 등 무시무시하면서도 문화적으로 생산적인 병의 세계를 의사의 냉철한 탐구자세로 밝혀내고 철저히 분석한다. 이는 영적이고 신비한 종교의 근원과 모든 개혁에 내재한 보수적 천성에 관해 더 깊이 숙고할 여지를 만들어 주는데, 이를 통해 무엇보다 저작자 자신에 대한 사고와 그의 정신사적 위상이 우리에게 명료하게 드러난다.

　심층탐구자, 충동의 심리학자 프로이트는 합리주의와 주지주의主知主義 및 고전적 유파Klassizismus에 반反하는, 한 마디로 18세기와 대략 19세기의 정신적 경향과도 대립되는 면모를 보여주는 인물이다. 그는 본성과 영혼의 어두운 면이 삶을 규정하는 본질적이고도 원천적인 것으로 강조하고 계발하는 동시에, 이를 학문적 원칙으로 전환시킨, 철저히 19세기와 20세기의 저술가 대열에 속해 있다. ―이런 흐름을 보이는 저술가들은 역사학자이든 철학자이든, 문화비평가이든 고고학자이든 불문하고 모두가 신성하고 정신에 앞서는 것, "의지"와 열정과 무의

식의 우월성, 또는 니체가 말하고 있듯이 "이성"보다는 "감성"의 우월
성을 "혁명적으로" 대변하고 있다. 여기서 '혁명적'이라는 낱말은 일
종의 이중적 의미, 논리적인 상식에서 볼 때 전도된 의미로 사용된다.
그도 그럴 것이 우리는 흔히 혁명의 개념을 계몽과 이성적 해방의 힘
으로서 미래에 대한 이념과 연결하여 생각하는 데 반해, 여기에서 전
달하려는 메시지와 주장은 완전히 대립적으로 사용되기 때문이다. 혁
명적이란 다시 말해 어두운 것, 성스럽고 근원적인 것, 삶을 잉태하고
있는 의식 이전 상태에로의 귀향, 신비하고 역사적이며 낭만적인 모태
를 향한 위대한 귀향을 의미하고 있다. 이것이 바로 '반동反動'이라는
낱말의 참뜻이다.

그러나 이 조류들에서는 혁명적이라는 의미가 강조되고 있는데, 이
와 관련하여 이제 인간적인 것을 얻으려는 정신적, 정치적 노력의 어
떤 부문도 중요시되고 있다. 역사학에 있어서는 아른트Arndt, 괴레스
Görres, 그림Grimm이 고전주의의 이념에 맞서 민족고대성民族古代性의 이
념을 제기한다. 세계와 자연의 근본을 캐내려는 분야에 있어서는 카루
스Carus가 정신 대신에 무의식적으로 형성되는 삶을 찬양하고 있으며,
쇼펜하우어는 의지의 지배를 받도록 지성의 교만을 꺾어놓음으로써
이 도덕적 전도와 자기지양에로의 귀의를 호소한다. 고고학의 경우를
보면 크로이처Creuzer와 뮐러Müller에서 모계지배권母系支配權의 법률학자
바흐오펜Bachofen에 이르기까지 모든 인식의 공감共感은 지하세계와 밤,
죽음과 마성, 요컨대 그리스시대 이전의 원초성과 자연숭배의 방향으
로 흐르고 있다. 따라서 고전주의자들의 이성미학Vernunftästhetik과는 완
전히 상반되는 경향을 보이는 것이다.

이와 같은 공감은 "우리의 감각을 세계와 인간에 대한 과거의 강렬한 관찰방식으로 되돌아가도록 촉구하는" 의지에서 나타난다. 따라서 성스러운 과거와 죽음예찬의 이념은 새로운 약속, 삶의 약속이 됨으로써 진부하게 느껴지는 미래신탁과 아폴로적 광명光明의 이상주의 및 낙관주의에 혁명적으로 대립되어 있다. 나아가 정신과 이성은 심층적 영혼의 힘, 열정과 비합리성, 남성적 경건성을 내포한 무의식과 비교할 때 무기력한 것으로 주장되고 설명된다. 한편 이런 방향은 바흐오펜을 재발견한 각성자 클라게스Klages, 그리고 슈펭글러Spengler의 '역사비관론'으로 발전되고, 마침내는 최근의 분위기와 사유형식에까지 깊숙이 침투된다. 정신에 대한 믿음과 증오의 심리적 상충을 연구할 수 있는 실제적 기회가 바로 이들 역사비관론자들과 그들의 사유형식들로부터 주어져 있는 셈이다. 왜냐하면 정신과 이성의 약점에 대한 이들의 통찰, 즉 삶을 규정함에 있어서 자주 입증되는 정신과 이성의 무능력에 대한 이들의 통찰에는 어떻게 하면 그 약점을 방지하고 감싸 안을 수 있을까 하는 희망적인 노력은 전혀 보이지 않기 때문이다. 정반대로 이들에게서 다루어지는 것은 위기가 도래해 있고, 그 위기는 너무나 충격적인 것이며, 이 세계에는 그런 위기가 사방에 짙게 깔려 있다는 식의 위기감 조성이다. 그러므로 이들의 관점에서 볼 때, 정신의 무기력은 정신을 증오하고 정신을 삶의 매장자로서 종교적으로 배척하기에 충분한 근거가 되고 있는 것이다.

그럼에도 이들 역시 니체가 그의 경구에서 기술하고 있는 "계몽주의에 대한 적대성"의 문제에서 벗어나지 않는다. 니체는 종종 천재적으로 수행된, 그리고 새로운 발굴의 기쁨으로 가득한 노력들과 관련하여

"위험은 다행히도 이미 지나가버렸다"고 말한다. 이 노력들은 계몽주의와 맞서 싸워온 선각자들에 의해 일깨워지면서, 지속적으로 계몽주의를 촉진하는 계기가 되었고, 인간성의 폭을 넓혀 주는 진실로 거대한 정신적 물결과 비교해 본다면 바로 강력한 파동의 유희로서 증명되었다는 것이다. 니체의 이런 견해가 과연 우리의 감각과 우리의 내적 체험과 일치하는 것일까? 우리는 니체가 피력하는 휴머니즘에 대한 위험이 우리에게서도 지나가 버린 것으로 볼 수 있단 말인가? 그렇다. 만일 우리 스스로가 니체의 높은 전망에 도달하여 삶의 주도적 흐름과 세계의 전개방향을 파악할 수 있도록 우리의 더욱 지혜로운 지식을 끌어 모을 수 있다면, 그것은 분명히 가능한 일이다. 그렇지 않고 우리가 일상과 시간이 제공하고 촉구하는 인상들에만 매달린다면, 그것은 전적으로 불가능하다.

현대 문필세계의 무미건조한 관습으로 인하여 혹평과 모욕을 당하고 있는 위대한 19세기는 단지 그 세기의 초엽에만 '낭만주의적' 흐름이 대두된 것은 아니었다. 근본적으로 시민적-자유주의적, 일원론적-자연과학적, 비교양적-물질주의적 경향이 팽배한 1860년 이후의 10년 동안은 쇠락한 낭만주의의 산물과 요소들이 이런 여러 경향들과 뒤섞여 있었다. 이 시기가 바로 낭만적인 것을 시민성의 한 요소로서 꾸준히 고찰해 나가는 과도기인 것으로, 우리는 이 무렵에 들어와서야 비로소 바그너의 예술이 승리를 구가하게 되었다는 사실을 잊어서는 안 된다. 바그너의 음악은 그 세기만큼이나 위대하고 외관상으로도 그 시대의 모든 성향을 각인하고 있으며, 또한 그 시대의 온갖 충동으로 가득 채워져 있다. 게다가 바그너 예술의 가치는 시대의 승리이자 전설적 영웅, 우리 시대의 무정부적 혼란의 상태로부터 빛을 찾아 과감하게 싸워나가도록 만드는 모든 새롭고 개선된 것의 창시자 니체에게 그의 영웅적 투쟁의 상징적 대상으로서 충분히 바쳐질 만한 것이었다.

그러므로 오늘날 우리가 맞이한 정신사적 순간이 마치 19세기 초엽의 그것과 같다는 식으로 파악하려는 허구가 시도되고 있다면 ―이런 시도가 현재 비상한 관심을 끌고 있지만― 그리고 정신을 적대시하는 경향 속에서, 바흐오펜과 낭만주의를 동일선상에서 파악하는 이 자연충동과 본능주의 속에서, 지나간 몇십 년의 주지주의主知主義와 합리적 진보의 신앙에 반대하는 순수 혁명적 성격의 운동을 보아야만 한다는 주장이 팽배해 있다면, 그것은 매우 근거가 박약한 이야기가 아닐 수 없다. 예를 들어 또 다시 과거처럼 국수주의의 낭만적 잔재, '정체된 인간성' 및 진부한 세계주의를 비판적으로 운운하는 혁명적 특권의식의 민족이념이 새롭고 신선한 것이요 시대에 부응하는 것이라고 설파하는 허구가 만연되어 있다면, 이 모든 것은 실로 허무맹랑하기 짝이 없는 일이다. 하지만 이것은 현재 일어나고 있는 실제적인 것, 정신이 멈춰서고 정치가 시작되는 시점에서 우리가 직면하고 있는 시대경향의 허구로서 특징지어져야 한다.

우리는 이 왜곡된 기형畸形에 대해 진지하게 논의해야만 할 것이다. 그렇지만 우리가 혁명적으로 극복을 체험했던 낙관적 이성의 행복감이나 휴머니즘의 몽상이나마 오늘날 어딘가에 남아 있기라도 하단 말인가? 부정적 세계 권력이나 제국주의적 자본에 대항한 사회주의뿐만 아니라 교회와 같은 긍정적인 힘이 패권적 국수주의에 굴복하는 가운데 제1차 세계대전과 같은 거대한 비이성의 폭발은 그 시대의 모든 것에 대한 기묘한 결말이었는지 모른다. 반복해서 말하건대 19세기의 정신적 분위기는 단지 그 세기의 초엽에만 '낭만적'이었던 것은 아니었다. 19세기 전반에 걸쳐 과학적 자만심이 낭만적 분위기만큼이나 대두되었음에도, 그것은 염세주의 및 음악적 도취와 죽음의 친족성에 굴복된 채 힘을 잃어버렸다. 바로 이런 이유 때문에 우리는 낭만적인 것들을 사랑하는 것이며, 그토록 근시안적 척도를 가지고 현재를 과소평가하는 경향에 반박하는 것이다.

무의식의 예언자들은 철두철미 니체라는 인물을 통하여, 소크라테스의 본능 적대적 태도를 비판하는 그의 투쟁을 통하여 정신의 감화를 받고 있다. 반면에 무의식의 예언자들은 그의 심리적 인식방법의 한계 때문에 그가 신화를 이해하고 "선사시대의 성스러운 비밀"을 올바르게 밝혀내는 것은 불가능한 것으로 설명하고 있다. 하지만 19세기의 비합리주의 경향은 철저히 니체를 통하여 현재에까지 이르고 있으며, 설령 그렇지는 않다고 할지라도 최소한 그를 경유함으로써 발전된 것이다. 그런데《모계지배권》의 어느 열광적 출판자가 니체의 능력을 바흐오펜의 자로 측정하려던 일이 실제로 일어나지 않았던가? 이는 분명히 사소한 것을 침소봉대하려는 터무니없는 시도를 의미하고 있었다. 내가 뻔뻔스럽고 척도를 상실한 평가방식에 대해 언급하는 것도 이런 이유에서였다.

우리는 모든 삶의 혼란한 본성을 사려 있게 인지해 가면서 지적知的 의무감을 가지고 '진보'와 '반동'이라는 말을 조심스럽게 다루어 보았다. 니체가 '진보로서의 반동'이라는 말로 표현하는 현상의 역사적 생기生起를 통하여 혁명의 문제가 제기되고 있다. 오늘날 혁명의 문제는 분열과 이중시각의 성격을 띠면서 사람들의 머리를(특히 젊은이들의 머리를) 혼란스럽게 만들고 있다. 심지어 완전히 사멸해 버린 것이 마치 매혹적인 삶의 신생新生인 양 기적의 가면을 쓰고 나타날 수 있을 정도로 혁명에 대한 문제가 심각하며, 따라서 위험한 오해를 막기 위한 개념의 순수화 내지 단순화가 시급한 지경에 이르렀다.

혁명의 개념은 과거와 미래에 대한 인간의지, 삶의 분위기가 맺고 있는 관계에 따라 규정될 수 있다. 혁명적 원칙은 노발리스Novalis가 "본질적으로 보다 나은 세계"라고 부른 미래에로의 의지이다. 그것은 더 높은 단계로 이끌어 가는 의식화와 인식의 원칙이다. 여기에는 무의식의 의식화를 통하여 유발된 충동과 의지, 불확실하고 도덕적 관심 없이 쉬고 있는 삶의 가상적 완성과 조화를 깨트리려는 충동 및 의지가 작용한다. 다시 말해 문화통합의 관점에서 보면 자칫 무정부적이라는 낙인이 찍힐 수도 있는 분석 및 '심리학'의 도정에서 해체단계로 옮아가는 충동과 의지가 작용하는 것이다. 그러나 이러한 충동과 의지는 정지와 후퇴, '복고Reatauration'나 어떤 지속적 재생도 없는 해체과정을 넘어서서 순수한 의식을 통해 확증된 자유로운 삶의 통합, 완전한 자기의식을 위해 발전된 인간의 문화적 상태로 고양된다. 이런 것만이 진실로 혁명적이다. 오로지 의식화와 분석적 해체를 통하여 미래를 지향하는 의식만이 혁명의 참된 명칭인 것이다.

우리는 오늘날 이와 같은 혁명의 참뜻을 젊은이들에게 강조해야만 한다. 과거로 돌아가라는 어떤 설득이나 도덕적 명령, 과거를 찾기 위해 과거에 대해 품는 어떤 열정도 명백한 혼란을 목적으로 삼는 한 혁명이라는 이름을 요구할 수는 없는 것이다. 그리고 혁명을 빙자하여 이른바 혁명적 의지는 과거와 그 깊이에 대해 전혀 아는 것이 없노라고 선언해서도 안 될 것이다. 마땅히 그 반대의 것이 선언되어야 한다. 혁명적 의지란 과거와 과거의 깊이에 대해 알고자 하며, 그것도 속속들이 정통해야 한다는 것을 의미한다. 어둠에 싸여 있는 세계는 어둠의 비밀을 들춰내기 위해 혁명을 끌어들이기 때문이다. 마땅히 우리는 혁명적 의지가 거짓된 경건성이나 거짓된 종교적 보존을 위해, 즉 반동적 본능으로부터 세계를 주제화하는 것이 아니라, 인식의 주체와 해방자로서 공포와 형벌로 가득한 세계의 지하토굴로 과감히 뛰어 들어가는 행위라고 언명해야만 한다.

과거에 대한 이념이 우세한가, 아니면 미래에 대한 이념이 우세한가에 따라 반동적 의지와 혁명적 의지를 규정할 수 있다고 가정해 볼 때, 독일 낭만주의 속에서 반동적이며 그 본질상 정신의 적대적 운동이 내재해 있다고 보는 것은 아마도 하나의 결정적인 정신사적 오류일 것이다. 적어도 그런 견해는 지극히 일방적인 판단에 불과할 것이라고 생각한다. 물론 낭만주의에는 역사학파라는 것이 있고, 이 학파는 여기서 통용되는 언어의 의미관계상 반동적 성격으로 규정될 수 있을지 모른다. 경건한 밤에 대한 열광, 토양과 민족적 본성 그리고 과거와 죽음에 대한 요셉 괴레스 콤플렉스Josepf-Görres-Komplex, 특히 우리에게 독일적으로 느껴지는 거의 불가항력적인 마법의 사상세계와 감각세계는 바로 이런 면을 부각시킨다. 그러나 니체라는 대표적 사상가의 경우에도 이 어두운 세계의 체험이 종국적으로 프랑스의 한 국수주의자 모리스 바레스Maurice Barrés에 의하여 최대의 영광과 유럽인의 관심을 모으는 위대한 문체로 소개되었다는 점을 생각해 보면, 그런 식의 독일적 성격에 대한 규정이 꼭 들어맞는 것만은 아니다. 더욱이 독일에 있어서 역사적 분위기 자체가 그 본성에 따라 보수적이며 과거적인 분위기를 자아내며, 따라서 혁명에 공감하는 역사학자 한 사람을 찾아내는 것도 그리 쉬운 일이 아닐 것 같다.

　전통적 판단에 의거하면 매우 이상하게 들릴지도 모르겠지만, 독일 낭만주의의 내적 성격은 본질적으로 역사적이 아니라 미래지향적이다. 이런 특징이 낭만주의가 독일 정신사에서 가장 혁명적이고 급진적인 운동으로 평가될 수 있는 근본요인이다. 미래를 "본질적으로 보다 나은 세계"로 판단하는 노발리스의 말은 가장 보편적이고 결정적인 의미에서 그와 같은 주장을 뒷받침해 주고 있다. 물론 개별적 부분에 있어서는 수많은 성향과 학설, 말 하나하나가 심오한 이 정신학파의 열광적 패러독스가 나름대로의 자기 논리를 주장하는 것도 사실이다. 이런 점을 우리는 앞서 혁명의 본질에 대해 논하는 자리에서 언급한 바 있다. ―솔직히 말해, 이런 측면이 혁명의 본질에 속하다는 것은 놀라운 일이 아니다. 한편 낭만주의의 감각과 창작원칙은 의식세계의 확장을 지향한다. 그런 만큼 낭만주의의 도덕적 의식은 모든 무감각한 보수주의의 비속한 신앙심이나 비인간성에 대해 너무나 첨예한 반응을 보여주었다. 그 좋은 예로서 음악에 빠져 있던 수도사 바켄로더 Wackenroder 자신도 "음악이 지닌 극도의 순박함, 무서우리만큼 적막하고 신성을 내포한 이중적 어둠"에 대해 공포를 느낄 지경이라고 고백하였다. 이런 공포, 이런 양심의 회의가 낭만적이며, 예술에서 이른바 '자연'을 보는 것이 아니라 자연과는 정반대의 것을 보는 것이 낭만적이다.

정신과 자연의 이원성二元性이 가장 심각한 양상을 보였던 제3제국 시기에도 낭만주의는 그 양자의 결합을 인간성 회복의 목적으로 간주하면서도, 예술을 오로지 정신의 영역에 속해 있다고 생각한다. 이유인즉 예술이란 그들이 아는 바로는 본질적으로 감각, 의식, 통일성, 의도이기 때문이다. 노발리스가 괴테의 소설 《빌헬름 마이스터》를 "완전한 예술품, 오성의 작품"이라고 불렀을 때, 그는 바로 이런 관점에서 말하고 있는 것이다. 낭만주의자들은 도대체가 예술개념을 본능, 자연, 무의식 등과는 대립된 것으로 이해하였다. 낭만주의자들이 그들의 급진적 방식에 따라 그 한계를 지나쳐버림으로써 예술과 빛에 동시에 속해 있는 여신 프로세르피나Proserpina와도 같은 예술의 정신적, 육체적 본질을 추방해 버렸다는 말도 과히 틀린 것은 아니었다. 그러나 새로운 단계와 현대성을 위한, 오늘과 미래를 위한, 한 마디로 압축하여 혁명을 위한 이 정신적 의미가 본질적으로 낭만성인 것이다.

독일 낭만주의의 혁명적 성격을 규정하면서 오류에 빠지기 쉬운 유일한 관점은 독일 낭만주의에는 혁명에 대한 관심이 결여되어 있거나 불명료하다는 것, 또는 그것의 정신과 영적 기질은 정치적 목적을 위한 열기를 약화시킬 수 있다는 주장이다. 그러나 모든 정신적 자세에는 정치성이 은연중에 잠재되어 있는 법이다. '프랑스혁명'은 얼마나 많은 요소가 노발리스적인 '영혼의 행동주의' 속에서 발견되고 있으며, 모든 민족의 독창성 사이에는 얼마나 많은 일치감이 지배하고 있는지, 이런 점을 게오르크 브라네스Georg Brandes가 '독일 낭만파 die romantische Schule in Deutschland'에 관한 자신의 글들에서 깊이 인식하고 서술하였다는 사실은 실로 다행스럽기 그지없다.

우리는 혁명적 성격이 언제나 이성주의와 지적 계몽주의의 필연적 결과로서 온 세계에 전파된다고 생각해서는 안 된다. 협의의 역사적 의미에서 계몽주의는 삶의 신생과 삶의 촉진을 위한 정신적 기술수단의 하나에 불과할 수 있지만, 위대하고 '보편적인 계몽주의'는 완전히 정반대되는 수단으로도 촉발될 수 있고, 더욱이 정신적 분위기와 심적 태도의 교대적 파동의 유희 속에서 실제로 촉진되고 있다. 우리가 모든 면에서 현재의 반反정신적 경향들을 다시 면밀히 파악해 볼 때, 우리는 이 위대하고 참을성 있는, 그리고 믿음직한 시각을 갖도록 노력해야만 한다. 우리는 정신과 이성의 우월감을 타파하고 그것을 가장 쓸모없는 환상으로 경멸하는, 힘차게 확산되는 이 의지를, 시간을 지배하는 반反이성주의, 반주지주의反主知主義의 의지를 제 것으로 만들도록 노력해야만 한다. 그럼으로써 어둠과 깊이의 힘, 본능적인 것과 비이성적인 것을 새로운 삶의 본원적 권리로까지 높일 수 있는 의지를 우리의 것으로 만들어야만 한다.

오늘날에 들어와 어떤 그릇되고 경건함을 빙자한 보수주의, 미래에 대한 적대감, 미래에 대한 불안, 위선적 행위와 야만적 행동, 정지와 복고에 대한 갈망, 의식화와 인식 도정에서의 후퇴 등이 실제로 벌어지고 있는 것은 아니다. 내가 말하고자 하는 것은 새로운 삶을 탐구함에 있어서 비합리적 공감을 통하여 깊이 영향 받지 않은 것은 없다는 뜻이다. 오늘날 모든 것은 이 비합리적 공감과의 접촉에 따라 자체의 길을 모색하였고, 그것을 새롭게 일깨워 의도적으로 스스로와 결합하고자 했으며, 무엇보다 그것을 정치적으로 연결시키려고 시도했다. 문제는 이런 정치화 시도가 비합리적 공감을 반反사회혁명의 경향으로 바

꾸어놓음으로써 혁명의 전망에 반동의 그늘을 어렴풋이 던져 놓았다는 점이다. 그러나 문제는 매우 단순하다. 만일 정신이 단지 삶의 무기력한 적일 따름이고, 반대로 자연, 충동, 힘, 본능이 세계형성의 유일한 통합적 원리라면, 그리고 이런 발견이 가장 참신하고 젊은 것이라면, 이제 옛것은 진실로 새롭고 신선한 것으로 떠오르고, 이성에 앞서는 모든 것 또는 이성의 기저에 있는 모든 것은 참된 것이고 구원자이기 때문이다.

한편 자유, 정의 등 이념에 관해 논하는 자가 시대의 특징을 이해하지 못하고 "시대에 뒤진 휴머니즘"에 정체되어 있다면, 본능을 억압하는 이성을 통하여 —본능이 아무리 천박할지라도— 삶의 승리를 꾀하려는 모든 시도는 삶을 거역하는 무모한 행위일 것이다. 본능이 어둠의 신성을 소유하고 있는 한, 천박한 본능이란 있을 수 없다. 그렇다면 정신이 이미 도달한 인식상태에 현실을 끼워 맞추려 한다든가, 위기감이 한층 고조되어 있는 오늘날 이 양극관계를 지배하는 병적 긴장상태를 완전히 제거해 버리려는 사고는 더욱 처량하고 퇴행적인 주지주의일 것이다. 오늘날 사회적 개혁의지, 새롭고 더욱 건강한 경제형식을 추구하는 시대적 요청에의 참여는, 그렇다면 지난날 마르크스적 유물론의 유산에 해당하고, 반면에 인간적 요구들의 보장, 이를테면 정신적 통일성을 추구하는 세계동경의 유대감, 정치적 종합, 민족공동체 등은 얄팍한 국제주의 내지 평화주의의 궤변일 것이다. 그리고 이 모든 구습적舊習的 이데올로기의 잔재에 맞선 혁명적 젊음의 열기에는 동력학의 원칙, 정신으로부터 해방된 본성, 민족의 영혼, 증오의 감정, 전쟁 등이 자리 잡고 있다.

이것이 혁명으로서의 반동, 폭풍의 질주와도 같이 모든 것을 일소하고 정리하는 위대한 후퇴이다. 누가 이러한 무중력 상태를 이해하겠는가? 왜냐하면 이 같은 무중력상태란 관계를 맺으려는 욕구이자, 아무리 왜곡되어 있다 할지라도 삶과의 깊은 유대성을 감지하고 신에게 버림받은 존재가 되지 말아야겠다는 소망 바로 그 자체이기 때문이다. 그것은 근본적으로 혁명이념에 대한 강렬한 찬사이자 시대를 지배하고 있는 혁명적 힘에 대한 보다 설득력 있는 증거이다. 우리의 존재는 혁명으로 말미암아 확인되며, 사멸하고 있는 것 또한 이를 통하여 감지된다. 진실로 혁명이란 바로 이런 것이다. 그것은 다름 아닌 1918년에 봉건적 보수주의가 민중당의 깃발을 높이 감아올렸던 것과 대략 같은 성격이다.

그런데 젊다는 것은 어떤 것일까? 젊음이란 순전히 정신을 적대시함으로써 새로운 삶의 인식의 심원한 뜻을 헤아리지 못하고 실제로는 경솔한 만용에 빠져드는 것일까? 조금도 틀린 말은 아니고, 설령 그렇지 않다 해도 대체로 이와 비슷할지 모른다. 우리는 젊은 육체가 백발의 이념을 몸에 지니고 제멋대로 이리저리 쏘다니다가, 때로는 젊음의 콧노래를 흥얼거리고, 또 때로는 제법 당당하게 로마식 경례를 올려붙이기 위해 팔을 치켜 올리고는, 결국에 가서는 젊은 영혼의 아름다운 비약을 그따위 짓거리에 탕진한다고 가르치는 맥 빠진 연극에 익숙할 대로 익숙해져 있다. 만일 노인이나 세파에 물든 기성세대가 청춘의 호의를 물려받는다면, 그것은 틀림없이 혼란을 가중시킬 것이다. 하지만 그것은 외관상의 혼란, 일종의 변화무쌍한 만화경이다. 기성인의 악습은 청춘을 소유한다고 해서 선해지거나 아름다워지지 않는다. 불행하게도 청춘이 청춘의 피 끓는 본질을 망각하기라도 한다면, 이는 삶에 어긋나는 일임은 물론이고 청춘의 사랑스러움 또한 보여주지 못할 것이다. 이런 식의 오류 및 오해는 오래가지 못하고, 언젠가는 정리되고 교정되게 마련이다. 올바른 사고과정을 시급히 정리하기 위해서는 젊은이들이 현대적 삶을 탐구하는 하나의 현상형식에 몰두해 보는 것이 바람직하다고 생각한다. 다른 어떤 것보다도 효과적인 이 현상형식을 통하여 젊은이들은 자칫하면 혁명개념을 오류의 늪으로 빠져들게 하는 모든 시도로부터 벗어날 수 있다. 여기서 내가 말하는 현상형식이란 바로 '정신분석학'이다.

오늘날 정신분석학은 일종의 치료요법 정도로만 언급되는 것이 당연시되고 있다. —이에 대해서는 물론 가부간의 논쟁이 남아 있다. 그러나 의학적 측면에서 이 학설을 기초한 창시자가 처음부터 의도했던 것이 무엇이었는가는 차치하더라도, 정신분석학은 순수 의학적 범주에서 벗어나 정신적 세계운동의 한 흐름으로까지 발전했다. 인문학의 모든 가능한 분야들이 이 세계운동의 지대한 영향으로부터 새롭게 대두되고 있다. 문학 및 예술연구, 종교사, 고고학, 신화학과 민속학, 교육학 등은 정신분석학 창시자의 탁월하면서도 응용력 있는 학구열 덕분에 큰 도움을 받고 있다. 그런 만큼 그가 내뿜는 영향의 입김은 마치 시인 슈테판 게오르게Stefan George의 작품에서 그러하듯이 심리요법과 의학이라는 핵심부의 주변에서 은연중에 흘러나온다.

하지만 정신분석학은 그 근원에 따라 치유 방법을 내포하고 있다. 모든 정신적 혼란과 분열 증세로부터 인간성을 재생시키려는 이 휴머니즘적, 윤리적 경향은 전반적으로, 물론 정신적인 측면에서도 의학적 성격을 그대로 유지하고 있다. 그러므로 병을 치유하려는 전문가로서의 의식이 궁극적으로는 병이나 그 깊이와 상관없이, 요컨대 이성 적대적 의미와도 무관하게 부지불식간에 작용한다. 정신분석학에는 어둠을 탐구함으로써 삶을 인식시키는 모든 장점에도 불구하고 이런 점에서만은 오히려 해결과 치유, 인간 우호적 의미에서의 '계몽주의'가 시작과 끝을 장식하는 중심문제로서 부각된다. 내가 이렇게 말하는 근본이유는 우리 시대에 대두하고 있는 학문적 운동 내에서 특수한 위치를 결정하는 것이 바로 정신분석학의 의학적 관점이기 때문이다. 정신분석학은 이 시대에 대두하고 있는 학문적 운동의 일부임이 명백하다. 정신분석학은 이 운동이 추진하고 있는 힘의 일부이고, 삶을 규정하는 힘으로서의 정신에 대해서는 자세히 알고자 하지 않는, 이 운동이 표방하고 있는 정신의 일부이다. 정신분석학은 자연에 깃들어 있는 마성魔性을 강조하고, 영혼의 어두운 세계를 탐색하는 연구자의 열정에 찬사를 표함으로써, 19세기 기계적 유물론의 요소들과 치열하게 승리를 다투는 새로운 정신의 어떤 주창자만큼이나 합리주의에 반대되는 경향을 띠고 있다. 정신분석학은 그 의미에 따라 철저히 혁명적인 것이다.

프로이트는 그의 짤막한 자서전적 스케치에서 "정신분석학자로서"의 태도를 다음과 같이 설명하고 있다. "나는 지적 과정보다는 감정적 과정die affektive Vorgänge에, 의식적인 영혼의 삶보다는 무의식적인 영혼의 삶에 더욱 관심이 있다." 지극히 단순한 문장이 많은 것을 내포하고 있다. 무엇보다도 특별한 흥미를 끌었던 부분은 이 글을 읽는 어느 누구라도 쉽게 공감할 수 있는 '무의식적인 영혼의 삶'에 관해서이다. 정신분석학이 최초로 등장했을 때, 이 정신분석학이라는 용어가 수업시간에 배우던 심리학이나 철학적 관례에 대해 얼마나 큰 충격을 주었는지 아무도 이에 대해서는 전혀 상상조차 할 수 없을 것이다. 무의식적 영혼의 삶이라는 표어, 그것은 의미상으로 혼란을 몰고 올 수 있는 용어의 모순이었다. 설령 그 용어가 모순되는 것이 아니라 할지라도, 실제로는 심리학에 대한 전면적인 도전을 의미하고 있었다.

흔히들 심적心的 세계와 의식세계를 한데 묶어 생각하는 것이 통념이었다. 그래서 의식의 현상들은 영혼의 내용으로, 반면에 무의식은 심적인 것으로 간주되었는데, 그것은 아마도 터무니없는 발상이었을 것이다. 프로이트는 영혼의 내용 자체가 무의식이요, 의식은 행동으로서 나타나는 하나의 속성임을, 그러나 의식이 멈추어 있을 때에는 행동의 변화 또한 일어나지 않는 하나의 속성임을 증명하였다. 실제로 프로이트의 신경의학은 이런 점에 착안하고 있었다. 그것은 억압의 심리현상, 어떤 충동이 의식화되지 못함으로써 그로 인해 발생하는 신경질환으로의 전위현상임을 주장하고 입증했기 때문이다. 당시에는 이 증거의 초의학적 효과와 모든 인간 지식에 미치는 의미가 그것을 주장한 프로이트에게서조차 의식되지 못했었지만, 오늘날에 와서는 그것이 전 세계에 걸쳐 놀라울 만큼 각광을 받고 있다. 이 증거, 그것은 전적으로 우리 시대에 있어서 합리주의에 반대하는 반주지주의反主知主義 운동이라는 의미에서 혁명적이었다. 더욱이 이 증거는 오늘날의 전체적 운동과 명백히 정신사적 관련을 맺고 있었다. 정신분석학이 이 운동권에서 간혹 배제되는 이유는 거기 내재된 혁명성이 단연코 후퇴적인 성격 이상의 의미를 지니고 있기 때문이다.

내가 앞서 인용했던 프로이트의 소박한 표현이 '지적 과정'보다는 필연적으로 '감정적 과정'에 속하는 일종의 관심Interesse에 대해 논하고 있다면, 이는 관심의 심리학을 숙고해 볼 좋은 계기를 부여해 준다. 물론 이와 같은 심리에는 도처에 위험과 함정이 뒤따르고 있다. 관심이란 대상과의 유대성이나 종국적인 동화同化에 빠져들기 십상이며, 인식을 위한 출발점을 너무나도 쉽게 긍정해 버릴 수가 있다. 관심은 자발적인 흥미인 것이다. 관심이 일어나는 곳에는 어떤 동기와 어떤 목적에서 그것이 성립되는 것인가 하는 물음이 제기된다. 예를 들어 감정적인 것 자체에 우선적으로 이끌리는 관심은 감정적 본성인지 또는 지적 특성에서 우러나오는 것인지 의문스러워진다. 전자의 경우에는 관심이 찬미를 의미한다. ―관심이란 본래는 그런 것이 아닐지도 모른다. 감정적인 것에 대한 프로이트의 관심은 지적 영역을 포기하여 대상의 찬미로 변질되지 않는다. 그의 반反합리주의는 정신을 지배하는 충동의 실제적, 역동적 우월성에 대한 통찰을 의미한다. 따라서 그것은 정신의 우월성과 교만에 대한 굴복을 의미하는 것이 결코 아니다.

그의 반反합리주의는 혼란을 야기하거나 반대로 그런 혼란의 희생물로 떨어지는 법이 없다. 우리는 그의 충동에 대한 '관심'에 대해 오해하거나 혼동하지 말아야만 한다. 그의 충동에 대한 관심은 바로 이 충동으로 인해 정신을 부정한다거나 보수적인 천성에 매달리는 것이 아니라, 미래 속에서 혁명적으로 조망된 이성과 정신의 승리에 봉사하는 것이다. 그러므로 프로이트의 반합리주의는 계몽주의에 봉사한다. ― 바로 여기에 금기로 여겨진 낱말이 대단히 높은 의미에서, 이른바 시대의 파동적 유희와는 독립적인 의미에서 사용될 수 있는 것이다. 이와 관련하여 프로이트의 다음 말은 매우 주목할 만하다. "우리는 인간의 지성이 인간의 본능적 삶과 비교할 때 무기력하다는 것을 수없이 강조해도 지나치지 않다. 그리고 그것은 지당한 말이다. 그럼에도 지성의 약점들에는 무엇인가 특수한 면이 있게 마련이다. 지성의 목소리는 나지막하지만, 그 목소리가 경청될 때까지는 조용히 쉬지 않는다. 결국 지성의 목소리가 수없이 계속적으로 거부된 뒤에라도, 그 목소리는 이에 호응하는 대상을 줄기차게 찾아 나선다." 이것이 바로 프로이트의 말이다. 이성의 우월성이야말로 결단코 "심리학의 이상"이라고 주장하는 그의 학설에서 어떻게 해서라도 반동적^{反動的} 기미를 찾아내기란 정말 어려운 일이다.

그의 이론은 학문적 의미에서나 예전의 인식방법과 비교해 볼 때에만 혁명적인 것은 아니다. 그의 주장은 가장 본질적이며 가장 알기 쉽고, 또한 가장 명료하다는 의미에서도 혁명적이다. 부연하자면 그것은 독일 낭만주의를 통하여 체험한 규정의 철저성에 따라 혁명적이다. 놀라운 사실은 프로이트가 위대한 문학이 그를 위해 준비한 위안 내지 감동수단을 잘 알지도 못하면서, 더구나 문학과의 유대감을 통한 혜택도 받지 못한 채 오로지 홀로 독자적으로, 다만 의사와 자연과학자로서 인식의 험로를 묵묵히 개척해 나아갔다는 점이다. 추측건대 그의 인식을 자극했던 추진력은 틀림없이 이처럼 불리한 조건을 통하여 상승되었을 것이다. 그 예증으로서 프로이트는 우리가 알고 있는 그의 통찰들 여기저기에서 섬광처럼 번뜩이는 선각자 니체의 존재를 알지 못했다. 더욱이 그가 분명히 노발리스를 직접적으로 알지 못했다는 것은, 만일 그렇지 않았더라면 한층 더 문제가 수월하게 풀렸을 것이라

고 가정해 볼 때, 그만큼 유감스러운 일이 아닐 수 없다. 그러나 무의
식의 개념이 그토록 결정적인 심리적 역할을 하고 있는 일련의 맥락에
서 보면, 그들 사이에는 무의식적 계승과 초개인적 연관성이 성립되는
것으로 볼 수도 있을 것이다.

이들 사이에는 상호독립적인 의존성이 성립되어 있다. 틀림없이 이
런 특성이 프로이트와 독일 낭만주의의 지극히 미묘한 관계에 해당한
다. 독일 낭만주의와의 관계에서 드러나는 특징은 그의 니체적인 무의
식적 근원관계보다 훨씬 더 뚜렷하게 부각된다. 그러나 이제까지 이에
대해서는 어떤 비평의 가치평가도 거의 내려져 있지 않았다. 대략 프
로이트가 생명 없는 상태로 돌아가려는 태도를 최초 충동으로 기술하
고 있고, 그가 충동 문제 일반을 해결하기 위해 "자기보존 및 종족보
존"을 '에로스'의 개념으로 요약하고자 한다면, 이는 독일 낭만주의와
깊은 유사관계를 나타내고 있다. 프로이트는 이 에로스 개념을 "조용
히 진행되는 죽음 및 파괴충동과 대립되어 있는" 측면으로 보면서 "충
동을 아주 보편적 의미에서 생명체의 탄력성, 다시 말해 언젠가 존립
했으면서도 외부의 방해로 말미암아 단절된 어떤 상황의 재생본능"으
로 파악한다.

프로이트가 충동에 내재된 '보수적 천성'에 관해 본질적으로 거론하
면서 삶을 에로스와 죽음의 충동 사이에서 벌어지는 상호 교대작용으
로 규정하고 있다면, 이 모든 것은 노발리스의 경구에서 변형된 것이
아닐까 하는 느낌마저 불러일으킨다. 노발리스는 이에 관해 다음과 같
이 말한다. "우리들 삶의 충동요소들은 탈산화脫酸化 Desoxidation를 지향
한다. 삶이란 억제된 산화인 것이다." 노발리스 역시 모든 것을 보존하

는 에로스의 본질에 유기적인 것을 더욱 큰 통일성으로 확대해 나가는 원리가 있음을 간과하고 있다. 그의 사회심리학에 내재된 에로스적 급진주의는 프로이트의 자연과학적 인식과 사변思辨의 신비에 찬 전주곡이 되고 있다. "사랑은 우리를 굳게 결속시켜준다"는 것, 이것이 노발리스의 실체를 표출한다. 그리고 프로이트가 자아의 나르시스적 성애性愛에 대해 언급하면서 그런 사랑을 육체세포와 밀접하게 결합된 리비도의 작용에서 도출해 내고 있다면, 그것은 노발리스에게서 어느 정도는 필연적으로 표출되는 사고와 동일한 것으로 보아도 좋을 만큼 완전히 낭만적·생물학적 꿈의 일련선상에 놓여 있다.

사람들이 흔히 '범성욕주의汎性慾主義 Pansexualismus'라고 잘못 이해하는 그의 리비도 이론은 짧게 말해 신비성의 옷을 벗고 자연과학이 되어 버린 낭만주의이다. 리비도 이론이야말로 그로 하여금 심층심리학자, 무의식의 탐구자로 만드는, 그리하여 병을 통해 삶을 인식시키는 기본요소인 것이다. 이런 면이 프로이트를 오늘날 대두되고 있는 반反합리주의의 학문적 운동권에 포함시키면서도 반면에 그를 이 운동권 밖으로 끌어내는 요인이 되고 있다. 그럴 수 있는 것이 그의 학설에는 무용한 어떤 것, 정신에 적대적이고, 반동적 의미에서 잘못 사용될 수 있는 정신적 의도의 어떤 요소가 함축되어 있기 때문이다. 특히 그의 주장에는 반反주지주의 성격을 인식에 제한시킴으로써 의지의 확대를 가로막는 요소가 들어 있다. 더구나 이 학설의 정신적 태도는 바로 가장 강렬한 저항감을 자아내었던 성性의 이념과 결부되어 있었는데, 우리는 성의 이념을 불결하게 생각하고 죄악시하는 도덕적 또는 기독교적 선입견에 물들어 있었기 때문이다. 한편 프로이트는 죽음과 파괴충동을 긴장 없는 죽음의 상태로 되돌아가려는 생명체의 갈망으로 기술하고 있다. 이 생명체로부터의 "후퇴!"는 발전과 화합, 완성을 향한 모든 내적 경향과 연관된 "본래적 삶의 충동"과 교차적 관계에서 파악된다. 프로이트는 기독교와 반대 입장에 서서 성적 욕구가 혁명정신의 기본성향에 속해 있음을 밝히고 있다.

프로이트의 총체적 문화심리학이 어느 정도로 충동의 운명에서 비롯되는 것인지, 그리고 승화Sublimierung와 억압Verdrängung의 개념이 거기서 어떤 역할을 수행하는지의 문제는 이미 잘 알려져 있다. 그의 여러 저작에서 충분히 나타나는 사회적 성격은 바로 신경의학에 뿌리박고 있다. 우리는 노이로제 증세가 프로이트에 있어서 필연적인 것이 아니라 억압의 병리적 결과라는 사실을 알고 있다. 조금 더 상세히 관찰해 보면 그는 오늘날의 문화상황을 억압 노이로제의 특징과 그 상像 속에서 고찰한다. 하지만 그것은 상이나 비유 이상의 어떤 것으로, 대부분 글자 자체의 의미대로 이해될 수 있지만 자구적字句的 의미보다는 비유적 의미가 훨씬 더 강조되어 있다. 그는 우리의 문화가 철저히 불확실하고 철저히 불안정한 거짓 완성과 조화의 허약한 기반 위에 세워져 있음을 간파하고 있다. 이런 문화적 상황은 어느 신경질환 환자가 치유 의지 없이 그 증상을 키우면서도 그것에 만족해하는 상황과도 흡사하다고(또는 그 이상이라고) 그는 보고 있다. 따라서 프로이트는 이런 삶의 형식이란 "자신을 지속적으로 보존해 나가려는 전망도, 자기보존의 가치도 없다"고 잘라 말한다.

이제 여기서 프로이트의 정신분석학과 노발리스로 대표되는 낭만주의의 '의식화 철학' 사이에 아주 놀랍고 정신사적으로도 의미심장한 친족성이 나타난다. 프로이트의 학설은 낭만적 양심의 감각에 따라 모든 몽매한 보수주의의 비인간성을 반박하며, 또 때 이르고 도덕적으로 부당한, 무감각한 상태에서 불확실하게 쉬고 있는 삶의 형식을 어떻게 해서든지 보존해 보려는 경건성에 항거한다. 그의 학설은 비판적 통찰을 통하여 이처럼 불안정한 질서들을 이완하고 해체하려는 필연성을 의미한다. 그의 정신분석학은 낭만주의와 더불어 무질서의 초월, 보다 높은 단계, 미래를 신봉한다. 그것이 제시하는 길은 정지와 후퇴, '선한 과거'의 재생도 존재하지 않는 의식화와 분석의 도정이며, 그 목적지는 새롭고 정당한 의식을 통해 확고해진, 따라서 자유와 진리에 근거한 삶의 질서이다.

수단과 목적이라는 면에서 보면 프로이트 학설은 계몽주의적이라고 볼 수 있을 것이다. 그러나 이 경우의 계몽주의 성격은 모든 면에서 너무나 철두철미하기 때문에 경솔한 혼란이란 도저히 일어날 수가 없다. 우리는 오히려 그의 학설을 반ਗ਼合리주의적 성격으로 볼 수 있겠는데, 왜냐하면 꿈, 충동, 이성 이전의 것이 주요 연구관심사이고, 그것의 출발점 또한 무의식이기 때문이다. 그럼에도 프로이트 학설은 이와 같은 관심을 통하여 어둡고 몽상적이며, 퇴보적 정신의 시인이 되려는 것과는 너무나 거리가 멀다. 끝으로 강조하건대 프로이트의 정신분석학은 '모든 반동적反動的 오류에 대해 단호히 저항하는 현대적 비합리주의의 현상형식'이다. 그의 정신분석학은 우리가 확인하고자 하는 바와 같이 미래의 지반을 다지고, 자유롭고 현명한 인류의 집을 짓기 위해 기여했던 가장 중요한 초석의 하나이다.

Deutschland und die deutschen

독일과 독일인

쇼 펜 하 우 어 · 니 체 · 프 로 이 트

오랜 기간 미국에 망명 중이던 토마스 만은 1945년 5월 29일 청중으로 가득 찬 국회도서관 강당에서 상기 주제로 연설했다. 이 연설문은 미국뿐만 아니라 독일에서도 대단한 반향을 불러일으켰으며, 1947년에는 책에 수록되기도 했다. 이 연설문은 우선 정치·사회적 관점이 아니라 독일문화와 정신사에 대한 성찰에 근거한다는 점에서 특기할 만하다. 연사인 토마스 만은 독일 문제를 외부가 아니라 내부, 지나치게 내면지향적인 독일인들의 천성에 관해 다루면서 세계에 경악스런 사건을 일으킨 독일과 독일국민, 자신을 비롯한 독일인 전체에게 연대 책임이 있음을 강조한다.

신사 숙녀 여러분, 70세 고령인 제가 믿기지도 않게 몇 달 전부터 한 사람의 미국 시민이 되어 영어로 말하면서, 또는 영어로 말하려고 무척 애를 쓰면서, 초대를 받은 사람으로서, 아니 그뿐만 아니라 제 연설을 듣도록 초청한 미국 국가기관의 공식 연구원으로서 여기 여러분 앞에 서 있으니, 새삼 인생은 꿈을 엮어나가는 소재의 원천이라는 느낌을 받습니다. 모든 것이 이렇게 신기하고 도무지 믿을 수 없으며, 모든 것이 뜻밖의 일인가 합니다.

저는 고령에 이르도록 산다는 문제를 이론적으로는 바람직하다고 여겼었지만, 제가 이렇게 되리라고는 미처 생각하지 못했습니다. 저는 사람이 한번 세상에 태어나면 그 삶을 오래도록 영위하고, 완전한 모범적 삶을 살아가고, 예술가로서는 그 모든 삶의 단계마다 독특한 열매를 맺을 수 있는 것이 좋고 경애할 만하다고 생각했고 또 말했습니다. 그러나 저는 제 자신의 신체적 조건이나 유용성을 거의 믿지 않았습니다. 그럼에도 이제까지 삶을 지탱해 온 지구력은 제가 지니고 있는 삶에 대한 인내심이 완전히 천부적으로 타고난 인내심이라기보다는 일종의 첨가물로서, 은총으로 생각합니다. 그러나 은총이란 언제나 놀랍고 뜻밖에 찾아옵니다. 그것을 경험한 사람이라면 누구나 꿈꾸는 것을 믿을 것입니다.

제가 현존한다는 사실, 그리고 제가 현존하고 있는 장소는 제게 꿈 같은 기분을 들게 합니다. 이런 기분을 자명한 것으로 받아들이기 위해 제가 꼭 작가일 필요는 없을 것 같습니다. 삶을 환상적으로 꾸미기 위해서는 약간의 상상력만 있으면 가능합니다. 어떻게 해서 나는 여기로 오고 있는가? 도대체 어떤 꿈의 물결이 내가 태어났고 종국에는 돌아가게 될 먼 독일의 한 구석으로부터 이 강당 안으로, 이 연단 위로 표류시켜 여기 이 자리에 서서 미국인들에게 연설하도록 했는가? 제 말은 저의 이 상황이 옳지 못한 것 같다는 의미가 아닙니다. 정반대로 이런 상황에 대해 저는 전적인 동의를 표하는 바입니다. 이는 운명이 만들어준 배려였습니다.

오늘날 모든 면에서 저와 같은 독일인의 정신은 종족과 민족의 경계가 없는 미국이라는 우주에서, 다시 말해 손님을 후대하는 '세계도시'에서 가장 훌륭하게 대접받고 있습니다. 제가 미국인이 되기 이전에는 체코인이 되는 것을 허락해 주었습니다. 그것은 너무나 친절하고 감사할 일이었지만, 그러나 그다지 운치 있고 뜻깊은 일은 아니었습니다. 마찬가지로 제가 프랑스인이나 영국인, 혹은 이탈리아인이 되었다고 상상만 해보아도, 제가 미국인이 되었다는 것이 얼마나 잘된 것인가를 실감할 수 있습니다. 어떤 다른 국적을 갖게 되었다 할지라도, 그것은 너무나 협소하고 고정화된 제 실존의 낯섦을 의미했을 것 같습니다.

미국인으로서 저는 세계시민입니다. 그렇습니다, 독일인 또한 그들 성격의 일부에 세계를 부끄러워하고 세계 앞에 나서는 것을 꺼려하는 기질이 있음에도 본래는 세계시민인 것입니다. 물론 이런 기질이 본질적으로 오만불손한 태도에 기인하는 것인지, 또는 천부적인 지방색이나 민족사회적 열등의식에 기인하는 것인지 말하기 어렵습니다만, 아마도 그 두 가지 측면을 다 갖고 있는 것이 아닌가 생각합니다.

저는 오늘 저녁 '독일과 독일인'이라는 주제를 놓고 여러분께 연설할까 생각합니다. ─대단히 어려운 시도임에는 틀림없습니다. 그 이유는 대상이 너무 복잡하게 얽혀져 있고 다면적이며 무한정할 뿐만 아니라, 더욱이 그 대상의 성격을 다방면에서 캐내려는 열띤 경주와 직면해 있기 때문입니다. 애증과 관계없이 순수 심리학적으로 이 문제를 다루는 것은, 불운한 독일민족이 세계에 가했던 이루 말할 수 없는 행위를 두고 볼 때, 거의 부도덕한 처사로 보일 수 있을 것입니다. 독일인이라고 해서 이 주제를 회피해야만 할까요? 하지만 저는 오늘 저녁 연설을 위해 그 밖에 어떤 주제를 택했어야 옳은 것인지 거의 알지 못했습니다. 더군다나 오늘날 사적인 것을 넘어서는 대화를 위해서는 거의 필연적인 것처럼 보이는 독일의 문제, 즉 세계에 그토록 아름답고 위대한 것을 선사했으면서도 늘 그토록 엄청난 재앙과 부담을 안겨주었던 독일민족의 성격과 운명의 수수께끼가 거론되지 않을 수 없습니다.

독일의 소름 끼치도록 무서운 운명, 독일의 역사가 바야흐로 맞이하고 있는 대참사는, 비록 동정할 일고의 가치도 없는 것이지만, 그럼에도 관심거리가 아닐 수 없습니다. 동정심을 불러일으키고자 한다거나 독일을 옹호하고 변론한다면, 그것은 분명히 독일 출생의 그 어떤 사람에게도 어울리지 않는 추태일 것입니다. 자기 민족이 불러일으킬 수 있었던 엄청난 증오심에 항변하여 선뜻 재판관 행세를 한다거나, 자기 민족을 저주하고 그들에게 유죄를 선고해 놓고서는, 자기 자신은 전혀 무관하게 저 건너편에 있는 죄악의 독일과 완전히 구분되는 '선한 독일'인 양 자처하는 것은 독일에서 태어난 사람에게는 역시 너무나도 어울리지 않는 태도입니다. 독일인으로 태어난 사람이라면 누구나 독일의 운명과 독일의 죄과와 연관되어 있는 것입니다. 이에 대한 비판이 불성실한 자세로 해명되어서는 안 될 것입니다. 자기 민족에 대해 말하고자 하는 진실성은 다만 자기 시련의 산물일 따름입니다.

저는 잘 알지도 못하면서 이미 독일의 본질에 내재된, 세계를 필요로 하고 세계를 부끄러워하는 이중성, 세계주의와 지방주의의 결합에 대한 언급과 동시에 독일적 심리의 복합세계 속으로 깊이 들어와 있습니다. 저는 이런 면을 제대로 보고 있다고 믿고, 또 어린 시절부터 줄곧 체험해 왔다고 믿습니다. 예를 들어 독일제국에서 보덴 호수를 건너 스위스로 향했던 여행은 지방성을 탈피하여 세계 속으로 입문하는 여정이었습니다. 물론 광활하고 강력한 독일제국과 그 제국의 거대한 도시들과 비교해 볼 때, 협소한 국가인 스위스가 '세계'로 느껴질 수 있었다는 사실은 너무나 이상하게 들릴지 모르겠습니다. 그러나 그것은 당연했고 지금도 마찬가지입니다. 중립국이자 다국어를 사용하고, 프랑스의 영향을 받았으며, 서구의 온갖 분위기가 침투해 있는 스위스는 실제로 그 작은 크기에도 북방에 있는 정치적 강국보다 훨씬 더 세계적 성격을 띠고 있고, 유럽을 보여주는 작은 관람석인 것입니다. 북방의 제국 독일에서는 '국제적'이라는 낱말이 이미 오래전에 욕된 말이 되어 버렸고, 거대한 지방주의가 분위기를 식상하고 부패한 것으로 만들어 버렸습니다.

이런 것이 독일의 세계 이질성, 비세계성非世界性의 현대적 국수주의 형식, 더 심원한 의미에서 세계에 악운을 몰고 온 현대적 국수주의 형식이었습니다. 여기에는 예전부터 일종의 속물시민적인 보편성, 말하자면 밤에만 모자를 쓰는 세계주의와 나란히 하여 독일적 영혼의 입상이 더불어 나타나 있습니다. 이 영혼의 입상, 이 비세계적이고 지방주의적인 독일적 세계시민성에는 언제나 기괴한 허깨비 같은 것, 비밀스런 공포, 침묵의 악령 같은 것이 깃들어 있었습니다. 그런데 제 개인적인 혈통은 유난히도 이런 것에 예민할 수 있는 천품이었던 것 같습니다. 저는 삶의 꿈결이 이곳으로 저를 표류시키기 이전의 장소를, 제 현존재의 최초형태를 형성했던 독일의 세계 한 모퉁이를 회고하고 있습니다. 그곳은 바로 유서 깊은 독일의 북부도시 뤼베크Lübeck입니다.

발트 해 연안에 위치한 뤼베크는 12세기 중엽 이전에 그 근간을 마련한, 한때는 한자동맹의 주요 도시로서 13세기에 들어와 바바로사 황제에 의하여 자유시自由市로 승격된 바 있습니다. 저의 부친이 시참의원으로서 출입하셨던 지극히 아름다운 시청 건물은 마르틴 루터가 비텐베르크 교회의 성문 입구에 그의 명제命題들을 내걸었던 해, 그러니까 바야흐로 새로운 시대가 열리려는 무렵에 완공되었습니다. 그러나 종교개혁자 루터가 그 사고방식이나 영혼의 형태로 보아 상당히 중세적인 인간이었고, 더욱이 그의 살아생전에 악마와 끊임없는 투쟁을 벌였던 것처럼, 신교도시인 뤼베크 그리고 심지어는 비스마르크 제국에서 공화정 구성체로 존립하던 뤼베크조차도 고딕문화가 지배적이었던 중세의 암울한 분위기 속에서 허우적거렸던 것입니다.

그런데 여기서 제가 생각하는 것은 비단 성문과 성벽들이 들어찬,

뾰족하고 탑이 솟아 있는 도시의 입상이나 마리아 교회 안에 그려진 죽음의 무도 그림에서 풍겨 나오는 해학적이고 섬뜩한 전율, 수공업조합이나 종을 주조하는 사람들이나 백정들의 이름을 따서 불리곤 하던 후미지고 마법에 걸린 것 같은 골목길들, 또는 그림처럼 아름다운 서민주택들만이 아닙니다. 그렇습니다! 이런 분위기 자체에는 요컨대 15세기 후반에나 있음직한 인간 정서의 어떤 끈적끈적한 찌꺼기가, 중세말기의 히스테리가, 잠재적인 정신병적 전염병이 남아 있습니다. 이성적이며 냉철한 현대 상업도시에 대해서는 이상한 말이 되겠지만, 갑자기 이런 분위기 속에서 치기 어린 갖가지 운동, 일종의 신경발작증세, 민족의 신비스런 움직임과 더불어 발생하는 십자가의 기적에 대한 흥분, 또는 이와 유사한 정신현상들이 예견될 수 있었습니다. 짧게 요약하자면 고풍스런 신경질환적 토대, 영혼의 비밀스런 정신상태가 감지될 수 있었습니다.

이런 도시에는 늘 수많은 기인들, 예컨대 자신의 벽 속에서 홀로 살아가고 중세의 낡은 건물들과 마찬가지로 각 지방의 특징에 속하는, 반쯤은 정신이 나간 사람들이 웅거하고 있었습니다. 누루안累漏眼에 구부러진 단장을 짚고 반쯤은 마녀의 익살스런 냄새를 풍기며 서 있는 노파의 어떤 유형이 이에 속합니다. 자줏빛 뾰족코를 하고 모종의 신경질적 국부경련증이나 우스꽝스런 습성에 젖어 있는, 그러면서도 틀에 박히고 쥐어뜯는 듯이 새소리를 내는 가난한 연금생활자가 이에 속합니다. 바보처럼 머리를 단장하고, 사라진 고풍의 옷자락을 질질 끌며, 괴상한 개와 고양이를 동반한 채 세인의 이목을 안중에 두지 않고 도시를 제멋대로 방랑하는 여인네가 이런 부류에 속합니다. 그 밖에도 이런 인물들의 뒤를 졸졸 따라다니며 놀려대다가도, 행여나 이들이 돌연 몸을 돌리면, 항간에 떠도는 소문 때문에 공포에 사로잡혀 달아나는 어린아이들이 이에 속합니다.

저 자신도 무슨 까닭에 오늘 이 자리에서 이와 같은 과거의 회상들을 되살리고 있는 것인지 잘 모르겠습니다. 그 이유는 제가 '독일'을 우선은 시각적이고 심정적으로 이 경이롭고 존경스런 도시의 상像에서 체험했기 때문일까요? 그리고 독일의 정서와 마성적인 것의 비밀스런 연결을 암시하는 것이 중요하다고 생각하면서도, 그런 연결이 저의 내적 체험의 내용을 제대로 대변할 수 없기 때문일까요? 우리의 가장 위대한 작품 괴테의 《파우스트》는 중세와 인문주의의 경계에 있는 인간, 오만한 인식충동으로부터 마법, 즉 악마에게 자신을 맡기는 신의 아들인 인간을 주인공으로 내세우고 있습니다. 지성의 오만불손이 영혼의 태고성이나 영혼의 속박과 계약을 맺는 곳에 바로 악마가 존재합니다.

그런데 루터의 악마, 파우스트의 악마이기도 한 이 악마는 제게 정말 독일적 인간형상으로 나타나려고 합니다. 영혼의 치유를 포기하고 한동안 세상의 모든 재물과 권력을 얻기 위해 서로 체결하는 악마와의 동맹, 즉 악마에게 영혼을 파는 행위는 독일의 본질에 정말 가까이 다가서 있는 것 같습니다. 세계향유와 세계지배를 향한 욕구로부터 자신의 영혼을 악마에게 파는, 서재에 틀어박힌 고독한 사상가이자 연구자, 신학자이자 철학자 ―독일을 악마에게 데려가고 있는 오늘날, 독일을 이런 비유로 관찰하는 것이 아주 적절한 순간 아니겠습니까?

전설과 괴테의 작품에 나타난 가장 큰 오류는 그들이 파우스트를 '음악'과 연결시키고 있지 않다는 점입니다. 파우스트는 음악적이고 음악가여야 할 것 같습니다. 음악은 마성의 영역입니다. 이에 관해 위대한 기독교도인 키르케고르Kierkegaard는 모차르트의 〈돈 후안Don Juan〉에 대한 그의 고통스럽고 열광적인 논설에서 이 점을 가장 명백히 밝힌 바 있습니다. 음악은 부정적 징후를 띠고 있는 기독교적인 예술입니다. 음악은 가장 치밀하게 계산된 질서요, 동시에 무질서를 배태하고 있는 반이성反理性인 것으로, 그것은 넋을 일깨우고 마법으로 감싸는 제스처가 풍부합니다. 음악은 수數의 마법이며, 예술들 가운데 현실과는 가장 거리가 멀고 가장 열정적인 예술이며, 추상적이고 신비합니다. 파우스트가 독일적 영혼의 대변자가 되려면 그는 음악적이어야 할 것입니다. 왜냐하면 세계와 맺고 있는 독일인의 관계는 추상적이며 신비적이고, 단적으로 말해 음악적이기 때문입니다. 마성魔性의 기질이 농후한 어느 교수의 관계가 그 같은 면을 보이는데, 그는 세상사에 서투르면서도 '깊이'에 있어서는 세상을 초월해 있다는 오만한 의식에 사로잡혀 있습니다.

이 깊이란 어떤 점에 근거하는 것일까요? 그것은 바로 독일적 영혼에 스며 있는 천부적 음악성, 내면성이라고 부르는 것, 즉 인간 활동의 사색적 요소와 사회적-정치적 요소 간 충돌에, 후자보다는 전자의 우월성에 근거해 있습니다. 유럽은 언제나 이런 면을 느껴왔고 여기에서 파생되는 기괴함과 불운함 또한 예감해 왔습니다. 1839년에 발자크는 이렇게 쓰고 있습니다. "독일인들은 자유라는 거대한 악기들을 연주할 줄은 모르지만, 모든 음악적 도구로서의 악기들을 연주할 줄은 안다." 발자크의 이런 관찰은 명쾌하고 명암을 잘 드러내고 있는데, 여러 위대한 소설가들도 역시 이 같은 표현을 남기고 있습니다. 발자크는 《사촌

퐁스cousin Pons》에서 경이로운 인물인 음악가 슈무케Schmucke에 관해 말하고 있습니다. "많은 독일인들처럼 화음에 강했던 슈무케는 총보總譜들의 기악 파트를 담당했고, 이 총보의 성악 파트는 퐁스가 담당했다."

이는 지당한 일입니다. 독일인들은 수평적 음악가의 기질보다는 '수직적 음악가'의 기질이 강하며, 선율보다는 발자크가 대위법까지도 포함시킨 화음에 더 능란한 대가입니다. 그들은 인간 목소리의 찬양자이기보다는 기악가들이고, 노랫가락에 의해 민중을 즐겁게 하기보다는 음악학적인 것과 음악의 영적인 것에 한층 더 관심을 돌리고 있습니다. 독일인은 서구에 대해, 감히 제가 말하고자 한다면, 가장 아름답고 사교적으로 친밀한 음악을 선사하지는 않았지만, 가장 심오하고 의미심장한 음악을 선사했습니다. 그리고 서구는 독일인들에게 이에 대한 감사와 찬사를 아끼지 않았습니다. 동시에 서구는 이러한 영혼의 음악성이 다른 분야에서, 이를테면 인간의 공동생활이 통합적으로 집약되어 있는 정치 분야에서 더 큰 희생을 당하고 있다고 느껴왔으며, 어느 때보다도 오늘날 더욱 실감나게 느끼고 있습니다.

독일의 본질을 그대로 나타내는 거대한 화신 마르틴 루터는 지극히 음악적이었습니다. 솔직히 고백하건대 저는 그를 좋아하지 않습니다. 독일적 성격이 설령 신교적 자유와 종교적 해방으로 나타난다고 해도, 라인 강 문화에 있는 독일적 성격, 즉 분리주의적이고 반反로마적, 반反유럽적 성격은 저를 낯설게 하고 불안에 빠지게 합니다. 그리고 특히 루터적인 것, 화를 잘 내고 거친 태도, 욕설과 침 뱉기와 격분의 감정, 공포를 자아내는 투박한 태도, 유약한 정감의 깊이, 아울러 마귀들과 몽마夢魔들. 이렇게 기괴한 병자들에 대한 속된 미신의 결합적 성격은 저의 본능적인 혐오감을 불러일으킵니다. 저는 루터의 초대손님이 되고자 하지 않았을 것이며, 혹시라도 그의 집에 갔더라면 동화에서 잘 알고 있었던 사람 잡아먹는 거인의 집에라도 있는 것 같은 으스스한 기분을 느꼈을 것입니다. 확신하건대 저는 루터가 "악마의 돼지인 교황"이라고 일컬었던 레오 10세(조반니 데메디치Giovanni de' Medici), 바로 이런 친근한 인문주의자와 훨씬 더 좋은 사이로 지냈을 것입니다. 저는 민중의 힘과 국민교양의 대립, 루터와 세련된 꼼꼼쟁이 에라스뮈스의 반립反立을 전혀 필연적인 것으로 인식하지 않습니다. 괴테는 이런 대립을 극복하고 이를 조화시키고 있습니다. 그는 교화된 완성의 힘이고, 세련된 마성이자 정신과 피가 한데 어울린, 요컨대 예술입니다.

괴테와 더불어 독일은 인간문화에 있어서 한 걸음 힘차게 전진했습니다. ─그렇지 않다 해도 괴테의 정신을 따르는 것이 당연합니다. 왜냐하면 독일은 실제에 있어서는 늘 괴테보다는 루터에게 더 근접되어 있었기 때문입니다. 그런데 루터가 대단히 걸출한 인물이었다는 것을, 그리고 독일적 특성으로 보아 위대하며 해방적인 힘인 동시에 반동적인 힘이라는 이중성에 있어서도 특출하고 독일적이라는 것을, 요컨대 그가 보수적 혁명가라는 것을 누가 부인하려고 했겠습니까? 그는 교회만을 재생시킨 것이 아니었습니다. 그는 기독교를 구원했던 것입니다. 유럽인들은 흔히 독일의 본성이 비기독교적이고 이교도적인 성격이라고 비방하곤 합니다. 이는 논쟁의 여지가 많습니다. 독일은 기독교를 정말 진지하게 받아들였습니다. 기독교는 독일의 종교개혁자 루터에게서, 그것이 다른 곳에서는 더 이상 진지하게 받아들여지지 않았을 시기에, 순수하면서도 소박한 모습을 띠고 있었습니다. 루터의 혁명은 기독교를 보존했던 것입니다. 마치 뉴딜정책이 자본주의 경제 형식을 보존했던 것처럼 말입니다.

마르틴 루터의 위대성에 대해서는 정말이지 결코 논박의 여지가 없습니다! 루터는 혼신의 힘을 다한 그의 성서번역을 통하여 추후에 괴테와 니체가 완성했던 독일어의 발판을 올바르게 닦았을 뿐만 아니라, 스콜라학파의 억압을 타파하고 잃어버린 양심을 되살려놓음으로써 연구의 자유, 비판과 철학적 사색의 자유에 크게 공헌했습니다. 그는 신에 대한 인간관계의 직접성을 터놓는 가운데 유럽의 민주주의 생성을 촉진시켰습니다. 그럴 것이 "누구나가 자기 자신의 목사"라는 근본태도가 바로 민주주의이기 때문입니다. 독일의 관념철학, 경건주의적 양심의 시험을 통한 심리학의 세련화, 궁극적으로는 도덕과 진리의 극단적 엄격성에 입각한 기독교적 도덕의 자기극복 —이것이 니체의 행위(또는 부도덕함)였는데—, 이 모든 것이 루터에게서 유래합니다.

다른 한편 루터는 자유를 추구하는 훌륭한 인간이었지만, 독일적 특성에서 볼 때 그는 자유에 대해 아무것도 이해하지 못했습니다. 제가 지금 말하는 것은 기독교적 인간의 자유가 아니라 정치적 자유, 국가 시민의 자유입니다. 이 정치적 자유에 대해 그는 냉담했을 뿐만 아니라 이런 정치적 발로와 요구들을 본질적으로 싫어했습니다. 루터 이후 400년이 지난 오늘날 사회민주주의자인 독일 공화국의 초대 대통령은 이렇게 말했습니다. "나는 혁명을 죄악처럼 증오한다." 이 대통령의 말은 루터적이며 순수 독일적이었습니다. 루터가 신교에 감화를 받았던 것도, 농민봉기를 증오했던 것도 이런 식이었습니다. 혹시 승리했더라면 독일역사에 새로운 전환, 자유에로의 전환을 가져왔을지도 모르는 농민봉기를 루터는 증오했습니다. 루터는 농민봉기가 그의 걸작인 종교적 해방에 저해요인이라고 생각하여 이 봉기에 침을 뱉고 가능한 모든 저주를 퍼부었습니다. 그는 미친개처럼 농부들을 때려죽이라고 명하고, 군주들에게는 농민 무리를 학살하고 목 졸라 죽여 천국을 얻을 수 있노라고 설파했습니다. 이렇게 최초로 시도된 독일혁명의 슬픈 결말, 모든 결과로서 나타난 군주들의 승리에 대한 상당한 책임을 독일인다운 독일인 루터가 짊어지고 있습니다.

그 당시에 독일에는 제가 완전히 공감할 수 있는 틸만 리멘슈나이더 Tilman Riemenschneider라는 남자가 살고 있었습니다. 그는 경건한 자세의 예술거장으로서 특히 목판조각에 능한 조각가였습니다. 예술가로서 그의 높은 명성은 그의 작품이 보여주는 성실함과 심오하게 표현하는 내용의 순수성 덕분이었습니다. 살아 있는 것처럼 보이는 교회의 제단상과 정결한 조각들의 순수함은 많은 사람들의 애호를 받았으며 독일 전국에 걸쳐 예배의 장소들을 장식했습니다. 이 거장은 그의 협소한 생활권이었던 뷔르츠부르크 시에서 높은 인간적 평판과 시민적 명망을 얻고 있었으며, 시의회의 참의원에도 속해 있었습니다. 그는 자신이 본격적인 정치활동이나 세계적 사건에 휘말려 들리라고는 꿈에도 생각하지 못했습니다. 그것은 그의 타고난 겸손함, 자유롭고 평화스런 창조에 대한 사랑과는 근본적으로 너무나 거리가 멀었기 때문입니다. 그는 선동자적 기질이라고는 전혀 찾아볼 수 없는 사람이었습니다.

그러나 가난하고 억압받는 민중을 위해 한없이 뛰는 가슴은 그로 하여금 정당하고 하느님의 뜻에도 합당한 것으로 인식했던 농민봉기를 지지하게 하였고, 귀족들과 주교, 군주들에 대항하여 싸우도록 그를 자극했습니다. 그렇지 않았더라면 그는 이들 귀족신분의 인문주의적 호의를 그대로 보존할 수도 있었을 것입니다. 시대의 거대하고 철저한 모순에 부딪쳐 그는 순수 정신적, 심미적 예술시민의 고유영역에서 과감히 뛰쳐나와 자유와 평화를 위해 투쟁하는 전사가 되지 않을 수 없었던 것입니다. 그는 예술과 영혼의 평온을 넘어서 있는 이 중대사를 위해 그 자신의 자유, 자기실존의 고귀한 안정을 희생하였습니다. 뷔르츠부르크 시가 성城, 다시 말해 주교 통치의 대對농민 진압군 파견요청을 거부하고 성에 저항할 혁명적 태세를 갖추기로 결정했던 것도 주로 그의 영향력 때문이었습니다. 이로 인해 그는 무서운 대가를 치러야 했습니다. 농민봉기를 진압한 이후에 그와 맞서 싸웠던 승리의 역사적 권력들은 그에게 참혹한 보복을 감행했던 것입니다. 그들은 그를 투옥하고 모진 고문을 가했으며, 따라서 그는 파괴된 인간으로서 목판조각과 돌로부터 아름다움을 불러일으킬 수 있는 능력을 상실하고 나서야 비로소 감옥에서 나올 수 있었습니다.

이렇게 끔찍한 사건도 독일에 있었으며, 또한 늘 있어 왔습니다. 그러나 그것이 특별히 기념비적인 독일성은 아닙니다. 음악적 신학자 루터야말로 독일적 성격을 표출하고 있습니다. 정치 분야에 있어서 루터는 군주들이나 농민들 양편에 이루 말할 수 없이 부당했습니다. 그러나 결과적으로 보면 그는 농민들에게만 포악할 정도로 부당한 처사를 하게 된 셈이 되고 말았습니다. 그의 내면성은 사도 바울이 말한 "너를 지배하는 권위의 시종이 되어라"와 전적으로 일치했습니다. 하지만 이런 태도는 기독교적 세계종교를 위한 전제이자 정치공간이었던 로마제국의 절대적 권위와 깊이 연관되어 있었습니다. 한편 루터에게 문제시되는 것은 독일 군주들의 반동적 권위의 지방주의 색채가 그에게도 짙었다는 점입니다. 그의 반정치적 신앙심, 음악적 내지 독일적 내면 성과 비非세계성의 이 산물은 수세기 동안 군주와 모든 국가권위 앞에 서 굴종하던 독일인의 자세를 많은 부분에 있어 각인하고 있었습니다. 그뿐만 아니라 이러한 독일적 내면성은 과감한 사색과 정치적 미성숙 사이의 독일적 이원성二元性을 조장했고, 나아가 이를 보다 공고히 했 습니다. 그것은 무엇보다 '국가적' 충동과 정치적 '자유' 이상 사이에 서 발생하는 가장 독일적인 충동을 기념비적이고 반항적으로 대변하 고 있는 것입니다. 왜냐하면 종교개혁은 나중에 나폴레옹에 대항한 투 쟁만큼이나 '국가주의적' 자유운동이었기 때문입니다.

우리는 이제 잠시 동안 자유에 대해 논해 보기로 합시다. 자유개념이 독일민족만큼이나 중요한 국민에게서 드러났고 또 드러나고 있는 독특 한 이중성은 철저히 숙고해 볼 여지가 있습니다. 현재 수치스럽게 파멸 해 가는 나치주의까지도 '독일의 자유운동'이라는 표어를 내걸 수 있다 는 것이 도대체 어떻게 가능했겠습니까? 저의 상식적 견해로는 나치주 의의 정신적 토대가 자유와 모종의 관계가 있다는 것은 도무지 믿기지 않기 때문에 하는 말입니다. 이런 식의 자유라는 명칭에는 모든 것을 뒤엎으려는 철면피 같은 태도뿐만 아니라, 자유개념에 대한 철저히 그 릇된 기본인식이 내재해 있는 것입니다. 그것은 독일역사에 있어서 언 제나 정당화되었던 심리적 법칙에 근거합니다. 자유는 정치적으로 이 해하면 무엇보다 도덕적, 정치 내재적 개념입니다. 내면적으로 자유롭 지 못하고 자기 자신을 책임질 수 없는 민족은 외적 자유를 누릴 자격 이 없습니다. 그런 민족은 자유에 대해 함께 논할 수 없고, 설령 그럴듯한 자유의 말마디를 사용한다 해도, 그것은 허위에 지나지 않습니다.

독일의 자유개념은 언제나 내면 밖의 세계를 지향해 왔습니다. 그러면서도 이 개념은 독일적이라는 것, 오로지 독일적이고 그 밖에 다른 어떤 것이나 그것을 넘어서는 어떤 것도 아니라는 자기 권리를 의미할 따름이었습니다. 독일의 자유개념은 민족적 이기주의를 제약 내지 제한하고, 나아가 이를 교화함으로써 공동체적 의식과 인류애에 헌신할 수 있도록 독려하는 모든 것에 대한 자기중심적 방어 본능이었습니다. 그것은 유럽이나 문명을 포함한 세계 관계에 있어서 외부를 지향하는 반항적 개인주의였습니다. 그것은 내적으로 도저히 참을 수 없는 부자유스러움, 미성숙, 무감각한 굴종과 쉽게 화합했습니다. 그것은 군대에나 있을 수 있는 복종의 의미였습니다. 그런데 나치주의는 외적 자유와 내적 자유의 결핍에서 파생되는 이와 같은 불신을 국내에서는 그토록 부자유스런 민족을 부추겨 세계지배의 망상으로까지 극단화시켰던 것입니다.

무슨 까닭으로 독일의 자유충동은 언제나 내적 부자유로 귀결되어야 하는 걸까요? 무슨 까닭으로 그것은 결국에 가서는 모든 다른 나라의 자유, 아니 자유 그 자체를 묵살하려는 지경에까지 이르러야 했을까요? 그 근본이유는 독일이 이제까지 혁명을 갖지 않았고 '국가개념'을 '자유개념'과 일치시키지 못했기 때문입니다. 국가라는 개념은 프랑스혁명에서 탄생했으며, 그것은 인류애를 내포하고 정치 내재적이며, 외교적으로는 유럽을 의미하는, 혁명적이고 자유를 요구하는 개념입니다. 프랑스의 정치 지향적 정신이 갖고 있는 모든 장점은 이처럼 행복한 통일성에 의거합니다. 이에 반해 독일의 애국적 열광에 담긴,

모든 것을 협소화하고 억누르는 성격은 이처럼 통일성이 결코 형성될 수 없었다는 사실에 기인합니다.

아마도 자유개념과 역사적으로 연결되어 있는 '국가' 개념은 독일에서는 전반적으로 이질적이라고 말할 수 있을 것 같습니다. 독일을 국가라고 부르는 것은 독일인이나 다른 어떤 나라 사람이 그렇게 명명하든지 간에 잘못된 것으로 볼 수 있습니다. 조국을 사랑하는 열정에서 국가주의라는 말을 적용하는 것은 잘못입니다. 이는 프랑스적 의미에서 파악된 것이며, 오해를 낳기 십상입니다. 우리는 같은 이름으로 두 개의 상이한 대상을 파악하려고 해서는 안 될 것입니다. 독일의 자유이념은 민족적, 반反유럽적 성격을 띠고 있고, 그것이 설령 당면한 시대처럼 공개적이고 확증된 야만성으로 노골화되지 않았다 해도, 항상 야만적인 형태에 매우 가깝게 있습니다. 하지만 이미 독립전쟁 때 자유이념의 수호자들과 선구적 투쟁가들에게서, 예컨대 학생노조의 본질이나 얀Jahn과 마스만Maßmann과 같은 그런 유형에서 엿보이는 미적 불쾌감과 조야함은 자유이념의 불운한 성격을 입증해 주고 있습니다.

괴테는 진실로 민족문화에 낯설지 않았습니다. 그는 고전극《이피게니에》뿐만 아니라《파우스트 1부》,《괴츠》,《음률 있는 명구名句》와 같은 독일 토박이 글들을 썼습니다. 그럼에도 나폴레옹에 맞서 싸우는 독립전쟁에 대한 괴테의 완전히 냉담한 태도는 모든 애국자들의 분노를 자아내었습니다. 이처럼 냉담한 태도를 보인 이유는 그의 짝이라 할 수 있는 황제에 대한 충성심의 발로이기도 하지만, 그 외에도 이 독립전쟁에서 나타나는 야만적, 민족적 요소가 그의 비위에 거슬렸기 때문입니다. 폭넓고 위대한 것이라면 모두 받아들였던 이 거인의 고독,

실로 애국주의적, 자유주의적 흥분으로 격앙되어 있던 당시의 독일에서 초^超국가성, 세계적 독일성, 세계문학을 견지하던 그가 얼마나 고통스러웠는지를 우리는 도저히 헤아릴 수가 없습니다. 이 고독한 거인에게는 주변 분위기의 중심을 이루던 모든 결정적, 지배적 개념이 문화와 야만성이었습니다. 그리고 그가 자유이념이 야만스럽게 되어가는 어떤 민족에 속해 있었다는 것 또한 그의 운명이었습니다. 자유이념은 이런 민족에게는 외부로 향하기만 하면 반^反유럽, 반문화적 경향을 띠면서 야만화되기 때문입니다.

여기에는 불행과 저주, 지속적으로 영향을 미치는 비극적인 어떤 것이 지배하고 있습니다. 이 요인을 살펴보면 괴테에게도 문제점은 드러나고 있습니다. 즉 정치적 기독교주의나 민족을 부르짖는 맹목적 민주주의에 거부감을 표시하는 괴테의 태도, 나아가 괴테의 자세 자체까지도 국가와 특히 독일시민성이라는 국가의 정신적 지주에 대해 주로 루터적인 이원성을 확증하고 그것을 심화하는 데 기여했다는 점입니다. 그럼으로써 이런 자세가 독일의 교양개념 자체 내에 정치적 요소를 수용할 수 있는 계기를 가로막았던 것입니다. 어느 정도로 위대한 인물들이 민족성에 그들의 심혼을 새겨 넣고 또 어느 정도로 그것을 전형적으로 형상화하는지, 어느 정도로 그들 자신이 민족성의 전형적 인간상이고 표현인지, 그것을 규정하고 차별화하기란 매우 어려운 일입니다. 틀림없는 사실은 정치에 대한 독일적 감정의 관계가 전혀 어울리지 않는 관계이자 논의할 자격도 없는 관계라는 점입니다. 그것은 역사적으로 모든 독일혁명이 좌절로 끝나 버렸다는 사실에서 드러나고 있습니다. 1525년의 혁명, 1813년의 혁명, 독일시민의 정치적 무방비

상태에 걸려 좌초된 1848년의 혁명, 그리고 마지막으로 1918년의 혁명이 모두 실패로 돌아갔습니다. 하지만 이런 좌절은 정치이념을 강압적으로 쟁취하려는 공명심이 발동할 때, 독일인의 정치이념이 너무나 쉽게 빠져드는 둔감하고 불행한 오해에서도 나타납니다.

정치는 "가능성의 예술"이라고 칭해져 왔습니다. 실제로 정치가 예술과 마찬가지로 정신과 삶, 이념과 현실, 소망과 필연성, 양심과 행위, 도덕성과 힘 사이에서 창조적 중재 역할을 수행하는 경우에는 예술의 영역입니다. 그러나 정치는 훨씬 엄격하고 필연적인 것, 비도덕적이거나 훨씬 더 편의적인 것, 물질주의적이며 지나치게 인간적인 성향, 저속한 속성을 내포하고 있습니다. 그래서 위대한 것을 성취한 정치가란 찾아보기 힘들었고, 마찬가지로 자신이 인격자에 속해 있는지 여부를 반문해 볼 필요조차 없었던 정치가는 아주 드물었습니다. 그럼에도 인간이 본성의 세계에만 속해 있지 않은 것처럼, 정치도 좋지 않은 영역에만 속해 있는 것은 아닙니다.

정치가 악마적이고 퇴폐적인 것으로 변질되거나 인류 공동의 적이 될 만큼 악의의 미소를 지을 때, 그리고 때때로 범인류적인 창조성을 수치스럽고 범죄적인 파괴성으로 전도시킬 때, 정치는 인간의 이념적, 정신적 본질을 포기하게 되고 나아가 인간 본성의 도덕적, 교양적 요소를 완전히 부정하여 스스로 비도덕적이고 저속한 것, 이를테면 거짓이나 살인, 기만이나 폭력으로 완전히 전락하고 마는 것입니다. 이런 것은 더 이상 예술이 아니며, 창조적 중재와 상호 연관적 역할을 수행하는 아이러니 또한 아닙니다. 이런 것은 어떤 실제적인 것도 구현하지 못하고, 다만 잠정적으로 겁에 질려 성장하는 맹목적, 탈殷인간적

횡포인 것입니다. 이와 같은 정치의 횡포란 조금만 지속되면 세계 파괴적이고 허무주의적으로, 또한 자기 파괴적으로 작용하게 됩니다. 왜냐하면 비도덕적인 것은 삶을 거역하는 것이기도 하기 때문입니다.

정치에 걸맞게 태어난 민족들은 본능적으로 양심과 행위, 정신과 힘의 정치적 통일성을 적어도 주관에 의해 보존해 나가는 법을 알고 있습니다. 그들은 삶과 힘의 예술로서 정치를 수행합니다. 여기에도 삶에 유용하면서 악한 것, 지나치게 세속적인 것이 다소 섞여 들어가 있기는 하지만, 이와 같은 정치예술은 보다 높은 것, 이념, 인간적 예의와 도덕적인 것을 조금도 간과하는 법이 없습니다. 그들은 바로 이런 점에서 '정치적'으로 감각하고, 이런 방식으로 세계와 자기 자신을 완성해 나갑니다. 이렇게 타협에 근거한 삶의 완성은 독일인에게는 위선으로 나타납니다.

독일인은 타고나기를 삶에 성공하도록 되어 있지 못하고, 정치를 무디고 투박한 방식으로 오해함으로써 정치에 걸맞지 않다는 것을 여실히 드러냅니다. 독일은 천성적으로 악한 것이 아니라 정신적이며 관념적인 것에 적합하기 때문에, 정치를 오로지 거짓이나 살인, 기만과 폭력에 불과한 것 정도로 여깁니다. 독일인은 정치를 완전히 더러운 것 일변도의 어떤 것으로 생각하며, 만일 그가 세속적인 공명심에 따라 정치에 몸을 팔면, 정치란 추악한 것이라는 철학에 입각하여 정치를 수행합니다. 정치인으로서 독일인의 믿음은 인류에게서 귀와 눈이 사라지고 있다는 식의 태도입니다. ─독일인은 이것이 바로 정치라고 여깁니다. 따라서 독일은 이와 같은 정치를 위해서라도 악마가 되어야겠다고 생각합니다.

우리는 이를 체험했습니다. 어떤 심리학으로도 구할 수 없는 범죄가 발생하고 말았습니다. 이들의 범죄가 전혀 쓸모없는 만용이었다는 것이 최소한의 용서를 구할 수 있는 방편입니다. 그 이유인즉 범죄 자체는 이와 같은 만용에 불과했고, 실제적인 사항에는 속하지 못했기 때문입니다. 독일은 이런 범죄를 기꺼이 중단할 수 있었는지도 모릅니다. 독일의 힘과 침략전쟁은 이런 범죄 없이도 만용적인 행위를 계속할 수 있었을 것입니다. 기업 트러스트와 착취가 있는 세계에서 괴링 콘체른Göring-Konzern을 통한 다른 모든 민족들의 독점적 착취의 발상은 결국 조금도 낯선 것이 아니었습니다. 이런 발상에 있어서 고통스러운 것은 그것이 과도한 운영을 통하여 현행 체계를 지나치게 뒤흔들었다는 사실입니다.

하지만 어느 곳에서나 인류가 경제적 민주주의를 추구하여 사회적 성숙의 더 높은 단계를 경주하는 오늘날, 이런 발상은 실상 뒤늦게 찾아왔다고 덧붙여 말할 수 있습니다. 독일인들은 언제나 너무 뒤늦게 반응합니다. 그들은 모든 예술 가운데 세계상황을 가장 뒤늦게 표현하는 음악처럼 뒤늦게 찾아옵니다. 이 세계상황이 이미 사라져 가고 있을 때에서야 비로소 말입니다. 그들은 또한 그들에게 가장 소중한 예술처럼 추상적이고 신비합니다. 이 두 가지가 모두 범죄에 이를 지경임에도 그렇습니다. 저는 앞서 뒤늦은 경제착취의 기도가 필연적으로 범죄를 일으킨 것은 아니라고 말한 바 있습니다. 범죄는 우발적인 첨가물, 일종의 액세서리였던 것입니다. 독일인들은 소위 이데올로기를 위하여, 종족의 환상적 미래를 위하여 이론적 토대로부터 이런 액세서리를 이끌어냈습니다. 혐오감이 들 정도의 미화美化인지도 모르겠습니다만, 독일인들은 세계에 이질적인 이상주의로부터 범죄를 저질렀다고 말하고 싶습니다.

때때로, 그리고 독일역사를 관찰해 볼 때 받는 인상은 세계가 신이라는 단독자의 창조가 아니라, 다른 누군가와의 공동작품 같다는 것입니다. 우리는 악한 것에서 선한 것이 나온다는 은혜로운 사실을 신에게로 돌리고자 합니다. 그러나 선한 것에서 그렇게 자주 악한 것이 나온다는 것은 분명히 다른 자의 소행입니다. 독일인들은 무엇 때문에 바로 그들에게서는 그들의 모든 선한 것이 악한 것으로 변질되고, 도대체 무엇 때문에 선한 것이 그들의 수중에 들어가면 악한 것이 되는지 물어볼 수 있을 것입니다. 여러분께서는 그들의 근원적인 보편주의와 세계주의, 그들의 내면적 무한성을 생각해 보십시오.

그들의 내면적 무한성은 어쩌면 과거의 초국가적 제국인 독일 신성로마제국의 정신적 속성으로 이해될 수 있을지도 모릅니다. 아주 긍정적으로 평가될 수 있는 정신적 근거이지만, 그것은 일종의 변증법적 반전을 통하여 전도되었습니다. 독일인들은 그들의 천부적 세계주의 토대 위에 유럽의 지배권, 아니 세계의 지배권을 서둘러 세워 올리려는 마음의 유혹을 뿌리치지 못했습니다. 이로써 독일인들에게 세계주의는 완전히 정반대의 것, 가장 불손하고 위협적인 국가주의와 제국주의로 탈바꿈하고 말았습니다. 동시에 그들 스스로도 국가주의의 발생이 너무 뒤늦게 찾아왔으며, 이 국가주의가 이미 시대에 뒤떨어졌다는 사실을 깨달았습니다. 따라서 국가주의에 어떤 현대적인 것을 끼워 넣었는데, 그것이 바로 '종족슬로건Rassenparole'이었습니다. 그들은 종족을 전면에 내세움으로써 너무나 쉽게 상상하기 어려운 악행을 저지르게 되었고, 또한 가장 깊은 불행의 수렁으로 떨어지고 말았습니다.

　그렇지만 여러분, 여러분은 아마도 독일인을 가장 잘 나타내주는 특성, 번역하기 매우 힘든 낱말인 '내면성Innerlichkeit'으로 표현되는 이 특성을 생각해 보십시오. 부드러움, 심원한 정서, 구도자적인 침잠, 자연에 대한 경건함, 가장 순수한 사고와 양심의 진지함, 요컨대 순수 서정시에 내재한 모든 본질적 성향이 그 안에 섞여 있습니다. 그리고 세계가 독일의 내면성으로부터 부여받은 혜택을 오늘날 세계 자체가 잊을 수 없을 것입니다. 독일의 형이상학, 음악, 특히 국가적으로 완전히 일회적이고 무엇과도 비교될 수 없는 독일 가곡의 경이로움은 그들 내면성의 결실이었습니다.

　독일 내면성의 위대한 역사적 행위는 루터의 종교개혁이었습니다. 우리는 이것을 강력한 해방행위라고 불렀습니다. 그러므로 이 행위는 실로 선한 행위였습니다. 하지만 악마가 이 일에 슬며시 개입했음은 분명합니다. 종교개혁은 서구의 종교적 분열, 결정적인 불행을 불러일으켰습니다. 그리고 그것은 독일에 30년 전쟁을 가져옴으로써 독일의 인구를 감소시켰으며, 문화에 있어서는 흥조로 가득한 후퇴를 초래했습니다. 더욱이 방탕과 질병을 통하여 중세와는 다르면서도 보다 악화된 상태를 만들어냈습니다. 《우신예찬愚神禮讚》을 쓴 에라스뮈스는 내면성이 결여된 회의적 인문주의자로서 종교개혁이 어떤 의미를 내포하고 있었는가를 잘 알고 있었습니다. 그는 "네가 세계에 무서운 혼란이 발생하는 것을 보게 되면, 에라스뮈스가 이를 예언했다는 사실을 생각하라"고 말했습니다. 그러나 전적으로 내면적인 비텐베르크의 야인野人은 평화주의자가 아니었습니다. 그는 독일인답게 비극적 운명을 완전히 인정하여 거기에서 흐르게 될 피를 "자신이 짊어질" 각오가 되어 있노라고 선언했습니다.

독일의 낭만주의, 그것은 가장 아름다운 독일의 특성, 바로 독일 내면성의 표현 이외에 무엇이겠습니까? 너무나 동경에 차 있고 몽상적인 것, 환상적이고 유령과 같은 것, 깊숙하고 기괴한 것, 그러면서도 고도의 기교적 세련성, 모든 것을 위로 떠오르게 하는 아이러니는 낭만주의 개념과 관련을 맺고 있습니다. 그러나 독일 낭만주의를 거론할 때, 제가 생각하는 것은 그런 것이 아닙니다. 그것은 오히려 말로 표현할 수 없는 어둠의 힘과 경건성입니다. 말하자면 그것은 하계下界의 비합리적이고 마성적인 삶의 힘, 삶의 근원적 원천을 스스로 가깝게 느끼고 이성적 세계관찰과 세계행위의 단순함에 대하여 보다 깊은 지식이나 보다 깊은 신성과 결합된 반명제反命題를 제기하는 영혼의 고대성古代性입니다.

독일인들은 계몽주의의 철학적 주지주의와 합리주의에 반대하는 낭만적 반反혁명의 민족입니다. 다시 말해 문학에 대한 음악의 봉기, 명료성에 대한 신비성의 봉기를 가져온 민족입니다. 낭만주의는 결코 연약한 도취가 아닙니다. 낭만주의는 스스로를 힘으로 느낄 뿐만 아니라 충만함으로 느끼는 깊이입니다. 그것은 비판과 개량주의에 맞서 존재하는 것, 사실적인 것 또는 역사적인 것을 지지하는, 단적으로 정신에 맞서 힘을 지지하고, 모든 수사학적 유용성과 이상주의적 세계미화에 대해서는 전적으로 과소평가하는 성실성의 염세주의입니다. 여기서 낭만주의는 비스마르크, 즉 독일의 위세를 부각시켰던 정치적 천재를 통해 유럽 위에 당당히 승리를 구가했던 사실주의 및 마키아벨리즘적 요소와 결합되어 있습니다. 비스마르크에 의해 프로이센의 정책방향이 수행되는 가운데, 통일을 이루고 제국을 건설하려는 독일의 절박함은 사람들이 그에게 국가관 내지 민주주의에 대한 의지가 각인되어 있는 것으로 보았을 때 오해되고 있었습니다.

이런 절박함은 1848년에 한 번 실현될 가능성을 보였습니다. 비록 바울교회의 국정의회에서 거행된 독일통합에 대한 토론들이 중세적 제국주의나 신성로마제국의 과거사에 연연해 있었지만 말입니다. 그러나 유럽에서는 일반적인, 통일을 위한 국가통합과 민주주의의 도정은 독일의 길이 아니었다는 것이 입증되고 말았습니다. 비스마르크의 프로이센 제국은 본질적으로 민주주의와 하등의 관계가 없었을 뿐만 아니라, 민주주의적 의미에서 사용되는 '국가'와도 전혀 상관이 없었습니다. 그것은 유럽 지배권의 의미를 지닌 순수 강권조직이었습니다. 1871년의 제국형태는 일체의 현대성과 냉철한 유용성을 배제한 채 중세의 영광에 대한 회상과 작센 및 슈바벤 통치자들의 시대에 매달려 있었습니다. 바로 이것이 특징적이면서도 위협적인 성향이었습니다. 우둔한 현대감각, 능률적 발전성과 과거 환상의 혼합, 즉 고도로 기술화된 낭만성이 이를 말해줍니다. 프로이센이라는 비신성非神聖 독일제국은 전쟁을 통해 탄생했기에 언제나 전쟁국가일 수밖에 없었습니다. 세계의 살 속에 박혀 있는 하나의 가시인 프로이센 제국은 전쟁국가로 존립했었고 전쟁국가로 패망하였습니다.

독일 낭만주의가 보여주는 반혁명의 정신사적 업적은 이루 평가할 수 없을 만큼 지대합니다. 헤겔 자신이 이에 비상한 관심을 보였는데, 그의 변증법적 철학은 합리적 계몽주의와 프랑스혁명이 이성과 역사

사이에 벌려 놓았던 심연에 다리를 놓은 셈이었습니다. 그가 설파한 현실적인 것과 이성적인 것의 화해는 역사적 사유에 강력한 자극을 일으켰고, 그때까지는 거의 없었던 역사이론을 세웠습니다. 낭만주의는 본질적으로 침잠, 그것도 특히 과거 속으로의 침잠입니다. 낭만주의는 이 과거를 향한 동경이자 동시에 고유색과 분위기의 자기특권을 지닌 모든 실제적 존재에 대해 그대로 인정하는 감각입니다. 낭만주의는 역사기술에 대단히 유용했으며, 현대적 형태를 갖춘 역사기술을 비로소 출범시켰다는 것은 놀라운 일이 아닙니다.

미美의 세계를 추구하는 낭만성 일반의 공적은 학문, 특히 심미론審美論으로서 풍부하고 매혹적입니다. 시가 무엇인지 실증주의는 알고 있지만, 지적 계몽주의는 전혀 알지 못합니다. 도덕적 아카데미즘 속에서 고루함 때문에 죽게 되었던 하나의 세계에 낭만주의가 비로소 시가 무엇인지를 가르쳤습니다. 낭만주의는 개성과 자연스런 열정의 권리를 선언함으로써 윤리를 시화詩化했습니다. 낭만주의는 동화와 가곡의 풍요로운 보물을 민족 과거의 깊은 곳에서 끌어올렸습니다. 따라서 그것은 찬란한 이국풍의 변조로서 나타나는 민속학의 전적인 정신적 보호자였습니다. 낭만주의의 먼 친족형태인 신비스런 황홀경과 디오니소스적 도취에서도 볼 수 있듯이, 낭만주의가 감성적인 것에 돌렸던 선이성先理性의 우선권은 병과의 특수하고 심리학적으로 대단히 결실 있는 관계에 놓이게 됩니다. 스스로 병을 통하여 치명적이면서도 천재적인 위치로까지 상승했던 정신적 인물, 후기 낭만주의자 니체조차도 인식을 위한 병의 가치를 아무리 찬양해도 불충분했던 것처럼 말입니다. 이런 의미로 병의 측면에서 인간 지식의 근원적 전진을 의미했던 정신분석학까지도 낭만주의의 후계자인 것입니다.

괴테는 고전적인 것은 건강하고 낭만적인 것은 병적이라는 간결한 정의를 내린 바 있습니다. 그것은 낭만주의의 죄까지도, 그 죄의 결과까지도 사랑하는 사람의 고통스런 주장입니다. 그러나 낭만주의가 자신의 가장 사랑스럽고 정감 어린 동시에 민족적이고 고상한 현상임에도 불구하고 장미가 벌레를 품듯이 자신 속에 병의 징후를 내포하고 있다는 것, 낭만주의가 가장 깊은 내적 본질에 따라 유혹이며 그것도 죽음에의 유혹이라는 것을 부인할 수는 없습니다. 이것이 바로 낭만주의의 혼란한 패러독스로서, 낭만주의는 추상적 이성이나 천박한 인문주의에 맞서 비합리적 삶의 힘을 대변하고 있으며, 비합리성과 과거에 대한 헌신을 통하여 죽음과 깊은 친족관계를 맺고 있습니다.

낭만주의는 자신의 본래적 고향 독일에서 도덕적인 것에 반해 생명력의 찬미로서, 아울러 죽음과는 친족관계로서 무지개처럼 현란한 이중성을 가장 강렬하고 가장 섬뜩하게 증명해 보였습니다. 낭만주의는 독일의 정신 및 반反혁명으로서 유럽의 사유에 대해 심오하고 활력적인 충격을 주었습니다만, 그러나 낭만주의 그 자체를 반성해 볼 때 삶 내지 죽음에 대한 오만은 유럽으로부터, 유럽적 인류애의 정신이나 민주주의 정신으로부터 어떻게든 본받아야 할 교훈들을 경멸의 태도로 외면해 버렸습니다. 더욱이 실제적 강권정치의 형태 속에서 비스마르크주의가 팽배하고 독일이 문명을 대변하는 프랑스로부터 승리를 쟁취했을 때, 그리하여 넘치는 건강을 과시하듯 강권제국을 설립했을 때, 낭만주의는 정말 세계에 놀라움을 자아냈지만 동시에 세계를 혼란에 몰아넣었으며, 더 이상 이 천재 자신이 제국의 선봉에 설 수 없게 되자, 세계를 우울하게 하고 지속적으로 불안상태에서 숨죽이게 만들었던 것입니다.

그 밖에도 통일된 강권제국은 문화적 절망감을 드러냈습니다. 한때는 세계의 스승이었던 독일에서 더 이상 정신적으로 위대한 것은 아무 것도 나오지 않았습니다. 독일은 오직 힘에 있어 강할 뿐이었습니다. 그러나 이처럼 강하고 온갖 조직화된 수행능력에도 낭만적 병과 죽음의 징후는 지속되고 계속 영향을 미쳤습니다. 역사적 불운, 패전의 고통과 굴종이 이 불길한 징후를 키웠습니다. 그리고 마침내는 그것이 비참한 대중의 수준, 히틀러 정도의 수준으로 떨어지자 독일의 낭만주의는 신경질적인 야만성, 무도함과 범죄의 도취와 경련으로 급격히 변했습니다. 이런 행위는 바야흐로 국가적 대참사를 맞이하여 비할 바 없는 육체적, 심리적 탈진 속에서 경악스런 최후를 기다리고 있습니다.

신사 숙녀 여러분, 제가 여러분께 간단히 요약하여 설명한 것은 독일 '내면성'의 역사입니다. 그것은 일종의 우울한 역사입니다. 저는 이 역사를 이렇게 부를 뿐, '비극'에 대해서는 언급하지 않겠습니다. 왜냐하면 불행은 자랑할 만한 것이 못 되기 때문입니다. 어쩌면 이 역사가 한 가지 사실을 우리에게 일깨워 줄 수도 있을 법합니다. 그것은 사악하고 선한 두 개의 독일이 존재하는 것이 아니라, 악마의 계략으로 말미암아 가장 선한 면이 악한 면으로 변질된 단 하나의 독일만이 존재한다는 사실입니다. 악한 독일, 그것은 길을 잘못 간 선한 독일, 불안과 죄와 파멸에 직면해 있는 선한 독일입니다.

그러므로 독일 태생의 정신적 인간에게는 악하고 죄를 짊어진 독일을 전면 부정하고, '나는 선한 독일, 고귀한 독일, 백의白衣를 입은 정의로운 독일이니, 나쁜 독일을 없애도록 당신들에게 전적으로 맡기는 바이오'라고 선언하는 것은 도저히 있을 수 없는 일입니다. 제가 여러분께 독일에 대해 언급하거나 아니면 서둘러 알리려 했던 어떤 내용도 낯선 지식이나 저와 상관없는 지식에서 나오지 않았습니다. 저는 그것을 마음속 깊이 경험했고, 그 모든 것을 몸으로 겪었습니다.

달리 표현하여 제가 여기서 시간에 쫓겨 가며 드리고자 했던 요지는 일부이나마 독일적 자기비판이었습니다. ―참으로 이보다 독일전통에 충실할 수는 없을 것 같습니다. 종종 자기구토와 자기저주에까지 치달았던 자기비판에의 성향은 완전히 독일적입니다. 그리고 영원히 파악할 수 없는 것도 바로 그토록 인식에 뿌리를 둔 민족이 어떻게 세계지배라는 엄청난 발상까지도 할 수 있었을까 하는 점입니다. 세계를 지배하려는 발상에는 무엇보다 소박함이나 행복한 고립성, 기껏해야 고의성 없는 의지가 속해 있습니다만, 거만과 회한이 결합된 독일의 영적 삶은 이에 속하지 않습니다. 위대한 독일인들, 횔덜린과 괴테, 니체가 독일에 관해 표현했던 냉정한 발언은 일찍이 프랑스인이나 영국인, 미국인이 그들의 국민에게 행하던 비판과는 전혀 비교될 수 없습니다. 심지어 괴테는 적어도 사담을 하는 가운데에서는 독일의 분산을 바랄 정도였습니다. 그는 "독일인들이 유태인들처럼 세계 전역으로 옮겨가고 분산되어야 한다"고 힘주어 말한 바 있습니다. 그리고 덧붙이기를 이는 "독일인들에게 내재한 선善의 기본자질을 완전히 개발하여 국가의 행복에 기여하기 위해서"라는 것입니다.

선의 기본자질, 그것은 아직도 남아 있으나 이제까지 성립된 민족국가의 형태에서는 제 몫을 발휘할 수 없습니다. 괴테가 독일인들에게 소망했던, 그리고 전쟁이 끝난 뒤에는 독일인들의 호기심을 강하게 끌게 될 세계 전역으로의 분산은 다른 국가들의 이민법에 의해 철저히 봉쇄될 테지요. 그러나 강권정치가 우리에게 나누어 준 과도한 욕구에 철저히 경종을 울리는 그 모든 제한에도 이 대참사가 끝난 뒤에는 어쩔 수 없이 필연적으로 19세기의 민족주의가 해체되고 종래는 사라지는, 그리하여 독일 본질에 들어 있는 '선의 기본 자질'에 대해 낡아빠진 과거보다는 훨씬 행복한 상태를 확약해 줄 수 있는 어떤 세계상황의 방향성 속에서, 최초의 실험적 움직임들이 일어나게 되리라는 희망이 남아 있지 않겠습니까?

아마도 나치주의의 청산이 바로 독일의 가장 내적인 성향과 욕구에 가장 큰 행복의 가능성을 마련해 주는 사회적 세계형식으로의 길을 열어주었다고 말할 수 있습니다. 세계경제, 정치적 경계의 의미 약화, 국가적 삶 일반의 탈정치화, 인류의 실제적 통합의식에로의 일깨움, 세계국가에 대한 최초의 통찰, 이렇게 시민적 민주주의를 넘어서는 사회적 인문주의가 어떻게 독일의 본질에 낯설고 거슬릴 수 있겠습니까? 독일의 본능적 세계회피에는 언제나 역반응적인 세계요구가 내재해 있었고, 그것을 악하게 만들었던 고독의 밑바닥에는 —누가 그것을 모르겠습니까!— 사랑하고 사랑받으려는 소망이 깔려 있습니다. 결국 독일의 불운은 인간존재 일반의 비극을 나타내는 패러다임일 따름입니다. 독일이 그토록 절실하게 필요로 하는 은총을 우리 모두가 필요로 하고 있습니다.

아르투르 쇼펜하우어 Arthur Schopenhauer(1788~1860)

독일의 철학자로 염세주의의 대표자로 불린다.

한자동맹으로 자유도시였던 단치히에서 은행가이자 상인인 아버지 하인리히 플로리스 쇼펜하우어와 작가인 어머니 요한나 헨리에테 트로지에네 사이에서 출생하였다. 1793년 단치히가 프로이센에 병합되자 자유도시 함부르크로 이사하였고, 아버지는 그에게 회사를 이어받을 수 있도록 상업 교육을 받게 하였다.

1803년에는 약 2년에 걸쳐 가족과 함께 유럽 여행을 하였고, 이 시기에 그는 프랑스어와 영어를 익혔다. 1805년 아버지가 죽자, 어머니는 쇼펜하우어의 여동생인 아델레와 함께 바이마르로 이사했다. 하지만 그는 함부르크에 남아 고등학교를 졸업하고, 1809년 괴팅겐대학에 입학하여 철학과 자연과학을 배웠다.

이어 1811년에는 베를린대학으로 옮겨, 피히테와 슐라이어마허를 청강하였으며, 《충족이유율의 네 가지 근원에 관하여 Über die Vierfache Wurzel des Stazes vom Zureichenden Grunde》(1813)로 예나대학에서 박사학위를 받았다. 그러나 이때 여성작가로서 활동이 많았던 어머니와의 갈등으로 햄릿과 같은 고뇌에 빠졌고, 그의 독특한 여성혐오, 여성멸시의 한 씨앗이 싹텄다. 하지만 이 시기 괴테와 친교를 맺고, 그에게서 자극받아 색채론色彩論을 연구하여 《시각과 색채에 관하여 Über das Sehen und Farben》(1816)를 출판하였다.

어머니와의 갈등으로 드레스덴으로 거처를 옮긴 이후 그는 4년간의 노작인 저서 《의지와 표상으로서의 세계Die Welt als Wille und Vorstellung》(1819)를 출판하였다. 이 대작의 출판과 함께 그는 이탈리아를 여행한 후 1820년에 베를린대학 강사가 되었으나, 헤겔의 압도적 명성에 밀려 이듬해 사직하였다. 이후 1822~1823년에 다시 이탈리아를 여행한 뒤 1831년부터는 프랑크푸르트 암마인으로 옮겨 평생을 그곳에서 살았다.

그의 철학은 칸트의 인식론에서 출발하여 피히테, 셸링, 헤겔 등 관념론적 철학자를 공격하는 것이었으나, 그 근본적 사상이나 체계의 구성은 같은 '독일 관념론'에 속한다. 그러나 플라톤의 이데아론 및 인도의 베다철학의 영향을 받아 염세적 세계관을 사상의 기조로 한다.

그는 엄격한 금욕을 바탕으로 한 인도철학에서 말하는 해탈과 정적靜寂의 획득을 궁극적인 이상의 경지로서 제시하였고, 또한 그렇게 하여 자아의 고통에서 벗어나면서부터 시작되는 타인의 고통에 대한 동정, 즉 동고同苦 Mitleid를 최고의 덕이자 윤리의 근본원리로 보았다. 그의 철학은 당시에는 크게 인정을 받지 못하였으나, 19세기 후반부터 널리 알려졌다.

특히 그의 철학은 후에 철학자 니체를 비롯한 하르트만, 도이센 그리고 작곡가인 바그너와 문학가인 토마스 만 등 여러 분야에 상당한 영향을 주었다.

주요 작품으로는 《의지와 표상으로서의 세계》, 《윤리학의 두 가지의 근본 문제》, 《시각과 색채에 관하여》 등이 있다.

독일의 시인이자 철학자이다. 키르케고르와 함께 실존주의의 선구자로 간주된다.

그는 1844년 작센 지방의 레켄에서 루터교 목사인 아버지 카를 루트비히 니체의 아들로 태어났다. 아버지를 5세 때 사별하고 어머니, 누이동생과 함께 나움부르크에 있던 할머니 집으로 옮겨 생활했다. 14세 때 프포르타 공립학교에서 엄격한 고전교육을 받았고, 20세인 1864년 본대학에 입학하여 리츨 교수 밑에서 고전문헌학에 몰두하였으나 다음 해 리츨을 따라 라이프치히대학으로 옮겼다. 이때 쇼펜하우어의 《의지와 표상으로서의 세계》라는 책에서 깊은 감명과 영향을 받았으며, 또 바그너를 알게 되어 음악에 심취하였다.

이후 1869년엔 리츨의 추천으로 스위스의 바젤대학 고전문헌학 교수가 되었다. 1870년 프로이센 · 프랑스 전쟁에 지원, 위생병으로 종군했으나 부상을 당해 바젤로 돌아왔다. 그 이후 그는 평생 편두통과 눈병으로 고생하였다.

전쟁에서 돌아와 학업에 매진한 그는 28세 때 처녀작《비극의 탄생 Die Geburt der Tragödie》(1872)을 출판하였다. 그리고 1873~1876년에는 4개의《반시대적 고찰Unzeitgemässe Betrachtungen》을 저술하였는데, 여기에서 그는 프로이센 · 프랑스 전쟁의 승리에 도취한 독일국민과 그 문화에 통렬한 비판을 가하면서 유럽 문화에 대한 회의를 표명, 위대한 창조자인 천재天才를 문화의 이상으로 삼았다. 이 이상은 1876년《인간적인, 너무나 인간적인Menschliches, Allzumenschliches》(1878~1880)에서 더욱 명확해져 과거의 이상을 모두 우상偶像이라 하고 새로운 이상으로의 가치전환을 시도하였다. 이즈음 고독에 빠지기 시작한 니체는 이 저술로 말미암아 바그너와도 결별하였고, 1879년 이래 건강의 악화, 특히 시력의 감퇴로 35세에 바젤대학을 퇴직하고, 요양을 위해 주로 이탈리아 북부·프랑스 남부에 머물면서 저작에 전념하였다. 그러나 1888년 말경부터 정신이상 증세를 나타내기 시작한 그는 다음해 1월 이탈리아 토리노 광장에서 졸도하였고, 그 이후 정신착란에 시달리다가 바이마르에서 사망하였다.

니체 사상의 기조를 이루는 것은 근대 문명에 대한 비판이며 그것의 극복이다. 그는 '신은 죽었다'는 선언으로 2,000년 동안 그리스도교에 의해 자라온 유럽 문명의 몰락과 허무주의의 도래를 예견하였다.

주요 작품으로는 《비극의 탄생》, 《반시대적 고찰》, 《차라투스트라는 이렇게 말했다》, 《선악의 저편》, 《인간적인, 너무나 인간적인》, 《바그너의 경우》 등이 있다.

오스트리아의 신경과 의사이자 정신분석의 창시자이다.

1856년 프라이베르크(당시 오스트라아, 현재 체코 영토) 마을에서 유대인 혈통으로 출생하였다. 그의 세 살 무렵 가족은 오스트리아 빈으로 이주하였고, 그는 10살에 김나지움에 입학하여 7학년 내내 최우수 학생으로 학업을 마쳤다. 이후 빈대학 의학부에 입학하여 에른스트 브뤼케 교수 실험실에서 신경해부학을 공부하였다.

졸업 후 얼마 동안 뇌의 해부학과 코카인의 마취작용을 연구하여 우울증 치료를 시도했지만 결과는 좋지 못했다. 1885년 파리의 살페트리에르Salpetriere 정신병원에서 마르탱 샤르코의 지도 아래 히스테리 환자를 관찰하였고, 1889년 여름에는 프랑스 낭시의 베르넴과 레보 밑에서 최면술을 보게 되어, 인간의 마음에는 본인이 의식하지 못하는 과정, 즉 무의식이 존재한다는 것을 굳게 믿게 되었다.

이보다 앞서 브로이어는 히스테리 환자에게 최면술을 걸어 마음의 상처(심적 외상)를 상기시키면 히스테리가 치유된다는 사실을 발견하였다. 프로이트는 브로이어와 공동으로 그 치유 방법을 연구, 1893년 카타르시스Katharsis법을 확립하였다. 그러나 얼마 후 이 치유법에 결함이 있음을 깨닫고 최면술 대신 자유연상법을 사용하여 히스테리를 치료하고, 1896년 이 치료법에 '정신분석'이라는 이름을 붙였다. 이 말은 후에 그가 수립한 심리학의 체계까지도 지칭하는 말이 되었다.

1900년 이후 그는 꿈 · 착각 · 해학과 같은 정상심리에도 연구를 확대하여 심층심리학을 확립하였고, 1905년에는 소아성욕론小兒性慾論을 수립하였다. 그의 학설은 처음에는 무시되었으나, 1902년경부터 점차 공감하는 사람들(슈테켈, 아들러, 융, 브로일러)이 나타났으며, 1908년에는 제1회 국제정신분석학회가 개최되어 잡지《정신병리학 · 정신분석학연구연보》,《국제정신분석학잡지》등이 간행되었다. 또 1909년 미국 클라크대학 20주년 기념식에 초청되어 강연한 일은 정신분석을 미국에 보급시키는 큰 계기가 되었다. 제1차 세계대전 후 1938년 오스트리아가 독일에 합병되자 런던으로 망명하고, 이듬해 암으로 죽었다.

20세기의 사상가로 그만큼 큰 영향을 끼친 인물은 없으며, 심리학 · 정신의학에서뿐만 아니라 사회학 · 사회심리학 · 문화인류학 · 교육학 · 범죄학 · 문예비평에도 큰 영향을 끼쳤다.

주요 저서로는《히스테리의 연구》,《꿈의 해석》,《일상생활의 정신병리》,《성性 이론에 관한 세 가지 논문》,《토템과 터부》,《정신분석입문》,《쾌감원칙의 피안彼岸》,《자아와 이드》등이 있다.